古典文獻研究輯刊

十四編

曾 永 義 主編

第 3 冊

才、癡、畫三絕
——顧愷之的才情與應世智慧

翁 千 婷 著

國家圖書館出版品預行編目資料

才、癡、畫三絕——顧愷之的才情與應世智慧／翁千婷 著 —
初版 — 新北市：花木蘭文化出版社，2016〔民105〕
目 2+154 面；19×26 公分
（古典文學研究輯刊 十四編；第 3 冊）
ISBN 978-986-404-803-8（精裝）
1.（晉）顧愷之 2.學術思想 3.文藝評論
820.8   105014950

古典文學研究輯刊
十四編 第 三 冊   ISBN：978-986-404-803-8

才、癡、畫三絕——顧愷之的才情與應世智慧

作　　　者　翁千婷
主　　　編　曾永義
總 編 輯　杜潔祥
副總編輯　楊嘉樂
編　　　輯　許郁翎、王筑　美術編輯　陳逸婷
出　　　版　花木蘭文化出版社
社　　　長　高小娟
聯絡地址　235 新北市中和區中安街七二號十三樓
　　　　　　電話：02-2923-1455／傳眞：02-2923-1452
網　　　址　http://www.huamulan.tw 信箱 hml 810518@gmail.com
印　　　刷　普羅文化出版廣告事業
初　　　版　2016 年 9 月
全書字數　133197 字
定　　　價　十四編 21 冊（精裝）新台幣 36,000 元

才、癡、畫三絕
——顧愷之的才情與應世智慧

翁千婷　著

作者簡介

翁千婷，生長於純樸的菊島，畢業於成大中文研究所，目前在高職任教。指導教授江建俊曾形容作者「具有顧愷之的才與癡，所以跟顧愷之的心靈頗能貼切」，因而選擇顧愷之為作者碩士論文的研究對象，在成大畢業工作三年後，非常感謝江老師的抬愛而有機會出版此書，希望在顧愷之的眾多美學成就之外，能帶領讀者們去欣賞顧愷之的才情，以及品味顧愷之似癡實點的應世智慧。

提　要

　　顧愷之是東晉著名的畫家，世稱「才絕」、「畫絕」、「癡絕」。除了對藝術的熱愛之外，他博學有才，雅好文學，個性好諧謔，並擁有多方面的興趣。從史家評議中可見，對他的評論是「矜能過實，譚諧取容，而才多逸氣，故有三絕之目。」現代人對顧愷之的認識多在其繪畫理論上的影響，然而在晉書的史臣筆下，他的文章「縟藻霞煥」、「才多逸氣」，可見他的文筆之美；從「矜能過實，譚諧取容」更可以初步得到一個有自信滿溢而又幽默的印象，這又是他博學多才之餘，表現出「癡絕」的另一面。他的「癡」同他的人格聯繫在一起，而這樣的精神人格與魏晉時期的社會風尚、人物才性、品藻標準等都密切相關。

　　作為山水畫創始時期的代表作家之一、也身為傑出的早期肖像畫與人物畫家，顧愷之在藝術史上的作用與影響都是極其深遠的。顧愷之的維摩詰壁畫與戴逵雕塑的文殊菩薩像以及從獅子國傳來玉像，被當時稱為瓦官寺「三絕」。顧愷之撰有《魏晉勝流畫贊》、《論畫》和《畫雲臺山記》等三本重要論著，在繪畫理論上也有許多前所未有的觀點，如傳神寫照、遷想妙得的藝術理念，東晉顧愷之在總結前人觀點的基礎上，第一次系統的闡述了人物畫中的形神關係。從顧愷之到謝赫、宗炳、王微，從人物畫論到山水畫論，從側重於對象之神的傳達到越來越重視主體精神意趣的融入，我們可以清楚地看到六朝畫論中傳神論的發展演化。顧愷之的畫論對後世影響深遠。顧愷之從創作實踐和理論建樹兩方面，把我國古代的繪畫推向了第一個高峰。

　　以往學術界對顧愷之的研究，總是側重於其繪畫方面的傑出成就，而對其在書法、藝術理論及文學創作諸多方面的成就未加以深入研究。因此，本文將以「才、癡、畫三絕」為主軸，嘗試從他的時代背景、家族門風、宗教信仰剖析東晉的顧愷之，並且多元延伸觸角來解讀顧愷之，進而探討出顧愷之的才情與應世智慧，期盼能在「畫絕」之餘，更深入的描繪出顧愷之「才絕」與「癡絕」的文人形象。

目

次

第一章　緒　論

第一節　研究動機與目的

　　作爲山水畫創始時期的代表作家之一、現代主義繪畫理論的先驅、也身爲傑出的早期肖像畫與人物畫家，顧愷之在藝術史上的作用與影響都是極其深遠的。在多種藝術中，顧愷之「尤好丹青，妙絕于時」〔註1〕。在張可禮《東晉文藝綜合研究》中有論及顧愷之的畫：

> 他的繪畫題材豐富，諸如神仙、佛僧、古今人物、列女、名士、禽獸風物、自然山水和神話傳說等都收入筆底。《歷代名畫記》卷五錄有他的繪畫作品四十件，是收錄先秦兩漢和魏晉時期作品最多的一位畫家。〔註2〕

顧愷之的維摩詰壁畫與戴逵雕塑的文殊菩薩像以及從獅子國傳來玉像，被當時稱爲瓦官寺「三絕」。顧愷之撰有《魏晉勝流畫贊》、《論畫》、《畫雲臺山記》和《魏晉名臣畫贊》等重要論著，在繪畫理論上也有許多前所未有的觀點。顧愷之從創作實踐和理論建樹兩方面，把我國古代的繪畫推向了第一個高峰。

　　除了對藝術的熱愛之外，他博學有才，雅好文學，個性喜諧謔，並擁有多方面的興趣。《晉書·顧愷之傳》載：「所著文集及《啓蒙記》行於世。」〔註

〔註1〕　劉義慶：《世說新語·巧藝》第二十一第七條劉孝標注引《續晉陽秋》。

〔註2〕　《東晉文藝綜合研究》，張可禮著，山東大學出版社，2001年1月初版，頁90～91。

〔註3〕　《啓蒙記》，《三國志·魏書·明帝紀》裴松之注引作《啓蒙注》，《文選》卷十一孫興公《遊天臺山賦》李善注引作《啓蒙記注》。

3﹞《隋書‧經籍志》所載顧愷之的著述有:《啓蒙記》三卷,《啓疑記》三卷;《顧愷之集》七卷,梁二十卷。此外,據《世說新語‧文學》第六十七條注引,顧愷之著有《晉文章記》,其可考之作如此。

顧愷之於《晉書》被列入第六十二〈文苑傳〉中,與應貞(吉甫)、成公綏(子安)、左思(太沖)、趙至(景眞)、鄒湛(潤甫)、棗據(道彥)、褚陶(季雅)、王沉(彥伯)、張翰(季鷹)、庾闡(仲初)、曹毗(輔佐)、李充(弘度)、袁宏(彥伯)、伏滔(玄度)、羅含(君章)、郭澄之(仲靜)等人同傳,史家評議如下:

> 史臣曰:夫賞好生於情,剛柔本於性,情之所適,發乎詠歌,而感召無象,風律殊製。至於應貞,宴射之文,極形言之美,華林蘩藻,罕或疇之。子安幼標明敏,少蓄清思,懷天地之寥廓,賦辭人之所遺,特構新情,豈常均之所企?太沖含豪,歷載以賦三都,士安見而稱善,平原觀而韜翰,匪惟高步,當年故以騰華終古。鄒湛之持論,棗據之緣情,實南陽之人傑。蓋穎川之時秀,季雅摛屬道邁,夙備成德,稱爲泉岱之珍,固其然矣。彥伯未能混跡光塵,而屈乎卑位,釋時宏論,亦足見其志耳。季鷹縱誕一時,不邀名爵,黃花之什,濬發神府。仲初之文,風流可尚,擢秀士林,陽都之美,尤重時彥。曹毗沉研祕籍,跛足下寮,綺靡降神之歌,朗暢對儒之論。李充之學,箴信清壯也;袁宏東征,名臣之作,抑潘陸之亞。玄度學藝,優贍筆削,擅奇降帝,問於西堂,故其榮觀也。君章耀湘中之寶,挺荊楚之材,夢鳥發乎精誠,豈獨日者之蛟鳳?長康矜能過實,譚諧取容,而才多逸氣,故有三絕之目。仲靜機思通敏,延譽清流,德輿西伐之計,取定於微指者矣。〔註4〕
>
> 贊曰:爻象垂法,宮徵流音,美哉羣彥,揚蕤翰林,俱諧振玉,各擅鏘金,子安、太沖,道文綺爛;袁、庾、充、愷,繽藻霞煥,架彼辭人,共超清貫。〔註5〕

正是因爲顧愷之的才氣縱橫,所以被列入〈文苑傳〉,從史家評議中可見,對他的評論是「矜能過實,譚諧取容,而才多逸氣,故有三絕之目。〔註6〕」現

〔註4〕 〔唐〕房玄齡等:《晉書》卷九十二列傳第六十二文苑。文津閣四庫全書 V.251 史部正史類(北京:商務印書館,2006 年),頁 391。

〔註5〕 同上註。

〔註6〕 同上註。

代人對顧愷之的認識多在其繪畫理論上的影響，然而在《晉書》的史臣筆下，他的文章「縟藻霞煥」、「才多逸氣」，可見他的文筆之美；從「矜能過實，譚諧取容」更可以初步得到一個有自信滿溢而又幽默的印象，這又是他博學多才，表現出「癡絕」的另一面。因此，本文將以「才、癡、畫三絕」爲主，多面向的解讀顧愷之，期盼能在「畫絕」之餘，更深入的描繪出顧愷之「才絕」與「癡絕」的文人形象。

第二節　研究範圍與方法

一、研究範圍

　　研究範圍的部份，筆者先針對論題作義界，使之舉題明確。其次，針對研究材料做辨析與取捨，力求切合主題。

（一）論題義界

　　《晉書》將顧愷之列入〈文苑傳〉，說他「矜能過實，譚諧取容，而才多逸氣，故有三絕之目。」「俗傳愷之有三絕：才絕、畫絕、癡絕。」

　　1. 才：

　　才爲天生資質之稟賦，在氣化流行之過程中，因氣有輕濁厚薄之分，故有智愚善惡之別，是以人才異品，而有清節、器能、國體、智意、臧否、文章、口辯、雄傑之才〔註7〕。而能出於才，是以有立法之能、有德教之能、有糾摘之能、有權奇之能、有行事之能、有藝術之能等。〔註8〕才指人與生俱來

〔註7〕〔三國〕劉邵撰；〔南北朝〕劉昞注《人物志》三卷，臺北：台灣商務，1969年，卷上，體別第二，頁6。

〔註8〕〔三國〕劉邵撰；〔南北朝〕劉昞注《人物志》三卷，臺北：台灣商務，1969年，卷中，材能第五，頁2。原文：夫人才不同，能各有異：有自任之能，有立法使人從之能，有消息辨護之能，以德教師人之能，有行事使人譴讓之能，有司察糾摘之能，有權奇之能，有威猛之能。夫能出於才，才不同量。才能既殊，任政亦異。是故自任之能，清節之材也。故在朝也，則冢宰之任，爲國則矯直之政。立法之能，治家之材也，故在朝也，則司寇之任，爲國則公正之政。計策之能，術家之才也。故在朝也，則三孤之任，爲國則變化之政。人事之能，智意之材也。故在朝也，則冢宰之佐，爲國，則諧合之政。行事之能，譴讓之材也，故在朝也，則司寇之任，爲國，則督責之政。權奇之能，伎倆之材也，故在朝也，則司空之任，爲國，則藝事之政。司察之能，臧否之材也。故在朝也，則師氏之佐，爲國，則刻削之政。威猛之能，豪傑之材也。故在朝也，則將帥之任，爲國則嚴厲之政。

的天賦、稟性、力量、智慧。而在本論題中，才絕指的是顧愷之在文學上的才華，包括寫作上的詩、賦、畫論、贊體、以及書法方面的才情。

2. 癡：

癡，許慎《說文解字》曰：「不慧也。」〔註9〕通常指愚痴憨傻的樣子。魏晉重早慧，故有晚成者都被視為「癡〔註10〕」，如阮籍〔註11〕、王湛〔註12〕、王述〔註13〕……等，少時皆有癡名，然而大器晚成，不但不比早慧遜色，反而更令人津津樂道。顧愷之亦被譽為癡絕，其中共有的關聯性「癡」是魏晉一值得探討的議題，癡者必然具有不同於凡俗的特質，癡愚與慧黠，看似相反，而實只有一線之隔，彼此交相輝映。在本論題中，筆者將癡絕定義為顧愷之對於藝術上的癡迷沉醉，也指他不同於一般人的幽默風趣、矜誇好諧謔的個性，更值得探究的就是其癡點各半、朝隱應世的智慧。

3. 畫，指一種造型藝術。用筆、刀等工具，墨、顏料等材料，在紙、木板、紡織物或牆壁等的平面上，透過構圖、造型和色彩等表現手段，創造視覺上的形象。就使用材料、技術的不同，可分為人物畫、風景畫等。顧愷之的畫絕，指其擅長人物畫、山水畫，而至今流傳在世的作品皆為摹本。因此，本文並不討論顧愷之流傳作品的真偽，僅就其畫論與其歷史上

〔註9〕 〔東漢〕許慎著；〔清〕段玉裁注：《說文解字》（臺北：萬卷樓圖書股份有限公司，2002年8月）。

〔註10〕 〔南朝宋〕劉義慶撰；〔梁〕劉孝標注；〔清〕余嘉錫箋疏：《世說新語箋疏》（臺北：華正書局，2003年10月），457頁。《世說・賞譽》第八：「王藍田為人晚成，時人乃謂之癡。」

〔註11〕 〔唐〕房玄齡等：《晉書》卷四十九列傳第十九阮籍列傳。文津閣四庫全書V.250史部正史類（北京：商務印書館，2006年），頁1359。「或閉戶視書，累月不出；或登臨山水，經日忘歸。博覽羣籍，尤好莊老。嗜酒能嘯，善彈琴。當其得意，忽忘形骸。時人多謂之癡，惟族兄文業每歎服之，以為勝己，由是咸共稱異。」

〔註12〕 〔南朝宋〕劉義慶撰；〔梁〕劉孝標注；〔清〕余嘉錫箋疏：《世說新語箋疏》（臺北：華正書局，2003年10月），頁429。《世說・賞譽》第八曰：「武帝每見濟，輒以湛調之曰：『卿家癡叔死未？』濟常無以答。既而得叔，後武帝又問如前，濟曰：『臣叔不癡。』稱其實美。帝曰：『誰比？』濟曰：『山濤以下，魏舒以上。』於是顯名。年二十八，始宦。」

〔註13〕 〔南朝宋〕劉義慶撰；〔梁〕劉孝標注；〔清〕余嘉錫箋疏：《世說新語箋疏》（臺北：華正書局，2003年10月），頁773。《世說・簡傲》第二十四曰：「謝中郎是王藍田女婿，嘗著白綸巾，肩輿徑至揚州聽事見王，直言曰：『人言君侯癡，君侯信自癡。』藍田曰：『非無此論，但晚令耳。』述別傳曰：「述少真獨退靜，人未嘗知，故有晚令之言。」

的故事討論其中意涵。與美術史上探討顧愷之的藝術理論與技巧等領域將有所區別。

（二）研究取材

關於研究文本，筆者主要採用唐修《晉書‧文苑‧顧愷之傳》〔註14〕及南朝劉義慶《世說新語》中的〈德行〉、〈政事〉、〈言語〉、〈雅量〉、〈文學〉、〈任誕〉、〈巧藝〉、〈排調〉、〈品藻〉諸篇。〔註15〕顧愷之在《世說新語》中出現過的言論與事蹟，加上、《晉會要》〔註16〕中的傳略，加以形塑出顧愷之的形象。關於顧愷之的文章與畫論，則參考清嚴可均所輯《全晉文》〔註17〕、逯欽立輯校《先秦漢魏晉南北朝詩》〔註18〕所存錄之文獻。在顧愷之的生平、家族、以及交遊部分的考據，則亦參考俞劍華、羅卡子、溫肇桐所編著的《顧愷之研究資料》〔註19〕及溫肇桐《顧愷之新論》〔註20〕。畫論的部份，除參考陳傳席《六朝畫論研究》〔註21〕、葉朗《中國美學史》〔註22〕，雖期盼能在美學部分更深入探究，然受限於筆者本身學識，仍是將重點放在顧愷之在文史哲方面的成就，與其帶給我們的魏晉名士典範。除了史傳的援用外，也輔以宗教、思想、文化的風尚探討，期盼在眾多研究顧愷之美學理論的專著之外，能增加世人對顧愷之更多的認識，透過顧愷之的才絕、癡絕與畫絕，去探究其所處的魏晉時代政治社會現象與文人風貌。

二、研究方法

本論文中，筆者採用三個層面進行研究：「外緣研究」、「內在研究」、「綜合比較分析研究」，並配合本論文的三大部分進行論述：

第一部分筆者運用外緣研究，著重探討魏晉時代政治環境、士族家風與宗教信仰對顧愷之的影響。首先，由魏晉政治環境紛亂，當代士人在混濁的

〔註14〕〔唐〕房玄齡等：《晉書》（北京：中華書局，1997年）。
〔註15〕〔南朝宋〕劉義慶撰；〔梁〕劉孝標注，〔清〕余嘉錫箋疏：《世說新語箋疏》（臺北：華正書局，2003年10月）。
〔註16〕〔清〕汪兆鏞撰：《晉會要》（北京：書目文獻出版社，1953年10月）。
〔註17〕〔清〕嚴可均輯：《全晉文》（北京：商務印書館，2006年2月）。
〔註18〕〔清〕逯欽立：《先秦漢魏晉南北朝詩》（北京：中華書局，1983年）。
〔註19〕〔唐〕房玄齡等：《晉書》（北京：中華書局，1997年）。
〔註20〕溫肇桐：《顧愷之新論》（四川：新華書店，1985年）。
〔註21〕陳傳席：《六朝畫論研究》（台灣學生書局，1991年5月）。
〔註22〕葉朗：《中國美學史》（臺北市：文津出版社，1999年7月）。

世局中，如何找到自我安身立命的定位點。顧愷之身在東晉，歷任桓溫、殷仲堪與桓玄三位幕府的政治生涯，又如何能夠以他獨特的生命哲學，去因應當代的變局，並在文藝上找到自我發揮的空間。接著，從顧氏家族切入去探究東晉時代士族門閥與朝廷之間如何找到微妙的平衡，在晉朝東遷之際，扮演好安定民心、平穩國政的腳色，又進一步探究顧愷之的先祖到他的祖父、父親這代，又各自擁有怎樣的家學門風與宗教信仰，對他的處世風格造成的影響又是什麼，在本論文中都將一一的剖析論述。

第二部份重在顧愷之本人三絕的分析討論，屬於內在研究。在這個部份中，筆者透過文本的分析，來探討顧愷之的才絕、癡絕、畫絕三個部份的相關文獻。在才絕的方面，將分為詩賦、文論、贊、畫論與書法幾個方面來做論述。在癡絕的方面，則是從癡的內部成因來做探析，從魏晉士族獨特的朝隱現象下手，分析比較顧愷之天性率真以及癡黠各半的獨特人格特質。在畫絕的部份則列舉《世說新語‧巧藝篇》〔註 23〕中顧愷之為名士作畫的例子，詳細的探究其作畫背後蘊藏的精神意涵。

第三部份是綜合比較研究，將就歷代人們對顧愷之的評價加以彙整，並單獨提出他所最有名的畫論：傳神寫照、遷想妙得進行探究，而重新找到顧愷之在歷史上的定位，最後再附以顧愷之的年表，以便學者參照。

第三節　學術研究成果評述

以往學術界對顧愷之的研究，總是側重於其繪畫方面的傑出成就，關於顧愷之的美學議題，歷年來一直受到中國美學史的重視，然而對於顧愷之全面性的研究，近年來才開始有人注意到他的才絕與癡絕並做出相關的論文。以下筆者將概述前人研究的成果，並加以分析、比較，在增漏補闕的前提下，找到本論文的研究定位。在單篇論文方面如：

（一）袁濟喜，黎臻：〈論東晉顧愷之的「癡絕」〉〔註24〕從顧愷之的「癡」與兩晉士人的「癡」入手，從魏晉人物品藻和時人風度來分析顧愷之的精神人格與魏晉士人的審美風尚。

〔註23〕〔南朝宋〕劉義慶撰；〔梁〕劉孝標注；〔清〕余嘉錫箋疏：《世說新語箋疏》（臺北：華正書局，2003 年 11 月）。

〔註24〕袁濟喜、黎臻：〈論東晉顧愷之的「癡絕」〉《寶雞文理學院學報》，2010 年 4 月，第 30 卷第 2 期。

（二）聶瑞辰：〈顧愷之的「癡絕」與「才絕」〉從書法、藝術理論及文學創作諸多方面的成就加以深入研究，認爲顧愷之能成爲中國古代最偉大的畫家之一，擁有「畫絕」這一美譽，就是由其「癡絕」和「才絕」的高深畫外之功所決定的。〔註25〕

（三）聶瑞辰：〈文人畫祖之我見〉，認爲顧愷之的傳神論影響深遠，從南朝宗炳的「暢神而已」、唐張彥遠的「失于自然而後神」、宋代沈括的「書畫之妙，當以神會」、元代倪瓚作畫「以寫胸次之磊落」等議題都是繼顧愷之之後反復申明以形服務於神、意的思想。〔註26〕

（四）常德強：〈《洛神賦圖》情感表達中的三重蘊涵〉，從《洛神賦圖》的分析中簡要的提出顧愷之情感表達的三重意涵。也歸納了顧愷之對歷代畫論的影響。〔註27〕

（五）張翹楚：〈顧愷之張彥遠形神說之比較〉，本文選取顧愷之與張彥遠關於形神關係的理論作爲比較研究的課題，通過二者對形神關係論述著眼點的不同進行比較，並通過對二者所處時代的美學思想的梳理，進一步闡明產生這種不同的深層原因。〔註28〕

（六）陳蘇民：〈「以形寫神」──顧愷之的美學思想〉，本文著重論述了「以形寫神」論的實質內容及其形成的深厚的思想淵源。〔註29〕

（七）蔡英余：〈論顧愷之人物畫論中形神關係的美學內涵〉〔註30〕：從審美創作、審美鑒賞等角度，對顧愷之人物畫論中形神關係的美學內涵進行分析，指出「重形輕神」論和「重神輕形」論都是和顧愷之人物畫論中形神關係所蘊含的美學本意是不相符的，顧氏人物畫論中的形與神的關係應該是相互並重的、辯證統一的：「神無形不存、形無神不靈」。

〔註25〕聶瑞辰：〈顧愷之的「癡絕」與「才絕」〉《天津大學國際教育學院》，2008年3月，第10卷第2期。

〔註26〕聶瑞辰：〈文人畫祖之我見〉《天津大學學報》，2006年5月，第八卷，第三期。

〔註27〕常德強：〈《洛神賦圖》情感表達中的三重蘊涵〉《揚州職業大學學報》，2008年12月，第十二卷，第四期。

〔註28〕張翹楚：〈顧愷之張彥遠形神說之比較〉《南京藝術學院學報》，2005年1月，頁72～73。

〔註29〕陳蘇民：〈「以形寫神」──顧愷之的美學思想〉《南京理工大學學報》，2003年，第16卷第3期。

〔註30〕蔡英余：〈論顧愷之人物畫論中形神關係的美學內涵〉《寧波大學學報》，2006年，第19卷第4期。

碩博士論文方面：

（一）廖國棟，《魏晉詠物賦研究》，對魏晉南北朝詠物賦做了全盤而深入的蒐集與研究，探討詠物賦的源頭與其對後世的影響，並詳細的分類，對每一篇魏晉的詠物賦進行分析。〔註31〕

（二）林千琪：《以形寫神，遷想妙得：顧愷之繪畫與理論的對照研究》，討論顧愷之的繪畫與繪畫理論的對應之處，文中包含了以往的獨要評析。最後在深論顧愷之的繪畫意象部分的深入勾勒，將顧愷之的繪畫與文藝復興畫家波提切利的作品，一齊作出創新的探討與比較。〔註32〕

（三）汪瀾：《從顧愷之的形神觀談中國人物畫創作》，認為東晉顧愷之在總結前人觀點的基礎上，第一次系統的闡述了人物畫中的形神關係。他提出的「傳神」論在中國繪畫美學史上具有里程碑的意義，對今天進一步的研究中國人物畫的創作有很大的幫助。〔註33〕

（四）牛豔青：《六朝畫論中的傳神論研究》，認為顧愷之開創的傳神論，推動了歷代繪畫藝術的發展，促使了中國繪畫獨特民族風格的形成與發展。中國繪畫傳神論經歷了由傳神到寫意的演化，在繪畫史上，六朝產生的傳神論可謂是其理論源頭。〔註34〕

而專書方面有：

（一）俞劍華、羅卡子、溫肇桐編著：《顧愷之研究資料》，完整的蒐集了當代顧愷之的相關資料，雖沒有進行深入的探究，但對研究顧愷之的人來說是相當方便的工具書。〔註35〕

（二）袁有根：《顧愷之研究》，從顧愷之的生平軼事、繪畫成就、畫論、文學作品、美學思想、藝術風格、成功之路，以及在中國文化史上的地位和作用等多方面對顧愷之進行了研究。尤其是對顧愷之所作的幾幅傳世作品進行了深入探討。提出了倫敦本《女史箴圖卷》是顧愷之真跡，遼寧

〔註31〕廖國棟：《魏晉詠物賦研究》臺北：政治大學中文所博士論文，1985年6月。
〔註32〕林千琪：《以形寫神，遷想妙得：顧愷之繪畫與理論的對照研究》彰師大藝術教育所碩士論文，2004年。
〔註33〕汪瀾：《從顧愷之的形神觀談中國人物畫創作》東北師範大學碩士論文，2008年5月。
〔註34〕牛豔青：《六朝畫論中的傳神論研究》河北大學碩士學位論文，2008年6月。
〔註35〕俞劍華、羅卡子、溫肇桐編著：《顧愷之研究資料》，通圖書公司印行，1961年6月。

本《洛神賦圖卷》、乾隆鑒賞過的白描本《洛神賦圖卷》當是六朝某大家真跡，《列女仁智圖卷》可能是與顧愷之同時而稍晚的謝稚真跡，而《斲琴圖卷》絕非顧愷之作品等獨到見解。〔註36〕

（三）陳傳席：《六朝畫論研究》，針對六朝時期的畫家與畫論進行了深入的研究與比較，本論文中的畫論部份有許多參考陳傳席先生的研究。〔註37〕

（四）鄒清泉：《顧愷之研究文選》，精選 20 世紀以來顧愷之研究中較有代表性的論文，歸納為《顧愷之的繪畫》、《顧愷之的畫論》、《顧愷之的生平、成就及其他》三部份，校錄而成本文選。但其重心仍放在顧愷之的畫論及傳世的摹本考據方面。〔註38〕

（五）張克鋒：《魏晉南北朝書畫的會通》，是第一部探討魏晉南北朝時期文論同書畫論的專著。是針對魏晉南北朝文論、畫論、書論的一部全盤性研究的成果。揭示了文論同書畫論之間相通與融合的深層原因。〔註39〕

（六）劉志偉：《魏晉文化與文學論考》，探討了相當多魏晉文化與文學的問題，其中〈「癡」與魏晉文化〉全面的考察了「癡」的文化語意，及其在魏晉時代特定的文化現象。〔註40〕

（七）高華平著；王先霈主編：《玄學趣味》，書中探討魏晉的名士文化，舉凡三玄、佛道之哲思，任情放達、暢遊山水之表現，琴、棋、書、畫的意涵，書中都有涵蓋討論。圍繞著宇宙本體與意義的探尋為其論題共同的中心。〔註41〕

（八）葉朗：《中國美學史》，介紹了中國各朝代的美學思想與比較，從老子美學、孔子美學、《易傳》美學、莊子美學、《樂記》美學、《淮南子》美學、魏晉玄學與南北朝美學……等，進行整體的統整與歸納。〔註42〕

〔註36〕袁有根、蘇涵、李曉庵合著：《顧愷之研究》，北京：民族出版社，2005 年 8 月。
〔註37〕陳傳席：《六朝畫論研究》，台灣學生書局，1991 年 5 月。
〔註38〕鄒清泉：《顧愷之研究文選》（上海三聯書店，2011 年 5 月）。
〔註39〕張克鋒：《魏晉南北朝文學與書畫的會通》（北京：中國社會科學出版社，2010 年 12 月）。
〔註40〕劉志偉：〈「癡」與魏晉文化〉引自《魏晉文化與文學論考》（甘肅人民出版社，2002 年 5 月），頁 145～165。
〔註41〕高華平著；王先霈主編：《玄學趣味》（武漢：湖北教育出版社，1997 年 5 月）。
〔註42〕葉朗：《中國美學史》（臺北：文津出版社，1996 年 1 月）。

（九）　吳正嵐：《六朝江東士族的家學門風》，以江東士族爲研究對象，做了
　　　　有系統的研究，廣泛論及世家大族的宗教信仰與哲學修養，不只限定
　　　　朱、張、顧、陸四大吳姓，並對會稽的士族之俊與吳興沈氏也進行了
　　　　通盤的研究。〔註43〕

（十）　張可禮：《東晉文藝綜合研究》，從東晉的文藝發展切入，論述了文藝
　　　　發展的歷程、門閥士族與東晉文藝的關係、各種文藝的相互通融，與
　　　　文藝在當時的傳播與效應。〔註44〕

（十一）甯稼雨：《魏晉風度──中古人文生活行爲的文化意蘊》，將魏晉士人
　　　　的生活言行成爲研究的主體，理論框架成爲配角，來爲其豐富多彩、
　　　　妙趣橫生的音容笑貌添加註解，描述了一幅活的魏晉風貌圖。〔註45〕

（十二）張學鋒、傅江：《東晉文化》，通過具體家族勢力的消長與具體人物的
　　　　活動，將東晉的文化現象有機的安排到整個時代發展的大環境中進行
　　　　論述。〔註46〕

（十三）李建中：《漢魏六朝文藝心理學》，上編綜觀漢魏六朝文藝心理學與發
　　　　展歷程，下編從文藝心理的範疇切入，探討心物、才性、哀樂、動靜、
　　　　表裡、品味等，綜合性的探討漢魏六朝的文藝心理事件。〔註47〕

　　　雜誌叢刊部份：

（一）　方聞：〈傳顧愷之女史箴圖與中國藝術史〉，《台灣大學美術史研究集
　　　　刊》，第12期（2002年3月），第1～33頁。

（二）　王善爲：〈顧愷之的繪畫和他的傳世名作〉，《雄獅美術》，第25期（1973
　　　　年3月），第4～26頁。

（三）　李霖燦：〈晉人風采顧虎頭〉，《雄獅美術》，第168期（1985年2月），
　　　　第69～78頁。

（四）　李霖燦：〈顧愷之其人其事其畫〉，《故宮季刊》，第7期（1973年春季），
　　　　第1～30頁。

〔註43〕吳正嵐：《六朝江東士族的家學門風》(南京：南京大學出版社，2003年11月)。
〔註44〕張可禮：《東晉文藝綜合研究》(山東大學出版社，2001年1月)。
〔註45〕甯稼雨：《魏晉風度-中古人文生活行爲的文化意蘊》(北京：東方出版社，1992年9月)。
〔註46〕張學鋒、傅江：《東晉文化》(南京：南京出版社，2005年9月)。
〔註47〕李建中：《漢魏六朝文藝心理學》(太原：北岳文藝出版社，1992年5月)。

（五）　李霖燦：〈顧愷之與維摩詰象〉，《雄獅美術》，第 140 期（1982 年 10 月），第 132〜137 頁。

（六）　沈以正：〈由顧愷之繪畫論我國早期的人物畫〉，《故宮季刊》，第 10 期（1976 年春季），第 31〜57 頁。

（七）　陳綏祥：〈顧愷之〉，《中國巨匠美術週刊》，中國系列第 26 期（1995 年 2 月 25 日），第 1〜32 頁。

（八）　黃永川：〈顧愷之「畫雲臺山記」的創作背景與繪畫意涵〉，《國立歷史博物館學報》，第 16 期（2000 年 3 月），第 1〜28 頁。

（九）　蔡振豐：〈顧愷之論畫的美學意義試探〉，《中國文學研究》，第 9 期（1995 年 6 月），第 137〜156 頁。

（十）　陳錚：〈顧愷之的心靈之眼〉〔註48〕，從《世說新語》中的「顧愷之目江陵城」這則故事去探討，對照史書記錄可知，其實在江津渡口以肉眼視覺根本無法看到江陵城，顧愷之的「心眼」可能與當代道教的存思術有關。

綜觀目前針對顧愷之所做的相關學術研究，不論單篇論文、學位論文還是專書、雜誌叢刊，「顧愷之的畫論」與「顧愷之傳世至今的畫」都是主要研究的大宗，特別是關於他的「傳神論」總是在美學史上擁有歷久不衰的重要地位。甚至有學者針對他的《女史箴圖卷》、《洛神賦圖卷》與《斲琴圖卷》進行考証比對，來進行真偽的判斷，也有學者針對「畫雲臺山記」的繪畫技巧去與魏晉其他畫作的結構層次作比對分析，這在美學上的成就可以說是日新月異，功勞也不可小覷。但本篇論文主要的思路是透過歷史文本，針對顧愷之的文學成就與他獨特的魏晉世人風貌進行探析，從文化思潮討論癡絕的形成風尚，在前人的研究基礎上，期待能涵蓋魏晉政治、宗教、思想、哲學等時代文化，將顧愷之「畫絕」以外的「才絕」、「癡絕」面向更深刻的表現出來。

〔註48〕陳錚：〈顧愷之的心靈之眼〉，（南京：東南文化，2011 年），第 6 期總第 224 期，頁 109〜117。

第二章　顧愷之的生平與時代

　　歷代對於顧愷之的評論多半在繪畫史上，很少有人從社會文學思想的角度對顧愷之進行研究。但是，毋庸置疑的是顧愷之的畫和社會有密不可分的關係，繪畫只不過是一種表現生命的形式，隱藏在畫面背後的卻是作者對魏晉社會的獨特感受。聶瑞辰〈顧愷之的「癡絕」與「才絕」〉中，強調了「癡絕」與「才絕」的重要性：

> 以往學術界對顧愷之的研究，總是側重於其繪畫方面的傑出成就，
> 而對其在書法、藝術理論及文學創作諸多方面的成就未加以深入研
> 究。顧愷之能成為中國古代最偉大的畫家之一，擁有「畫絕」這一
> 美譽，就是由其「癡絕」和「才絕」的高深畫外之功所決定的。
> [註1]

筆者期許本論文能夠從他畫絕以外的社會角度，包括政治、家族、交游三個部份去查考顧愷之傑出才藝成就之政治文化背景；再從他的才絕、癡絕兩個面向，重新的審視顧愷之，還給後世更全面更詳實的顧愷之。

第一節　東晉偏安政治與文化

　　顧愷之約生於東晉永和四年（西元348年），卒於義熙五年（西元409年）。在西晉統一天下後，接著的卻是八王之亂、五胡亂華、王室南遷。淝水之戰後，正式形成南北分治的局面。

〔註 1〕聶瑞辰：〈顧愷之的「癡絕」與「才絕」〉《天津大學國際教育學院》，2008 年
　　　　3 月，第 10 卷第 2 期，頁 1。

在族群上，這是中國第一次長期的族群大遷移與融合，南遷的中原人士自稱僑族、客族，與南方原本的江東世族之間，因利害不同彼此矛盾；且早過江和晚過江的北方世族之間，因地域觀念、政治經濟待遇等差別而產生摩擦。至於世族階級與一般平民、漢族與非漢族、移民與土著之間，也充滿著族群問題，但族群的互動也相對地促進了南方的開發〔註2〕。

在經濟上，門閥世族擁有世代做官、免除賦役等特權。這些世族的人數雖少，卻占有大量土地和依附人口。貧富差距逐漸加大，窮人日益困苦，富人卻競相較勁著豪華的排場與奢侈的生活。但也因為經濟的穩定，促進了世族階級文藝的發展。縱然族群之間仍有許多的摩擦與調和，但相對穩定的東晉時期，帶來了中國文藝發展的黃金時期。

在宗教上，在漢朝傳入中國的佛教思想，於魏晉時期有更進一步的發展，除了大量佛經的翻譯之外，也有佛經的注疏，而注釋之學的出現，標誌著佛教「中國化」的開始〔註3〕。而在漢末建立的道教，吸收了道家的經典，並學習效法佛教的儀式組織，經過融合而逐漸成為民間重要的信仰，因具有系統的經典和理論、組織、大量的信徒、特定的規範儀式以及固定的傳播地區，太平道和五斗米道的出現，標誌中國道教的正式創立〔註4〕。

整個學術發展，可用劉勰《文心雕龍・論說》之言來說明：「魏之初霸，術兼名法，傅嘏、王粲，校練名理。迄至正始，務欲守文，何晏之徒，始盛玄論。於是聃、周當路，與尼父爭塗矣〔註5〕」。由於政治因素，文人、官員們為了明哲保身，好談玄學、老莊，如此一來，可以避免討論政治的議題，減少不必要的紛爭、猜忌，甚至出現「朝隱」的現象。因政治黑暗、社會不安，玄學已無新穎之義，而佛義則蠭出並作，名士與名僧交遊，交光互惠，而迸出多采多姿的文化新貌。

雖然，這是一個矛盾的時代，但卻也充滿著創意，在這段長達三百餘年之間，中國的美學有了很大的發展，就如宗白華在《美學散步》所言：

〔註2〕蘇啟明：《魏晉南北朝文化與藝術》，（臺北：史博館，2006年），頁62～63。
〔註3〕郭明：《中國佛教史》，（臺北：文津出版社，1993年），頁23。
〔註4〕陳寅恪：〈崔浩與寇謙之〉，《陳寅恪先生全集（上）》，（臺北：九思出版社，1977年），頁567～599；劉精誠：《中國道教史》，（臺北：文津出版社，1993年），頁27～31。
〔註5〕〔梁〕劉勰著；黃錦鋐教授主編：《文心雕龍・論說》，（博元出版社，1989年版），以下文心雕龍出處亦引自此。

　　漢末魏晉六朝是中國政治上最混亂，社會上也最苦痛的時代，然而卻是精神史上極自由，極解放，最富於智慧，最濃於宗教熱情的一個時代。因此也就是最富藝術精神的一個時代。〔註6〕

根據張可禮的《東晉文藝綜合研究》〔註7〕，東晉的文藝發展可約略區分為三個階段：

第一階段：從東晉初年到咸和中期。（西元 317～330）

　　東晉第一階段的文藝有不少作品帶有濃重的社會政治意識，有明顯的政治上的實用性，與社會關係比較密切。從文藝演進的過程來思考，東晉第一階段的文藝帶有過渡的性質。它承續了以前的文藝，同時又在文藝實踐和人才培養等方面為東晉下一階段文藝的發展和繁榮創造了一些條件，作好了一些準備。在這一階段，魏晉上承漢代繪畫，發展了以政治倫理上的鑑戒為主要目的的人物畫，李澤厚在《中國美學史》中提到：

　　為了表彰功臣，漢代曾在麒麟閣繪製功臣像，「法其形貌，署其官爵姓名」（《漢書·蘇武傳》），又曾在雲台畫二十八將（《後漢書·二十八將傳論》）。為了宣揚儒學，漢代又曾畫經史故事（《歷代名畫記》），畫孔子和七十二弟子像（《後漢書·蔡邕傳》），畫列女（《後漢書·皇妃紀》）等等。在漢代，對於統治階級來說，繪畫主要是被看作一種進行教化的工具。魏晉繼承了這一傳統。如何晏在《景福殿賦》中寫到了畫於殿中的各種有鑑戒意義的圖畫。《貞觀公私畫史》記載的衛協所作《毛詩黍離圖》、《列女圖》、謝稚所作《孝經圖》、《孟母圖》等，當然也是為鑑戒、教化而做的。但是，魏晉對繪畫的鑑戒作用的認識，以及實際的創作，都已和漢代有重要的不同。〔註8〕

同時佛教繪畫也顯著的發展起來。

　　隨著佛教的傳入中國，自漢末開始已有了佛畫，進行繪製的是一些不知名的畫工。到了西晉以後，佛教開始廣為傳播，佛畫自然也隨之繁盛起來，出現了一些以佛畫聞名的畫家。佛畫的傳入和創作，在色彩的應用、明暗的表現上，特別是在對一種莊靜華嚴、充滿深

〔註6〕宗白華：《美學散步》，（上海：上海人民出版社，1981年版），頁3。

〔註7〕張可禮：《東晉文藝綜合研究》，（山東：山東大學出版社，2001年1月初版），頁84。

〔註8〕李澤厚、劉綱紀著：《中國美學史》（魏晉南北朝編上），（安徽文藝出版社，1995年5月。），頁1。

遠的精神性的風格意境的追求上，對中國繪畫產生了重要影響。漢
代繪畫轉變為魏晉繪畫，雖然在根本上是由中國本土的社會歷史條
件所決定的，但佛畫的輸入也是一個不可忽視的因素。〔註9〕

而這一階段文藝的主要成就和特點，大體上是由這一階段的王廙、司馬紹、
郭璞和溫嶠等重要文人的作品來體現的。到咸和中期，隨著社會的變化，隨
著上述文人的相繼去世，東晉文學發展的第一階段也就結束了，相繼而來的
是東晉文學發展的第二個階段。在此之前，雖然以鑑戒為目的的人物畫和佛
畫都有重要的發展，但還未充分形成能夠鮮明地體現魏晉精神、風度的畫風。

第二階段：從咸和中期到太元末年。（西元 330～396）

前後將近七十年。這一階段的文藝站在前一階段醞釀的基礎上，隨著社
會現實的變化和新的文人的出現，有了明顯的演進，呈現出空前繁榮的新局
面，不論是在文學、書法和繪畫等領域都有突出的表現。從文學方面來說，
這一階段的創作十分活躍，出現了孫綽、庾闡、許詢、袁宏、王羲之、支遁、
謝安、戴逵、顧愷之、王獻之等一大批文人。這一階段的繪畫、雕塑和音樂
等藝術也取得了前所未有的重要成就。能夠充分且鮮明地體現魏晉精神、風
度的畫風，這方面的開端就是發源自顧愷之。〔註10〕

第三階段：從太元末年至元熙元年（396～419）。

由於軍閥紛亂而使政局不安，故造成文藝發展的轉變，其特點是玄言詩
的消退和山水詩的興起以及田園詩的產生，最有名的就是陶淵明；而在繪畫
上，「山水」廣泛地進入到繪畫領域，表現文人精神之氣韻的山水畫終於成熟，
在顧愷之之後，出現了陸探微、宗炳、王微等山水畫家，山水「以形媚道」
而傳神、賢者「澄懷味像」以觀道，他們可以說都是受到顧愷之的影響。顧
愷之所處之時代，可謂是東晉文學藝術最輝煌發展之時期。

身處於第二階段的顧愷之，承上啟下，他的用筆與漢畫有著一脈相承的
關聯，他在漢畫基礎上進行了秩序上的梳理，使衣袍和人的情緒融合在一起，
透過袍袖、帔帛的飄飛，體現人物的心理和感情，同時增加了畫面的節奏律
動感；此外，他改變了魏晉繪畫先塗形色後勾線的畫法，變成了先勾輪廓後

〔註9〕 李澤厚、劉綱紀著：《中國美學史》（魏晉南北朝編上），（安徽文藝出版社，
1995 年 5 月。），頁 1。

〔註10〕 張可禮：《東晉文藝綜合研究》，（山東：山東大學出版社，2001 年 1 月初版），
頁 85。

著色。東晉的繪畫處在「尚韻」階段，因此在形、色方面不刻意追求，而是追求鼓動飛揚的神韻，顧愷之的繪畫就是傑出的代表，後世將他與南朝的陸探微、張僧繇合稱爲「六朝三傑」。

第二節　顧愷之的生卒年考

承上文，顧愷之可謂是東晉年間在文學上與藝術上兼具代表性的人物。以下檢索顧愷之的生平，以作爲知人論世之資：

顧愷之（一作「凱之」），字長康，小字虎頭，東晉晉陵無錫（今江蘇無錫）人。《顧愷之研究資料》〔註11〕說：

> 晉陵，郡名，晉置毘陵，故治在今江蘇省鎮江縣東南。尋改曰晉陵，
> 移治今武進縣。隋廢現置常州，旋又改爲毘陵郡。唐曰常州晉陵郡，
> 宋曰常州毘陵郡，元仍改常州路，而毘陵郡廢。又縣名，漢毘陵縣，
> 晉改曰晉陵，明廢，即今江蘇武進縣治。

> 無錫，一今縣名，屬江蘇省，地有錫山，周秦間產錫，漢興，錫竭，
> 乃置無錫縣。新莽時錫又出，遂改縣名爲有錫。東漢順帝時，錫又
> 竭，仍名曰無錫。清屬常州府，民國將金匱縣并入，解放後設無錫
> 市。

關於顧愷之的生卒年，歷年來有幾種說法，姜亮夫先生在《歷代人物年里碑傳綜表》引其《長康疑年考》，他認爲：

> 生於晉成帝咸康七年辛丑（341）卒于晉安帝元興元年壬寅（402）
> 六十二歲。〔註12〕

而郭味蕖《宋元明清書畫家年表》附晉唐五代重要書畫家年代表，引《晉書》本傳《歷代名畫記》作：

> 東晉永和二年丙午生，義熙三年丁未卒（西元三四六～四〇七），年
> 六十二。〔註13〕

在《晉書》卷九二中並未寫明顧愷之的生卒年，只有說「義熙初爲散騎常侍，年六十二卒於官所」，這也是爲什麼歷代學者無法確定其生卒年的主因。劉凌

〔註11〕俞劍華、羅尗子、溫肇桐編著：《顧愷之研究資料》，（香港：南通圖書公司印行，1961年六月），頁124。

〔註12〕同上註，頁132。

〔註13〕同上註。

滄的《唐代人物畫》〔註14〕所寫的顧愷之生卒年跟郭味蕖的看法一致，但並沒有做確切解釋。潘天壽在《中國畫家叢書・顧愷之》一書中說：

> 顧愷之的生卒無考，僅在《京師寺記》中載有顧愷之，在興寧中畫瓦官寺《維摩詰象》與檀道鸞《續晉陽秋》丘淵之《文章錄》中所載：「義熙初為散騎常侍」及《晉書》本傳中所載：「年六十二，卒於官」三點。故顧愷之的生卒年間，只能用這三點的記載連結起來作大概的推算。如說愷之的卒年為義熙二年即西元 406 年；那麼愷之的生年是穆帝永和元年即西元 345 年。到興寧二年，即西元 364 年，愷之已是二十歲。興寧共計三年，大概顧愷之畫瓦官寺，就是這一年了。如說愷之早生一年，生於康帝建元二年，即西元 344 年，那麼到興寧二年，愷之是二十一歲。以愷之畫瓦官寺藝能成就上說，在二十一歲的一年，畫瓦官寺，很為適當。但是他的卒年，是在義熙元年了。與「義熙初為散騎常侍」及「年六十二卒於官」兩句話合起來看，似嫌早些。如說愷之生於穆帝永和二年，那麼到興寧二年愷之是十九歲。十九歲畫瓦官寺又似嫌年齡稍輕，那麼畫瓦官寺以興寧三年為合適。然而愷之的卒年，是在義熙三年了。以上三種的推算，當以生於穆帝永和元年（345）卒於義熙二年（406）較為適中。〔註15〕

筆者認為，若是根據上述第一點姜亮夫的說法，顯然不可能，因為顧愷之義熙初還任官，《晉書》記載：

> 義熙初，為散騎常侍，與謝瞻連省……。〔註16〕

義熙（405 年～418 年）是東晉皇帝晉安帝司馬德宗的第四個年號，共計 14 年。顧愷之的過世至少要在 405 年之後，這樣子才有可能與謝瞻連省，夜於月下長詠。又興寧二年瓦官寺建，顧愷之當於此年畫維摩詰像，潘天壽先生推論，「如說愷之生於穆帝永和二年，那麼到興寧二年愷之是十九歲。十九歲畫瓦官寺又似嫌年齡稍輕，那麼畫瓦官寺以興寧三年為合適。」

而筆者另外還參考慧皎《高僧傳・竺法曠傳》：

〔註14〕劉凌滄：《唐代人物畫》第一章，頁 3。
〔註15〕俞劍華、羅尗子、溫肇桐編著：《顧愷之研究資料》，（香港：南通圖書公司印行，1961 年六月），頁 132。
〔註16〕〔唐〕房玄齡等：《晉書》卷九十二列傳第六十二文苑。文津閣四庫全書（北京：商務印書館，2006。）V.251 史部正史類，頁 391。

元興元年（402）卒，春秋七十有六，散騎常侍顧愷之為作贊傳云。

〔註17〕

贊文的最後一句寫著，「散騎常侍顧愷之為之作傳云。」而據晉書記載顧愷之是至義熙初才官至散騎常侍，所以他為竺法曠做贊的時間絕對不是在元興元年（西元402年）竺法曠過世那一年，而應該在義熙初年之後。馬采先生《顧愷之研究》顧愷之年表中是認為：

建元二年（西元344年）顧愷之生（？）

義熙元年：（西元405年）為散騎常侍與謝瞻月下吟詠顧愷之死（？）

〔註18〕

若像馬采先生所說，顧愷之死於義熙元年的話，相信是無法與謝瞻長詠於月下幾申且而後止，更不用說是為人作贊的。

　　而日本堂谷憲勇《支那美術史論》七○頁附《顧愷之年表》則是寫：

東晉康帝建元元年（三四三）顧愷之生

安帝義熙元年（四○五）為散騎常侍與謝瞻月下吟詠

這樣的話，顧愷之就不是享年六十二歲而是六十三歲了。

　　而且，在嚴可均校輯《全上古三代秦漢六朝文・全晉文》中，卷一三五錄顧愷之《祭牙文》云：

維某年某月日，錄尚書事，豫章公裕，敢告黃帝蚩尤五兵之靈……。

查對《東西晉新紀》確知劉裕於義熙二年（406）十月被封為豫章郡公，四年（408年）正月錄尚書事：

二年（丙午，四○六）春二月，甲戌，國璠等攻陷弋陽。冬十月，尚書論建義功，奏封劉裕豫章郡公……（1305頁）

朝廷乃徵裕為侍中、車騎將軍、開府儀同三司、揚州刺史、錄尚書事、徐、袞二州刺史如故。（1307頁）〔註19〕

〔註17〕〔梁〕釋慧皎撰；湯用彤校注；湯一玄整理：《高僧傳》第十四卷，卷第五，義解二，竺法曠十三（臺北：中華書局出版，1992年10月），頁205。

〔註18〕俞劍華、羅尗子、溫肇桐編著：《顧愷之研究資料》，（香港：南通圖書公司印行，1961年六月），頁132。

〔註19〕陳健夫：《東西晉新紀》（臺北：新儒家雜誌社，1983年）V.2，新通鑑第四十八卷　東西晉新紀第十六　安皇帝司馬德宗恭皇帝司馬德文，頁1305～1307。此文亦出現在〔唐〕許嵩：《建康實錄》卷十，頁22。清光緒二十八年甘氏校刊本。四川大學圖書館編：《中國野史集成》第一冊，頁414。（四川：巴蜀書社，1993年10月）

根據《建康寔錄》卷十《安皇帝》：

> 義熙五年三月乙亥，大雪平地數尺，劉裕表伐南燕。甲午，建牙誠嚴。〔註20〕

由此可知義熙五年（409）三月愷之仍在，並為他寫了誓師儀式用的「祭牙」即祭軍旗的文章，故其卒年至少當在本年三月之後。如此一來，顧愷之的生卒年就必須往後延。

因此，《歷代名畫記》作所說的：「東晉永和二年丙午生，義熙三年丁未卒（西元三四六～四○七）」亦不太合適。綜上所述，顧愷之的生卒年應該定在永和四年生，義熙五年卒（348～409）較為得宜，如此一來，他畫瓦官寺維摩詰像的年紀可能僅有十七歲左右。

第三節　關於「虎頭」的考證

顧愷之，小字虎頭，《宣和畫譜卷一道釋敘論》曰：

> 杜甫〈題瓦官寺詩〉云：「虎頭金粟影」者謂此。愷之世以謂「天材傑出、獨立無偶、妙造精微」雖荀、衛、曹、張，未足以方駕也。
>
> 〔註21〕

《宣和畫譜》引用杜甫的詩，來稱讚顧愷之，就已經稱他為虎頭。宋朝吳曾《能改齋漫錄》〔註22〕裡寫道：

> 顧愷之，小字虎頭，《洪駒父詩話》謂：「世所行注老杜詩云，是王叔原或云鄧慎思所注，甚多踈略，非王鄧書也，其甚紕繆者，顧愷之，小字虎頭，維摩詰是過去金粟如來，故乞瓦官寺顧愷之畫維摩詰像詩，卒章云：『虎頭金粟影，神妙獨難忘』，乃注云：『虎頭僧相金粟，金地當飾』此殊可笑也。」以上皆洪說。予謂洪以虎頭為愷之小字者，蓋取《歷代名畫記》云：「顧愷之，字長康，小字虎頭，晉陵無錫人。」然予考《世說》乃謂：「顧愷之為虎頭將軍，每食蔗

〔註20〕〔唐〕許嵩：《建康寔錄》卷十，二十四頁。清光緒二十八年甘氏校刊本。四川大學圖書館編：《中國野史集成》第一冊，頁415。（四川：巴蜀書社，1993年10月）

〔註21〕〔宋〕《宣和畫譜》宣和年間官修，楊家駱主編：（臺北：世界書局出版，1967年12月）卷一道釋緒論，頁44。

〔註22〕〔宋〕吳曾撰：《能改齋漫錄》卷五。百部叢書集成之五十二，守山閣叢書V.2（臺北：藝文印書館，民76年12月，線裝書），頁20。

自尾至本，人或問，曰：『漸入佳境』」則知虎頭非小字，名畫記之
誤，而洪又承其失耳。

顧愷之，虎頭究竟是他的小字或是他的官名？事實可能連取笑洪駒父的吳曾
也始料未及，到了後代又有人推翻了吳曾在《能改齋漫錄》的看法，《江南通
志》記載：

《吳郡志》引唐陸廣微《吳地記言》：「顧悌仕吳爲虎頭將軍」，按悌
之歷官，詳見《吳志‧顧雍傳》注中，嘗爲偏將軍，無虎頭之號，
兼孫吳時亦不聞置此官，陸記誤也；又明《一統志》言：「晉顧愷之
嘗爲虎頭將軍，人號顧虎頭，而舊志仍之，按《晉書‧百官志》，無
虎頭將軍。」據唐張彥遠名畫記：「虎頭乃愷之小字，非官也。」此
誤始於宋吳曾《能改齋漫錄》，而後人相沿未止耳。〔註23〕

事實上他所擔任過的職位沒有將軍一職，甚至《晉書‧百官志》也無虎頭將軍的
記載。其實顧虎頭竟然不是我們所以爲的東晉的顧愷之，而是另有其人。考顧愷
之被稱爲虎頭將軍的原因，實際上是傳寫的訛誤，那是從「宋將軍字伯虎」的顧
愷之那裏抄來的，因爲南朝宋也有個同名同姓的顧愷之，而他的官職是將軍。

顧愷之：一晉人，字長康；一宋將軍，字伯虎。（晉陽秋）〔註24〕

根據毛漢光《兩晉南北朝世族政治之研究》〔註25〕的表格，宋書卷八十一確
有一個顧愷之，他是吳郡吳縣人，祖父官品爲三品，而他曾擔任過的官職有
吏部尚書、尚書吏部郎、御史中丞、刺史⋯⋯等，將軍品位是三品。而東晉
的顧愷之〔註26〕則是晉陵無錫人，曾擔任過最高官品爲三品。由此可以證明，
有兩個同名同姓的顧愷之，只是一個在東晉、一個在南朝宋。但也許是因爲
過去文字記載不易流通，在史書記載若有同名同姓者，常易導致張冠李戴的
情形。而錯誤的典故，是即使名家也可能會用錯的，這也是顧愷之本人料想
不到的趣談，在今日資訊暢通的時代，我們更應該要將這些典故的正確性一
一釐清，以免同樣的錯誤一直不斷的再犯。

〔註23〕〔清〕趙宏恩等修：《江南通志》卷二百　雜類志　辨訛　虎頭辨。文津閣四庫
全書　史部地理類（北京：商務印書館，2006年）V.513，頁185。
〔註24〕〔梁〕元帝撰；〔唐〕陸善經續；〔元〕葉森補：《古今同姓名錄》卷下。文津
閣四庫全書　子部雜家類（北京：商務印書館，2006年）V.888，頁91。
〔註25〕毛漢光：《兩晉南北朝世族政治之研究》上，臺北：中國學術著作獎助委員會，
1966年7月，頁456。
〔註26〕同上註，頁427。

以上兩節，是關於顧愷之本身生卒年與字號較需重新考證的部分，希望能釐清以往顧愷之相關研究中模糊不清的界域。過去對顧愷之的美學思想的確有過許多人研究，但是對於畫家本人的生平在歷史上的考證卻可以說還是很缺乏的。

第四節　顧愷之的家世背景與宗教信仰

東吳顧氏乃名族，故經詳細查考顧氏起源，瞭解在吳郡顧氏宗族的龐大勢力，進而了解顧愷之身處其中的處境。再進而了解顧氏家族在朝廷為官的狀況去探討其聲望與地位，最後論述顧愷之在東晉可能接受的宗教信仰。

一、顧氏宗族

《世說新語・賞譽》指出：「吳郡有顧、陸、朱、張四姓，三國之時，四姓勝焉」〔註27〕，《晉會要》〔註28〕記載：

> 吳四姓　舊目云：「張文、朱武、陸忠、顧厚。」

顧愷之即出身於江南四大望族之一。根據《潘光旦文集》的顧氏士族表〔註29〕，考顧氏之世系如下：

其中未見顧愷之與其父顧悅之，《晉書・文苑傳》也記載：

> 顧愷之，字長康，晉陵無錫人也。父悅之，尚書左丞。〔註30〕

〔註27〕〔劉宋〕劉義慶撰；〔梁〕劉孝標注；〔清〕沈巖撰校語：《世說新語・賞譽》（臺北：臺灣商務印書館，張元濟、王雲五創編：《大本原式精印四部叢刊正編》。景上海涵芬樓藏明嘉趣堂刊本本書三卷坿校語一卷，2011 年 12 月），第24 冊，卷中下，頁 81，第 142 條。

〔註28〕《晉會要》，汪兆鏞撰：（北京：書目文獻出版社，1953 年 10 月）卷二十五選舉下 品目，頁 303。

〔註29〕潘光旦著；潘乃穆、潘乃和編：《潘光旦文集》，（北京：北京大學出版社，2000 年 12 月），卷四，頁 134。

〔註30〕〔唐〕房玄齡等：《晉書》卷九十二列傳第六十二文苑。文津閣四庫全書 史部正史類（北京：商務印書館，2006 年）V.251，頁 391。

父顧悅（悅之），官揚州刺史、殷浩別駕，後升尚書左丞。另外，在《中國哲學概論》〔註31〕中提到：

> 顧愷之的的出身是典型的名門閥閱之家，他的父親顧悅之官至尚書
> 左丞，祖父顧毗，官至光祿卿。

則我們可以追溯以顧愷之的祖先向上算五代，統整如下：

> 顧奉—○○—○○—顧雍—顧穆—顧榮—顧毗—顧悅之—顧愷之

倘若顧愷之的祖父是顧毗，官至光祿卿；顧毗之父顧榮在西晉東遷時扮演重要角色，其仕途可以說是前澀而後暢。

> 顧榮，字彥先，機神朗悟，與陸機兄弟同入洛。時人號為三俊……
>
> 〔註32〕

《晉會要》〔註33〕〈王導傳〉寫道：

> 江左初，王導言於帝曰：「自魏氏以來，迄於太康之際，公卿世族豪
> 奢相高，政教凌遲，不遵法度，群公卿士皆靡於安息，遂使姦人來
> 鶯，有虧王道，然否絡斯泰，天道之常，大王方立，命世之勳，一
> 匡天下，願宏深神慮，廣擇賢能，顧榮、紀瞻、周玘皆南土之秀，
> 願盡優禮，則天下安矣。」

在西晉年間，顧榮與陸氏兄弟雖不受重用，陸氏兄弟甚至死於非命，但在晉室東遷後，丞相王導為了安定海內之心，刻意展現中央和解南北矛盾，重用南人的誠意，故特別禮遇顧榮、紀瞻、周玘等南方士族，因此，顧榮在東晉初年地位真可謂苦盡甘來。而顧榮的祖父顧雍為孫吳宰相，在三國時代的東吳掌握大權，《資治通鑑·魏紀》記載：

> 顧雍，字元歎。孫權曰：「顧公在座，使人不樂。」為丞相，平尚書
> 事，選用文武將吏，各隨能所任，心無適莫。〔註34〕

〔註31〕曾春海、葉海煙、尤煌傑合著：《中國哲學概論》，（臺北：五南圖書公司，2005
　　　　年9月），頁284。（由於在古籍中找不到顧毗與顧悅之氏父子的證據，故在此
　　　　引用二手書籍，顧毗是否為顧愷之祖父這一點，仍應存疑。）

〔註32〕〔唐〕房玄齡等：《晉書》卷六十八列傳第三十八。文津閣四庫全書 史部正
　　　　史類（北京：商務印書館，2006年）V.251，頁31。

〔註33〕汪兆鏞撰：《晉會要》（北京：書目文獻出版社，1953年10月）卷三十二民事
　　　　上 風俗，頁393。

〔註34〕《資治通鑑》魏紀二世祖文皇帝下。（上海：上海古籍出版社，2006年3月）
　　　　卷七十，頁2222。

而《三國志》〈顧雍傳〉亦言：

> 雍為人，不飲酒，寡言語，舉動時當。權嘗歎曰：「顧君不言，言必有中。」至飲宴歡樂之際，左右恐有酒失，而雍必見之，是以不敢肆情，權亦曰：「顧公在坐，使人不樂。」其見憚如此。代孫劭為丞相，平尚書事。其所選用，文武將任，心無適莫。時訪逮民間，及政職所宜，輒密以聞。若見納用，則歸之於上；不用，終不宣洩，權以此重之。〔註35〕

故陳壽評曰：顧雍依杖素業，而將之智局，故能究極榮位。〔註36〕何啟民在其著作《中古門第論集》〔註37〕中表示，「雍能『為相十九年』者亦由此故，而雍所以教兒孫者亦一唯此」，本傳注引〈江表傳〉曰：

> 權嫁從女，女顧氏甥，故請雍父子及孫譚。譚時為選曹尚書，見任貴重。是日，權極歡。譚醉酒，三起舞，舞不知止，雍內怒之。明日，召譚訶責之曰：「君王以含垢為德，臣下以恭敬為節。昔蕭何、吳漢，並有大功。何每見高帝，似不能言；漢奉光武，亦信愨勤。汝之於國，寧有汗馬之勞，可書之事邪？但階門戶之資，遂見寵任耳！何有舞不復知止，雖為酒後，亦由恃恩忘敬，謙虛不足。損吾家者，必爾也。」因背向壁臥，譚立過一時，乃見遣。

伴君如伴虎，能位於宰相的位置長達十九年，是非常不容易的事。顧氏宗族能夠久立於官場，實因其戒慎而溫厚內斂的家風所致，這種嚴格的教育便是來自其出於常人的胸襟。《世說新語·雅量》第一則提到：

> 豫章太守顧劭，是雍之子。劭在郡卒。雍盛集僚屬，自圍棋。外啟信至，而無兒書，雖神氣不變，而心了其故。以爪掐掌，血流沾褥。賓客既散，方歎曰：「已無延陵之高，豈可有喪明之責！」於是豁情散哀，顏色自若。〔註38〕

〔註35〕〔晉〕陳壽撰；〔南朝宋〕裴松之注：《三國志》吳書卷五十二。（臺北：中華書局，1959 年 12 月），V.5，頁 1226。

〔註36〕同上註。

〔註37〕何啟民：《中古門第論集》，（台灣：學生書局，民國 67 年元月出版），頁 89～90。

〔註38〕〔劉宋〕劉義慶撰；〔梁〕劉孝標注；〔清〕沈巖撰校語：《世說新語·雅量》（臺北：臺灣商務印書館，張元濟、王雲五創編：《大本原式精印四部叢刊正編》。景上海涵芬樓藏明嘉趣堂刊本本書三卷坿校語一卷，2011 年 12 月），第 24 冊，卷中上，頁 58。

即便是聽聞愛子過世，也神色不變，甚至以爪掐掌，血流沾褥了，卻依然可以從容面對眼前的賓客，直到集會結束，這是一種參破生死的達觀的氣度，與遇事不露聲色的寬宏氣量。

在責己深，待人厚，事君忠，爲主分憂，而不見己功的家學門風下，顧氏子弟有一種特殊的風格，適當的收斂，非但仁厚，而且機智。這樣的家學門風，相信也間接地影響了顧愷之待人處世的原則與思維模式。

在《四庫全書》章定的《名賢氏族言行類稿》中，顧氏家族裡除了可以追溯到顧奉之外，甚至可以上溯夏殷侯國。宋·鄭樵《通志》云：

> 顧伯，夏、殷侯國也。子孫以國氏焉，《顧氏譜》云：「越王勾踐七代孫，閩君搖，漢封東甌搖，別封其子爲顧余侯，因氏焉。漢初居會稽。〔註39〕

《世說·德行》注引《文士傳》曰：

> 其先，越王勾踐之支庶，封於顧邑，子孫遂氏焉，世爲吳著姓。

〔註40〕

唐·林寶《元和姓纂》去聲十一暮顧姓：

> 顧伯，夏、殷侯國也，子孫以國氏焉。顧氏譜云：「越王勾踐七代孫閩君搖，漢封東甌，搖別封其子爲顧余侯，因氏焉。漢初居會稽。」

〔註41〕

《唐書》卷七十四宰相世系表：

> 顧氏出自己姓。顧伯，夏商侯國也。子孫以國爲氏，初居會稽。

〔註42〕

〔註39〕〔宋〕鄭樵：《通志》卷二十六　氏族略　第二　以國爲氏　夏商以前國（臺北：臺灣商務印書館，2006 年）V.370，頁 453～1。

〔註40〕〔劉宋〕劉義慶撰；〔梁〕劉孝標注；〔清〕沈巖撰校語：《世說新語·德行》（臺北：臺灣商務印書館，張元濟、王雲五創編：《大本原式精印四部叢刊正編》。景上海涵芬樓藏明嘉趣堂刊本本書三卷坿校語一卷，2011 年 12 月），第 24 冊，卷上之上，頁 6。

〔註41〕〔宋〕章定，《名賢氏族言行類稿》文淵閣四庫全書（臺北：臺灣商務印書館，2006 年）岑仲勉氏《元和姓纂》四校記卷八云：「此洪氏（洪瑩，今本姓纂即其所校）據（謝訪得）秘笈新書所增者。……又祕笈所引『漢封東甌』下，漏『王』字。」

〔註42〕〔漢〕宋衷著；〔清〕秦嘉謨輯補：《世本八種》卷七中氏姓篇中（北京：中華書局，2008 年），頁 253。

近人王素存姓錄採其說，以爲顧氏「系出己姓，詩所謂『韋顧既伐，昆吾夏桀』也」〔註 43〕。而宋‧章定《名賢氏族言行類稿》顧姓，明顧炎武《顧氏譜系考》則並引《顧氏譜》以爲說：〔註 44〕

> 《通志》：顧氏已姓伯爵，夏商之諸侯。今濮州范縣東南二十八里有故顧城，是其地也。子孫以國爲氏。又顧氏譜云：越王句踐七世孫閩君搖漢封東甌。搖別封其子爲顧余侯。〔註 45〕漢初居會稽，亦爲顧氏。

> 按顧氏相傳有二：一爲已姓之顧，一爲姒姓之顧。已姓顧國祝融之後。《國語》所云昆吾蘇顧溫董者也。湯滅之。《詩》云「韋顧既伐」是也。姒姓之顧，漢封越王句踐七代孫閩君搖于東甌；搖別封其子爲顧余侯者也。然則二者安從？曰從姒姓。何以知其姒姓乎？考已姓之顧，歷殷、周、秦三代無傳人，以左氏之該載，未有稱焉。〔註 46〕而顧族之著乃自東漢，其爲越王之後章章者一。已姓顧國在濮州范縣東南二十八里，而顧氏乃世居會稽。〔註 47〕至孫吳時顧爲四姓，其爲越王之後章章者二。太史公贊越王句踐以爲有禹之遺烈焉。然則吾顧氏之蟬聯于吳，固亦禹之明德也。

從以上所引來看，關於顧氏的來源，歸納如下：

1. 出自己姓，以國爲氏：

    《元和姓纂》以顧伯，夏、商侯國也，子孫以國爲氏。《唐書‧宰相世系表》更稱其出自己姓。

2. 出自姒姓，越王姒勾踐的後裔在越國被楚國滅國之後，遷居浙南，定都東甌，稱東甌王。第七代東甌王姒搖在西漢應功受封爲東海王，因首都在東甌（今浙江省永嘉縣甌北鎮），俗稱東甌王。搖之子受封爲顧余侯，世居於會稽（在今浙江省紹興市），後以顧爲氏。

〔註 43〕〔漢〕孔安國傳；〔唐〕孔穎達疏、陸德明音義：《尚書‧商書》卷第八 湯誓第一 文淵閣四庫全書（臺北：臺灣商務印書館，2006 年），頁 108～1。

〔註 44〕〔清〕顧炎武《顧氏譜系考》收錄在《文淵閣四庫全書》四庫全書總目提要 卷六十三 史部十九 傳記類存目五 總錄下（臺北：臺灣商務印書館，2006 年），頁 1382。

〔註 45〕路史引《輿地志》：「漢文帝時，東海王搖之子期，視爲顧余侯。」

〔註 46〕《漢書‧古今人表》「韋顧」作「韋鼓」。

〔註 47〕漢會稽郡治，吳即今蘇州府吳縣。

這兩支顧姓，一支起源於北方，另一支起源於南方，後人便稱為「南顧」和「北顧」。至今顧姓人在談論其淵源時，仍有「南顧」、「北顧」之說。

顧氏得姓後，「北顧」發展不及「南顧」，南顧很快成了會稽一帶的大姓，漢魏六朝時與陸、朱、張三姓合稱為會稽四姓。由於顧姓主要發源和成長於會稽，所以會稽也成了顧姓的著名郡望之一。綜觀顧氏家族史，從古至今，其發展繁衍中心一直都集中在江浙一帶，因此，顧姓歷史名人大多出自南方。

二、顧氏官譜

探討顧氏的由來之後，接下來來探討顧愷之的家族，以及其家族曾經在朝為官的狀況。根據毛漢光《兩晉南北朝世族政治之研究》〔註 48〕，所摘錄的顧氏官譜，列表如下：

姓　名	顧　榮	顧　毗	顧悅之	顧愷之
籍　貫	吳郡吳縣	吳郡吳縣	晉陵無錫	晉陵無錫
父官品	5	3		
祖官品	1	5		
曾祖官品		1		
11				
14	晉尙書郎丞		晉尙書郎丞	
16	晉中書侍郎			
18				
22				
23	太守		太守	
25	其他三品			其他三品
27		其他五品		
將軍品位				
中　正				
本人最高品	三品	五品	五品	三品
出　處	晉書六十八	晉書六十八	晉書七十七	晉書九十二

〔註48〕毛漢光：《兩晉南北朝世族政治之研究》，臺北：中國學術著作獎助委員會，
　　　　1966 年 7 月，頁 396。

《晉會要》〔註49〕中提到顧榮有文集，其擔任官職為驃騎將軍。毛漢光並未將此官位列入顧榮的表格，《晉會要》〔註50〕記載：

> 驃騎將軍顧榮集五卷錄一卷

還有晉書六十八亦記載：「顧毗曾擔任散騎侍郎」，他官至光祿卿，官品為三品，亦未列入。以上為顧家官職表，關於顧氏的家譜，《晉會要》有記載：

> 《顧氏譜》文選四十二注引〔註51〕

可惜現在已經亡佚，《晉會要》〔註52〕：「嘉興公顧榮」，可知顧榮曾被封為嘉興公，其地位崇高。毛漢光也沒有將其列入表格。在毛漢光的近代職官表格中，顧悅之的父官品以及祖父官品欄位，皆為空白，有可能是因為晉書中並未記載顧悅之的父親為誰，毛先生亦將顧愷之列入寒門士族之故。毛漢光在《兩晉南北朝世族政治之研究》〔註53〕兩晉寒素起家之統計分析中提到：

> 在士族極力排斥下，寒素仍有百分之十四點七居官五品以上，這些幸運的寒素在何種條件下上升？……以文才起家者有：甲、鄭沖、石苞、劉卞、……顧愷之……等六十二位。乙、以武略起家者有：馬隆……等二十三人。丙、以外戚起家者有：郭彰……等九位。丁、地方豪族有：歐陽建……等六位。戊、其他：滕修、顧悅之、……等五位。

另外，毛漢光在同一本書亦作了〈晉寒素起家事蹟錄表〉，〔註54〕其中，顧悅之籍貫空白，並寫著：

> 顧悅之，疑乃吳郡顧氏。
>
> 顧愷之，晉陵無錫，父悅之尚書丞，愷之博學有才氣，識者亦當以高奇見貴，桓溫引為大司馬參軍。

〔註49〕 汪兆鏞撰：《晉會要》，（北京：書目文獻出版社，1953年10月），卷四十經籍四 集部別集類，頁475。

〔註50〕 同上註。

〔註51〕 汪兆鏞撰：《晉會要》，（北京：書目文獻出版社，1953年10月），卷三十八經籍二 史部譜牒類，頁461。

〔註52〕 汪兆鏞撰：《晉會要》，（北京：書目文獻出版社，1953年10月），卷三十一 封建下 異姓封，頁373。

〔註53〕 毛漢光：《兩晉南北朝世族政治之研究》，臺北：中國學術著作獎助委員會，1966年7月，頁165～166。

〔註54〕 同上註，頁186、190。

筆者並不認爲，顧愷之屬於寒素士族，倘若他的祖父是顧毗，其前輩族人、父祖輩都是國之重臣，顧愷之自然容易晉升官職，也容易與當時的官員、名士等互有往來。根據王伊同《五朝門第》〔註55〕說：

> 上品無寒門，下品無世族；而權門弄政，歷世不衰；未使不由此也。三國名家登仕，類除散騎常侍。……其外郎署，名門子弟，棄若敝屣。顏之推有言：「晉朝南度，優借士族；故江南冠帶有才幹者，擢爲令僕以下，尚書郎中書舍人以上，典掌機要。」其外放者，荊揚之任，咸在其手；餘則吳郡吳興會稽清貴之選，亦所以儲待甲族。

顧氏家族乃江南流傳久遠之士族，歷代人才輩出，在重視門第的東晉，蓋貴遊子弟，仕異常途，得官最捷。王伊同說：「大抵魏晉之交，名公子起家，多爲散騎黃門郎。或秘書郎、吏部郎等。其外任者，概被優遇，不出遠郡。多爲吳郡吳興會稽，清貴之選，儲待高冑，非寒品後門，所能儳望。東宮師傅，下至群吏，率取膏梁擊鐘鼎食之家，稀有寒門儒素之品。」顧毗的籍貫在吳郡吳縣，然而顧愷之卻是晉陵無錫人，有可能是因爲顧悅之初任晉陵無錫縣令之故。在《顧愷之研究資料》〔註56〕中提到：

> 他的父親名悅之，曾做過無錫縣令，又在殷浩那裏做過別駕，後來升到尚書左丞，是一個善於辭令的人，從他對答簡文帝的話中，就可以推想而知。

> 顧悅之，字君叔。與簡文同年，而髮早白。帝問其故，答曰：「松柏之姿，經霜猶茂；蒲柳常質，望秋先零。」〔註57〕

父親顧悅之曾任無錫縣令，又在殷浩那裏做過別駕，《晉書》殷浩傳曾記載，顧悅之爲殷浩上奏追復其本官之事。〔註58〕王伊同說：「是生受其恩，死必報

〔註55〕王伊同：《五朝門第》上冊，（香港：中文大學出版社，1978年），頁3。

〔註56〕《顧愷之研究資料》，俞劍華、羅尗子、溫肇桐編著，（香港：南通圖書公司印行，1961年六月），頁1。

〔註57〕〔劉宋〕劉義慶撰；〔梁〕劉孝標注；〔清〕沈巖撰校語：《世說新語‧言語》（《四部叢刊初編》中第462冊。景上海涵芬樓藏明嘉趣堂刊本本書三卷坿校語一卷），頁82。

〔註58〕〔唐〕房玄齡等：《晉書》卷七十七殷浩列傳。文津閣四庫全書 史部正史類（北京：商務印書館，2006年）V.251，頁175。原文如下：「殷浩將改葬，其故吏顧悅之上疏訟浩曰：『伏見故中軍將軍、揚州刺史殷浩體德沉粹、識理淹長，風流雅勝，聲蓋當時，再臨神州，萬里肅清，薰績茂著。聖朝欽嘉，遂授分陝推轂之任。戎旗既建，出鎮壽陽，驅其豺狼，翦其荊棘，收羅向義，廣開屯田，沐雨櫛風，等勤臺僕。仰憑皇威，群醜革面，進軍河洛，修復園

其德。」〔註 59〕表示顧悅之在殷浩死後仍繼續盡其忠臣的本分，不因為殷浩失勢而落井下石，他不只是一個應對捷綸者，而也是非常注重道義的，且從他為殷浩上奏的文章內容看出他的文筆流暢，也因此顧愷之在這樣的教育環境下能夠繼承相當好的文學素養。顧悅之後來升到尚書左丞，他富含智慧的思考模式，對答如流的言語，也給顧愷之相當大的影響，顧愷之的癡絕，「自矜誇、好諧謔」的處事風格或許也是得到了父親的遺傳。根據唐‧許嵩《建康寔錄》注云：

> 京師寺記，興寧中，瓦官寺初置僧眾設會，請朝賢鳴剎注疏。其時士大夫無有過十萬者，顧愷之，字長康，直打剎注一百萬，長康素貧，時以為大言。〔註60〕

從顧愷之在瓦官寺畫維摩詰，時人以為「長康素貧，時以為大言」應該付不出百萬金的情形，可以推想顧愷之家中並不十分富裕。但由於顧愷之怎麼也算是門閥士族子弟，憑藉著顧氏的門第，可以隨時雍容步入官場，而一旦進入官場之後，也因為地望清高，大多不必居官久長就可以升遷。

　　東晉門閥士族在政治上的這種特權，使高門子弟不必像低層士族和寒門素族子弟那樣，為仕途而苦心經營。他們可平流進取，故閒居待仕時，有更多的時間涉足文藝，「出則漁弋山水，入則言詠屬文」〔註61〕。他們進入官場以後，也不必更多地費神去維護自己的官職和考慮升遷問題。這就使他們常常能夠悠閒地從事文藝活動。在一般寒門素族子弟還在為自己的出路煩憂之時，顧愷之可以從容的在瓦官寺連畫他一個月的維摩詰佛像，甚至以此名聞京城，連謝安都忍不住讚賞，根據《宣和畫譜》載：

陵。不虞之變，中路狙蹶，遂令為山之功崩於垂成，忠款之志於是而廢。既受削黜，自擯山海，杜門終身，與世兩絕，可謂克己復禮，窮而無怨者也。尋浩所犯，蓋負敗之常科，非即情之永責。論其名德深誠則如彼，察其補過罪己則如此，豈可棄而不恤，使法有餘冤！方今宅兆已成，埏隧已開，懸棺而窆，禮同庶人，存亡有非命之分，九泉無自訴之期，仰感三良，昊天罔極。若使明詔爰發，旌我善人，崇復本官，遠彰幽昧，斯則國家感恩有兼濟之美，死而可作，無負心之恨」疏奏詔追復浩本官。」

〔註59〕 王伊同：《五朝門第》上冊，（香港：中文大學出版社，1978 年），頁 148。

〔註60〕 〔唐〕許嵩：《建康實錄》。四庫全書珍本六集。（臺北：台灣商務印書館，1990年。）V.2，卷八，頁 35。

〔註61〕 〔唐〕房玄齡等：《晉書》卷七十九謝安列傳。文津閣四庫全書 史部正史類（北京：商務印書館，2006 年）V.251，頁 189。

顧愷之，字長康。博學有才氣，尤善丹青圖寫。謝安以爲有蒼生以
來，未之有也。〔註62〕

顏之推在《顏氏家訓・勉學》中說：

雖千載冠冕，不曉書記者，莫不耕田養馬……若能常保數百卷書，
千載終不爲小人也。〔註63〕

除了鞏固延續自己的家族，提高家族的地位，擴大家族的影響之外，他們也
懂得，任何特權，任何家族，都不能完全憑藉政治、軍事和姻親來維持，還
需要文化方面的力量。東晉的許多門閥士族十分注重文化，關心文化的傳承
和連續性，有時甚至發展到重文輕武的地步，而對作爲文化重要指標的文學
藝術更爲時人所重。家庭背景縱然帶給顧愷之優渥的環境去發展文藝上的興
趣，相對的，顧愷之在藝術上的成就也帶給其家族文化上的維繫作用。

　　因此，東晉的士族文藝世家，特別重視文藝，注意培養自己家族中的文
藝人才，從而藉藝術文化來證明他們特殊地位的合理性，表現其高貴的文化
素養，維護和振興自己的家族。因爲家族內的人才，一旦在文藝上有所作爲，
就會憑藉著他們特殊的地位名望和身份受到社會格外的青睞，他們的影響就
會更大，他們的家族就會顯得更加文雅和文明，就會有助於他們家族的地位
在與其他士族的競爭中得到維繫和提高。

　　東晉的門閥士族在佔有豐厚的權勢與物質財富的同時，雖然也注意物質
享受，但並沒有像西晉的某些士族那樣，沉溺於極度奢華放縱之中，而是相
當看重精神生活。何啓民在其著作《中古門第論集》〔註64〕中說：

門第的貧富，與他們的地位無關，不因貧而不成其爲門第，亦不因
富而地位上升。對於一具有自尊心，而且自重的門第子弟來說，決
不貪利，亦不求利，他所求的是社會的「清望」，貧窮可能更有助於
「清望」的增高，與社會地位的上升。這可說是門第精神的內在顯
現，不能了解這點，自然不可能了解中古的門第。

地位崇高的門閥士族不爲豐厚的物質財富所役，有的人雖佔有物質財富卻不

〔註62〕〔宋〕《宣和畫譜》，宣和年間官修，楊家駱主編，（臺北：世界書局出版，1967
年12月）卷一道釋緒論，頁43。

〔註63〕〔北齊〕顏之推著：《顏氏家訓・勉學》（《四部叢刊初編》中第430冊。景江
安傅氏雙鑑樓藏明刊本），頁145。

〔註64〕何啓民：《中古門第論集》，（台灣：學生書局，民國67年元月出版），頁89
～90。

受其累，能在享受物質生活的同時，更追求享受精神上的、審美的人生。有的人反而因著貧窮而增加了清望，他們崇尚玄虛，追求超脫；也熱愛自然，愛好藝術。他們的心靈，在審美的生活中得到了慰藉，得到了豐富和發展。顧愷之沐浴在這樣的時代風氣之下，他很清楚「文藝是人類精神生活的重要組成部分，文藝離不開相對的自由。」只有擺脫了外在物質的鉗制與誘惑時，才能達到審美和藝術創作的自由境界。

三、宗教信仰

為了追求精神上的超脫，哲學思想與宗教信仰就成為了重要的條件。在哲學思想上，東晉士族文藝世家有不少重要成員是儒玄雙修。在《六朝文化》一書中，談及江東大族吳郡陸氏、顧氏、張氏文化時，指出陸氏家族學術文化風貌崇尚儒家學說，顧氏以儒、玄并修的學術文化風尚，張氏重文詞與學術〔註65〕。而王永平《六朝江東世族之家風家學研究》及吳正嵐《六朝江東士族的家學門風》對陸氏、顧氏、張氏家學看法，基本上與《六朝文化》所談相同〔註66〕。玄學哲理使他們思想解放，追求個體的自由，擺脫功利的誘惑和追逐，能形成多元共存的、豐富的思想；儒家思維又使他們避免脫離現實、陷於虛無和任誕，促使他們擁有積極入世的意識，並留心改善現實人生。而在宗教信仰上，東晉門閥士族文藝世家中的許多成員，對當時廣為傳播的佛教和道教，都格外投入，有不少人是虔誠的信徒。他們從宗教的教義和活動中吸取了一些養分，同時當然也有些受到了宗教負面的影響。

道教重要人物葛洪（約283～363），字稚川，字號抱朴子，丹陽（今南京市）句容人。其祖葛系，為孫吳大鴻臚，封吳壽縣侯。父葛悌，為西晉邵陵（今湖南邵陽）太守。吳正嵐在《六朝江東士族的家學門風》中提到：

> 遍檢高僧傳，未見有吳郡顧氏與僧人交往的記載，可見顧氏奉佛者
> 很少。至少孫吳顧悌的後代直至南齊仍然信奉道教。其理由是：首
> 先，西晉時顧悌之子顧秘與江東道士葛洪關係密切。《晉書·葛洪傳》
> 載，太安中，石冰叛亂，吳興太守顧秘與周玘等起兵攻討，秘任命

〔註65〕 許輝等：《六朝文化》，（江蘇古籍出版社，2001年10月），頁159～185。
〔註66〕 王永平：《六朝江東世族之家風家學研究》，（南京：江蘇古籍出版社，2003年1月），頁67～200。
吳正嵐：《六朝江東士族的家學門風》，（南京：南京大學出版社，2003年11月），頁100～217。

葛洪爲將兵校尉。雖然此時顧祕未必接受葛洪的道法，但很有可能

受到葛洪道教思想的影響。〔註67〕

葛洪曾協助顧愷之前輩族人吳興太守顧祕鎭壓石冰之亂，受命爲將兵校尉，
後因功詔封關內侯。《太平御覽》卷三百二十八引《抱朴子》佚文：

　　小民張昌，反於荊州，奉劉尼爲漢主，乃遣石冰擊定揚洲，屯於建

　　業。宋道衝說冰，求爲丹陽太守，到郡發兵以攻冰，召余爲將兵都

　　尉。余年二十一，見軍旅，不得已而就之。宋侯不用吾計，數敗。

　　吾令宋侯從月建住華蓋下，遂收合餘燼，從吾計破石冰焉。〔註68〕

之後，晉成帝欲任其爲散騎常侍，葛洪堅辭不就，並至羅浮山煉丹著述終其一生。
由此可見，葛洪一家原爲晉朝的門閥士族。據溫肇桐曾對葛洪與顧愷之作比較，
從家庭出身和生活行徑、世界觀和思想觀點，認爲兩人都極相似，就連矛盾的部
分也雷同〔註69〕。在《抱朴子・至理》中，葛洪對於形神關係論述如下：

　　夫有因無而生焉，形須神而立焉。有者，無之宮也。形者，神之宅

　　也。故譬之於堤，堤壞則水不留矣。方之於燭，燭糜則火不居矣。

　　身勞則神散，氣竭則命終。〔註70〕

葛洪的論點極可能成爲顧愷之「重神輕形」、「以形寫神」的理論淵源。根據
陳寅恪《天師道與濱海地域之關係》〔註71〕指出：

　　六朝人最重家諱，而「之」、「道」等字則在不避之列，所以然之故

　　雖不能詳知，要是與宗教信仰有關。……此類代表宗教信仰之字，

　　父子兄弟皆可取以命名，而不能據以定世次也。

其論寇謙之云：「父（修之）子俱以『之』字命名，是其家世遺傳，環境薰習，
皆與天師道有關。」據此，信奉天師道之世家，其家族成員可以不避名諱。
我們也從顧愷之與其父親顧悅之的名字當中，可以確認他們是屬於天師道的
家族成員。

〔註67〕吳正嵐：《六朝江東士族的家學門風》。（南京：南京大學出版社，2003 年 11
　　　　月），頁 77。

〔註68〕〔宋〕李昉等：《太平御覽》卷三百二十八兵部第五十九。（臺北：台灣商務
　　　　印書館，1997 年 7 月）V.2，頁 1639。

〔註69〕參見溫肇桐：《顧愷之新論》，（四川：新華書店，1985 年），頁 10～12。

〔註70〕陸建華、沈順福、程宇宏、夏當英：《道家與中國哲學（魏晉南北朝卷）》，（北
　　　　京：人民出版社，2004 年），頁 5。

〔註71〕陳寅恪：《天師道與濱海地域之關係》，《金明館叢稿初編》，（臺北：里仁書局，
　　　　民國 70 年 3 月）頁 8、13。

另外，也可由顧愷之生平故事中的許多例子，找到相關的線索。

> 尤信小術，以爲求之必得。桓玄嘗以一柳葉給之，曰：「此蟬所翳葉
> 也，取以自蔽，人不見已。」愷之喜引葉自蔽，玄就溺焉。愷之信
> 其不見已也，甚以珍之。〔註72〕

顧愷之「尤信小術，以爲求之必得」。他相信隱身法，可能與接觸道教有關。
道教相信隱身術。葛洪《神仙傳·彭祖》：「或聳身入雲……或出入人間而不
識，或隱其身而莫之見。」〔註73〕他相信隱身法，必然與接觸道教有關。

> 愷之嘗以一厨畫，糊題其前，寄桓玄，皆其深所珍惜者。玄乃發其
> 厨後，竊取畫，而緘開如舊以還之，給云：「未開。」愷之見封題如
> 初，但失其畫，直云：「妙畫通靈，變化而去，亦猶人之登仙。」了
> 無怪色。〔註74〕

> 嘗悅一鄰女，挑之，弗從，乃圖其形於壁，以棘鍼釘其心，女遂患
> 心痛，愷之因致其情，女從之，遂密去鍼而愈。〔註75〕

五斗米道，屬符籙派，如畫符、隱身術、通靈、針棘圖像求偶這一類的動作，
都是屬於道教方術。從顧愷之用「釘」的紀錄，應屬於符籙之法，這一可證
明其與道教的關係。

在信仰天師道的同時，他也關注佛教，願意爲佛教效力，十七歲的他在
創作維摩詰壁畫時，人們曾稱他爲「大言僧」。他的維摩詰壁畫將玄虛清談之
士的形象融入其中，與佛教原生的維摩詰居士形象大相逕庭，卻反而在中土
受到歡迎。《歷代名畫記》卷二說顧愷之畫的維摩詰形象是：

> 有清羸示病之容，隱几忘言之狀。〔註76〕

顧愷之首創的維摩詰像，沒有採用寫實的手法，而是根據有關的記載，把他
加以變形，畫出當代名士心目中清瘦而能言善道的維摩詰居士形象。張可禮
《東晉文藝綜合研究》中指出：

〔註72〕〔唐〕房玄齡等：《晉書》卷九十二列傳第六十二文苑。文津閣四庫全書 史
　　　　部正史類（北京：商務印書館，2006年）V.251，頁391。

〔註73〕〔晉〕葛洪：《神仙傳》，（臺北：廣文書局，1989年12月。）

〔註74〕〔唐〕房玄齡等：《晉書》卷九十二列傳第六十二文苑。文津閣四庫全書 史
　　　　部正史類（北京：商務印書館，2006年）V.251，頁391。

〔註75〕同上註。

〔註76〕〔唐〕張彥遠著：《歷代名畫記》，卷五，頁6。（百部叢書集成之四十六學津
　　　　討原第十六函歷代名畫記卷五）（臺北：藝文印書館，民76年12月，線裝書）

　　顧愷之筆下的維摩詰，是當時崇尚玄虛的名士心目中的維摩詰，而不
　單是佛教典籍中的維摩詰。顧愷之畫的維摩詰，表現了作為佛的維摩
　詰和當時名士的融合，突出了維摩詰超越世俗的玄虛心靈。〔註77〕

從顧愷之的畫像當中，我們也可以約略看出當時人物審美的趨向，比起現代
佛像崇尚威嚴福泰而莊重的外形，東晉崇尚衣帶飄飄、輕瘦卻反而帶有玄意
的名士神情。佛教所謂的「佛」和「眞諦」，是至高至大、神妙莫測的，而這
一階段有關佛教的繪畫和雕塑作品，特別重視的也是玄虛的神氣。《歷代名畫
記》卷五說：晉明帝司馬紹「最善畫佛像」，他畫的佛像是「略於形色，頗得
神氣」。〔註78〕這一階段重要畫家與雕塑家的創作，也表現出疏遠社會和崇尚
玄虛的特點。他們並不會因重儒道而排佛，相反的，由於清談與格義的影響，
大多名士也十分重視佛教哲理，更創作了不少有關佛教的繪畫和雕塑作品。
如：戴逵和他的兒子戴顒雕刻的無量壽等佛像，曾使許多善男信女頂禮膜拜。
顧愷之所繪的維摩詰壁畫也令「佛光照耀，觀者如堵。」宋·葛立方《韻語
陽秋》引《京師寺記》載顧愷之的維摩詰像和戴逵的文殊像云：

　　　興寧中，瓦官寺初置……。已而（顧愷之）於北殿畫維摩詰像一軀，
　　與戴安道所爲文殊對峙。佛光照耀，觀者如堵。〔註79〕

在東晉眾多的繪畫和雕塑藝術家當中，成就最爲卓著的是顧愷之和戴逵。顧
愷之在建康瓦官寺創作壁畫維摩詰像的過程中，就有許多聞訊而來的觀賞
者，畫完以後，觀賞者更是絡繹不絕。顧愷之畫的維摩詰像和戴逵創作的文
殊菩薩像在同一寺廟，兩者交相輝映，致使「觀者如堵」。建康是東晉的都
城，瓦官寺又是東晉的名寺，是佛教活動的重要場所，而維摩詰和文殊菩薩
均是佛教門徒至誠崇拜的偶像，再加上兩件作品能保留較長的時間，不受階
層的限制，也不受文化水準的約束，大家都可接受。這與需要一定的文化水
準才能接受的文學不同，佛教的文學作品，需要語言的翻譯，但繪畫和雕塑
都屬於視覺藝術，只要看得見的人就能體會，這比起文學更容易被傳播。由
此可見顧愷之不止關注道教也不排斥佛教。他的繪畫美學思想的由來，混雜
著儒家名教、道家思想、道教信奉以及佛教哲理，這一點是無可否定的。

〔註77〕張可禮著：《東晉文藝綜合研究》，山東：山東大學出版社，2001年1月初版，
　　　　頁96。
〔註78〕〔唐〕張彥遠著：《歷代名畫記》，卷五，頁1。（百部叢書集成之四十六學津
　　　　討原第十六函歷代名畫記卷五）（臺北：藝文印書館，民76年12月，線裝書）
〔註79〕〔宋〕葛立方撰：《韻語陽秋》（上海：上海古籍出版社，1979年）卷十四書畫。

第五節　顧愷之的從政與交遊

　　東晉的前期和後期雖然也發生過動亂，但顧愷之所生存的東晉第二階段，社會尚稱相對穩定，因此，在經濟上，不論是農業、手工業和商業，都在原有的基礎上，有了明顯的發展；而在政治上，表面上雖然是皇權政治，實際上卻是門閥政治。門閥士族較崇尚簡易，採用相對寬鬆的政策，允許多元思想的存在，東晉的多元思想，雖有對立，但更多的是互補，我國古代長期形成的求同存異的思維模式，在東晉得到了發展。

　　上述條件，促使東晉的士族文人，擁有穩固的社會地位與安定而優裕的生活，從容的心態使他們可以自由的揮灑想像空間。他們可以有不同的信仰，思想上較少受到束縛。文藝的存在意義不再像以前那樣囿於政治倫理教化，而是為了陶冶自己的性情，愉悅自己的心靈。東晉文人大多澹泊政事以追求超脫、崇尚玄虛以體無用有、遊賞山水以妙悟玄遠，他們的生活在很大程度上審美化和藝術化了。所謂的「藝術化」就是人的生活中所必須考慮的因素，去除了物質與利益的獲得，而純粹專注於藝術，為了追求高度的藝術精神並達到審美化的人生境界。

　　顧愷之生於這樣擁有多元思想的時代，擁有門閥士族的家世背景，這樣的社會現實和藝術氛圍，讓他可以自由的以文藝活動表現自己的性情，開創新的局面，我國古代的文藝發展史顯示，當文藝較多地受到政治倫理教化的束縛時，文藝的特點容易被閹割、被掩蓋。但顧愷之是幸運的，因著他所受到的束縛較少，這讓他能更深入體悟和認識文藝的自身價值。顧愷之才華洋溢，畫作出色，能創作、能評論，為西晉畫家衛協的學生，時人稱他有三絕，即：才絕、畫絕、癡絕。在政治上，他先是隨桓溫為客，後來曾任大司馬桓溫參軍，與桓溫十分親昵。寧康元年（373），桓溫卒後，顧愷之曾拜謁桓溫墓。太元十七年（392），殷仲堪任荊州刺史，被引為參軍，深受愛重。義熙初，任散騎常侍〔註80〕。顧愷之交遊廣泛，既能同上層權貴密切相處，又能與一般人相互稱譽、彼此取笑，文獻中充滿自信而富有才氣的形象躍然紙上。

　　接著我們要從政治上的發展來剖析顧愷之。顧愷之一生的政治事蹟，約

〔註80〕　慧皎：《高僧傳，竺法曠傳》：「元興元年（402）卒，春秋七十有六，散騎常侍顧愷之為作贊傳云。」顧愷之官至散騎常侍。此處稱顧愷之為散騎常侍，當是後來的稱呼，並非元興元年顧愷之已任散騎常侍。

可分爲三個時期：即 1.桓溫 2.殷仲堪 3.桓玄。分析他在三人幕府中擔任幕僚的處境與地位。

一、桓溫時期

參考《晉書・桓溫列傳》〔註81〕與溫肇桐著《顧愷之》年表〔註82〕發現，顧愷之的政治生涯中，十九歲受到桓溫提拔爲大司馬參軍，顧愷之二十二歲時，桓溫鎮江陵城，曾賞以二婢。二十六歲更因寫作〈箏賦〉見重於桓溫。顧愷之在桓溫過世（西元 373 年七月）後曾寫詩表達對桓溫的悼念。據《世說・言語》記載：

> 桓征西治江陵城甚麗。會賓僚出江津望之，云：「若能目此城者有賞。」
> 顧長康時爲客，在坐，目曰：「遙望層城，丹樓如霞。」溫即賞以二
> 婢。〔註83〕

江陵，即古之荊州城，今湖北省荊州市，江陵城南臨長江，北依漢水，自古爲通衢要地。江津，漢江的津渡口。又按目，品題也，《後漢書・許劭傳》：「曹操微時，嘗求劭爲己目，劭曰：「治世之忠臣，亂世之奸雄」目，本意爲看、看待，這裏引申爲品評、品鑒。桓征西即桓溫，晉永和三年平蜀（西元 347 年），被封爲征西大將軍，據《晉書卷九十八・桓溫列傳》載：

> 明帝時，伐蜀，降李勢，平定蜀地，還封征西大將軍。〔註84〕

然而《晉書・穆紀》記載「永和八年七月丁酉，以征西大將軍桓溫爲太尉」。《中國歷代大事年表》〔註85〕記載，桓溫在東晉永和元年曾爲荊州刺史（西元 345 年）據荊州，於永和八年（西元 352 年）將江陵新舊二城合二爲一，文中稱桓溫爲桓征西，此時顧愷之最多才五歲，所以學者程炎震認爲此征西

〔註81〕〔唐〕房玄齡等：《晉書》卷九十八桓溫列傳。文津閣四庫全書 史部正史類（北京：商務印書館，2006 年）V.251，頁 487。

〔註82〕俞劍華、羅尗子、溫肇桐編著：《顧愷之研究資料》，（香港：南通圖書公司印行，1961 年 6 月），頁 125。

〔註83〕〔劉宋〕劉義慶撰；〔梁〕劉孝標注；〔清〕沈巖撰校語：《世說新語・言語》（臺北：臺灣商務印書館，張元濟、王雲五創編：《大本原式精印四部叢刊正編》。景上海涵芬樓藏明嘉趣堂刊本本書三卷坿校語一卷，2011 年 12 月），第 24 冊，卷上之上，頁 24。

〔註84〕〔唐〕房玄齡等：《晉書》卷九十八桓溫列傳。文津閣四庫全書 史部正史類 V.251，頁 487。（北京：商務印書館，2006 年）

〔註85〕鄭天挺著；譚其驤主編：《中國歷史大辭典》（上海：上海辭書出版社，2007 年 4 月）附錄三，頁 3391。

乃爲桓豁，因爲桓溫和他的三弟桓豁都做過征西將軍；然而筆者認爲整治江陵城應非一朝一夕可以完成，此處延續桓溫先前的稱呼只是因爲要強調整治江陵城乃是桓溫在身爲征西將軍時的功績。東晉永和十二年（西元 356 年）與姚襄戰，桓溫收復洛陽，修諸陵。《晉書卷九十八・桓溫列傳》：

> 師次伊水與姚襄戰，大敗之。溫謁先帝諸陵加以修復。軍旋，仍請
> 還都洛陽，仍不許。詔入朝參政。溫至赭圻，遂城而居之。移鎮姑
> 孰。溫以雄武專朝，窺覦非望。〔註86〕

如果修陵指的是這個時間，顧愷之約莫才九歲。桓溫完成江陵城的整治，顧愷之目江陵城而受賞二婢應是二十二歲爲大司馬參軍時，時爲西元 369 年。

城市建設是一個龐雜的大工程，需要大量人力物力財力的投入。當桓溫終於完成江陵城的形象改造工程後，內心非常有成就感。因此，他把江陵城的名流雅客、幕賓僚屬召集到漢江津渡，一起欣賞江陵的全城美景。欣賞的過程中，這些賓僚們自然是一個勁地嘖嘖稱奇，但對於這些泛泛美言，桓溫當然不會從內心裏得到滿足。規模盛大的江陵城，怎能缺少得了名流的品鑒。就算不來個《江陵賦》之類的評價，至少也要有可以流傳千古的文字，以便往後要刻功德碑可以用。

因而，桓溫就發話了：「在此，桓某提出一個倡議，若有誰對這座美麗的江陵城有恰如其分的品評，桓某將重重有賞。」時爲參軍的顧愷之也應邀在列，值此盛會，又有重賞在前，怎能錯過這絕佳的表現機會，趁著其他人絞盡腦汁、搜腸刮肚也想不出來的時候，便緩緩走上前來，朗聲吟道：「遙望層城，丹樓如霞。」寥寥八個字，桓溫聽了，滿心喜悅，一時不知該獎賞什麼，便將身邊兩個女婢做爲獎品。關於《世說・言語》的這段陳述，陳錚在〈顧愷之的心靈之眼〉〔註 87〕中進行了縝密的分析，根據史書記載來推斷，發現身在江津的群眾們很可能根本無法以肉眼看見江陵城，

〔註86〕〔唐〕房玄齡等：《晉書》卷九十八桓溫列傳。文津閣四庫全書 史部正史類（北京：商務印書館，2006 年）V.251，頁 487。

〔註87〕陳錚：〈顧愷之的心靈之眼〉，（南京：東南文化，2011 年），第 6 期總第 224 期，頁 109～117。「在江津那裏其實根本就看不到江陵城，東晉末年一場偷襲江陵城的戰役表明江津並不在江陵的視距之內。」棲霞樓的名字取自顧愷之的『丹樓如霞』，不過，樓既然是後補的，則表明當年顧愷之其實什麼也沒有望到。」「此處的『目』字有雙關之意：目，除作『品題』解外，還可以作『觀看』之意。不過在本故事中他更準確的解釋應該是『目想』，即道教術語『心存目想』的簡稱。」

而且栖霞樓乃是後來才建成的，畫家曾經在江津渡口那裡「看到」了其實根本無法以肉眼望見的江陵城，探討顧愷之所說的「遙望層城，丹樓如霞。」這八個字之所以可以贏得一對婢女，是因爲「心存目想」而不只是單純的遙望與描述。

顧愷之果眞無愧爲「才絕」，八字狀物，比喻極爲貼切，江陵城在他的想像中，層層疊疊的屋宇，恢弘壯麗，一幢幢朱漆樓閣，如飄渺之紅霞，掩映鑲綴，勝似人間仙境，勝似紫府丹闕！顧愷之恰如其分的展現了他過人的才華，也因爲這樣，桓溫在文藝的領域更加重視顧愷之了。

東晉不少的門閥士族對文人也比較重視。他們注意接近文人，把一些文人或向朝廷舉薦，或延攬在自己的周圍，爲文人發揮其才能，提高其聲譽創造了有利的條件。《世說新語・言語》第八十五條載：顧愷之曾因用「遙望層城，丹樓如霞」〔註88〕兩句描繪江陵城而受到桓溫的獎勵，又被桓溫「引爲大司馬參軍，甚見親暱。」

> 桓溫引爲大司馬參軍，甚見親昵。溫薨後，愷之拜溫墓，賦詩云：「山崩溟海竭，魚鳥將何依？」或問之曰：「卿憑重桓公乃爾，哭狀其可見乎？」答曰：「聲如震雷破山，淚如傾河注海。」〔註89〕

> 顧長康拜桓宣武墓作詩云：「山崩溟海竭，魚鳥將何依。」（宋明帝《文章志》曰：「愷之爲桓溫參軍，甚被親暱。」）人問之曰：「卿憑重桓乃爾，哭之狀，其可見乎？」顧曰：「鼻如廣莫長風，眼如懸河決溜。」（《春秋考異郵》曰：「距不周風四十五日廣莫風至。廣莫者精大備也，蓋北風也。一曰寒風。」）或曰：「聲如震雷破山，淚如傾河注海。」──卷一〔註90〕

桓溫過世前，曾想篡奪皇位，此事當時頗遭非議。但桓溫死後（312～373），顧愷之曾拜桓溫墓，並作輓詩表示對桓溫的仰慕和哀悼，他把桓溫的死，比

〔註88〕〔劉宋〕劉義慶撰；〔梁〕劉孝標注；〔清〕沈巖撰校語：《世說新語・言語》（臺北：臺灣商務印書館，張元濟、王雲五創編：《大本原式精印四部叢刊正編》。景上海涵芬樓藏明嘉趣堂刊本本書三卷坿校語一卷，2011 年 12 月），第24 冊，卷上上，頁 24。

〔註89〕〔唐〕房玄齡等：《晉書》卷九十二列傳第六十二文苑。文津閣四庫全書 史部正史類 V.251，頁 391。（北京：商務印書館，2006 年）

〔註90〕俞劍華、羅尗子、溫肇桐編著：《顧愷之研究資料》，（香港：南通圖書公司印行，1961 年 6 月），頁 123。

之山崩海竭,而將自己比為棲身無處的魚鳥。這固然與他曾經受到桓溫的「親暱」有關,同時也表明他對桓溫有自己的評價。

桓溫能獲得這位大藝術家如此深厚沉痛的同情,並不是偶然的。《晉書》卷九十八,《桓溫列傳》:

> 時殷浩在洛陽屢戰屢敗,溫乃奏廢之,中外大權,一歸于溫。遂統
> 水陸軍以征關中,屢勝符健。溫進至灞上,居民多持牛酒迎溫於路。
> 耆老感泣曰:「不圖今日復見官軍!」〔註91〕

桓溫屢建軍功,除了晉永和三年平蜀(西元 347 年)之外,他曾經與符健戰於藍田而獲大勝(354 年),這時候長安附近的老百姓都爭相來勞軍,年老的人,甚至哭泣地說:「不圖今日復見官軍!」。滅胡取蜀是當時人民的兩大期望,也是漢族人民與外族統治者在當時的主要矛盾,此外,桓溫又曾多次提議遷都洛陽,這也是很有遠見的。《晉書卷九十八·桓溫列傳》載:

> 欲修復陵園,還都洛陽,表疏十餘上,不許。進征討大都督,督司
> 冀二州諸軍事。自江陵北伐,行經金城,見少為瑯琊時所種柳巳十
> 圍,慨然曰:「木猶如此,人何以堪」攀枝執條,泫然流涕。〔註92〕

從他的言語中,可以感受到一個愛國心切的老臣心中深深的無奈。在西元 349 年時,後趙石姓皇族內亂,帝國正在土崩瓦解,桓溫請求出兵奪取中原,當時如果北伐,成功的可能性超過以後的任何時機,但是朝廷卻派出褚裒,因而輸掉戰爭。為什麼不派桓溫?只不過怕他野心勃勃,一旦收復中原,統一全國,勢必會立刻失控。《世說新語·雅量》第十九條記載:

> 小庾臨終,自表以子園客為代。朝廷慮其不從命,未知所遣,乃共議
> 用桓溫。劉尹曰:「使伊去,必能克定西楚,然恐不可復制。」〔註93〕

劉惔的言論中預言了桓溫雖有能力可以攻克西楚,卻恐怕不受控制。《通鑑·晉紀》:「劉琰每奇其才,然知其有不臣之志,謂會稽王昱曰:『溫不可使居形勢之地,其位號常宜抑之。』又曰:『但恐克蜀之後溫終專制朝廷。』」由此

〔註91〕 〔唐〕房玄齡等:《晉書》卷九十八桓溫列傳。文津閣四庫全書 史部正史類
　　　　 V.251,487 頁。(北京:商務印書館,2006 年)

〔註92〕 同上註。

〔註93〕 〔劉宋〕劉義慶撰;〔梁〕劉孝標注;〔清〕沈巖撰校語:《世說新語·識鑒》
　　　　 (臺北:臺灣商務印書館,張元濟、王雲五創編:《大本原式精印四部叢刊正
　　　　 編》。景上海涵芬樓藏明嘉趣堂刊本本書三卷坿校語一卷,2011 年 12 月),第
　　　　 24 冊,卷中之上,頁 67,第十九條。

可以看見，在掌權者心中，保護政權，遠比救國救民或是恢復國土更加重要。
《世說新語‧豪爽》第八條記載：

> 桓宣武平蜀，集參僚置酒於李勢殿，巴、蜀縉紳，莫不來萃。桓既
> 素有雄情爽氣，加爾日音調英發，敘古今成敗由人，存亡繫才。其
> 狀磊落，一坐嘆賞。既散，諸人追味餘言。于時尋陽周馥曰：「恨卿
> 輩不見王大將軍。」〔註94〕

如果實行了桓溫的主張，對於晉朝來說，當時的偏安局面，或者能夠有所改
變。但朝廷就像一隻拖不動的大船，中央決策者往往只顧自己個人及士族的
利益。這也是桓溫為什麼不願屈居人下的原因。根據周一良的《魏晉南北朝
史札記》〔註95〕，桓溫對晉室的功勞，遠比王敦大得多了。

> 綜觀其一生，努力北伐，恢復中原，以求解決南朝之主要矛盾，固
> 遠非王敦所可比擬矣！

桓溫認為大丈夫當建立功業，積極進取，治國安民，即使不能流芳千載，也
要遺臭萬年，而不能苟延殘喘、尸位素餐。《晉書卷九十八‧桓溫列傳》載：

> 或臥對親察曰：「為爾寂寂，將為文景所笑。」眾莫敢對。既而撫枕
> 起曰：「既不能流芳百世，不足復遺臭萬載耶？」常行經王敦墓，望
> 之曰：「可人，可人。」其心跡若是。〔註96〕

由此可見其欲積極建功，而不願退隱求虛名之抱負。在桓溫眼中，陵仲子避
兄離母而隱居於於陵，於時於己均無裨益，無異於天地間的廢物，根本不配
稱為高士。

> 桓公讀高士傳，至於陵仲子，便擲去曰：「誰能作此溪刻自處！」

〔註97〕

〔註94〕〔劉宋〕劉義慶撰；〔梁〕劉孝標注；〔清〕沈巖撰校語：《世說新語‧豪爽》
（臺北：臺灣商務印書館，張元濟、王雲五創編：《大本原式精印四部叢刊正
編》。景上海涵芬樓藏明嘉趣堂刊本本書三卷坿校語一卷，2011年12月），第
24冊，卷中之下，頁98。

〔註95〕周一良著：《魏晉南北朝史札記》，臺北：中華書局出版，1985年3月，頁103。

〔註96〕〔唐〕房玄齡等：《晉書》卷九十八桓溫列傳。文津閣四庫全書 史部正史類
（北京：商務印書館，2006年）V.251，頁487。

〔註97〕〔劉宋〕劉義慶撰；〔梁〕劉孝標注；〔清〕沈巖撰校語：《世說新語‧豪爽》
（臺北：臺灣商務印書館，張元濟、王雲五創編：《大本原式精印四部叢刊正
編》。景上海涵芬樓藏明嘉趣堂刊本本書三卷坿校語一卷，2011年12月），第
24冊，卷中之下，頁98。

這則故事通過寫桓公不滿陵仲子而扔書的事情，表現出他對高士陵仲子刻薄不近人情行爲的不以爲然。《世說新語・輕詆》第十一條記載：

> 桓公入洛，過淮、泗，踐北境，與諸僚屬登平乘樓，眺矚中原，慨然曰：「遂使神州陸沈，百年丘墟，王夷甫諸人，不得不任其責！」袁虎率爾對曰：「運自有廢興，豈必諸人之過？」桓公懍然作色，顧謂四坐曰：「諸君頗聞劉景升不？有大牛重千斤，噉芻豆十倍於常牛，負重致遠，曾不若一羸牸。魏武入荊州，烹以饗士卒，于時莫不稱快。」意以況袁。四坐既駭，袁亦失色。〔註98〕

桓溫在此更是清楚的表現出他對於當時王衍等人的深惡痛絕，可見他是反對清談的。在天下大亂的時代背景下，桓溫追究的是天下大亂的第一因，也就是清談的提倡者們，認爲他們不事生產、滿口空言，但袁宏卻在旁混淆視聽，說得好像是天下大亂只是國運，誰都沒有責任。所以桓溫引劉表那頭千斤大牛來比喻：「吃了十倍於一般牛的糧草，背東西走遠路卻比不上一頭瘦母牛，曹操到了荊州就殺了牠慰勞將士。」那母牛用來威嚇袁宏，但用來比喻朝中尸位素餐，掌重權卻不事生產的皇帝與士族權臣們，不是很切合嗎？

我們就這幾件事情來看，桓溫的舉措雖然主要是有他個人的企圖，但另一方面卻也是符合當時人民要求的。顧愷之的痛哭，除了私人的關係而外，恐怕還含有愛國主義精神在內吧。從以下的論述，可以發現桓溫是很積極在改善民生問題的，並不是只是一個野心勃勃想篡位的梟雄而已。從下面幾個例子可以見知，《晉會要》載：

> 桓溫至金鄉，水道絕，使毛虎生鑿鉅野三百里，引汶水會於清水。〔註99〕

確實的查考治理的區域並加以整治，在東晉的時代鑿穿三百里的水道，是相當大的創舉，而桓溫做到了。除了講究水利之便，在他鎮守南州的時候，他也營造更平直的街道，《世說新語・言語》第一百零二條載：

〔註98〕〔劉宋〕劉義慶撰；〔梁〕劉孝標注；〔清〕沈巖撰校語：《世說新語・輕詆》（臺北：臺灣商務印書館，張元濟、王雲五創編：《大本原式精印四部叢刊正編》。景上海涵芬樓藏明嘉趣堂刊本書三卷坿校語一卷，2011 年 12 月），第 24 冊，卷下之下，頁 135。

〔註99〕汪兆鏞撰：《晉會要》（北京：書目文獻出版社，1953 年 10 月）卷五十四輿地十河集，頁 646。

宣武移鎮南州，制街衢平直，人詔王東亭，曰：「丞相初營建康，無
所因承，而制置紆曲，方此爲劣。」東亭曰：「此丞相乃所以爲巧，
江左地促，不爲中國，若使阡陌條暢，則一覽而盡。故紆，能委；
曲，若不可測。」〔註100〕

表示他也注重都市改造計畫，雖然在東晉人們崇尚紆曲而深不可測的城市樣
貌，可能是受到當代審美觀與人物品藻的影響，桓溫的審美觀卻與眾不同，
喜歡平直而暢通的街道或許也象徵他的人格光明坦蕩而直爽豪邁。另外他也
重視簡省人力、裁撤冗官，以求行政效率的提高，《太平御覽》記載：

桓溫請省官表云：「今天下分崩喪亂殄瘁，雖道隆中興而戶口彫寡。
近方漢時不當一郡之民，民戶既少，則勢不多，而當必同古制，百
官備職，實非大易，隨時之宜，且設官以理務，務寡則官省，官省
以國治。職顯而人？故光武初興，多所併省；諸葛亮相蜀，簡才併
官，此皆達治之成規。今日之所先也，宜泛權制併官省，職愚詔門
下三省、秘書、著作通可減半，古以九卿綜事不專，尚書故重九卿
也。今事歸門臺，則九卿爲虛設之位，懼太常、廷尉，職不可闕，
其諸員外散官及軍府參左，職無所掌者，皆併省各車駕，郊廟耕田
之屬。凡諸大事於禮宜置者，臨時權兼事訖，則罷職既併，則官少
而才精職理，則無害民而治道康。」〔註101〕

從以上三則，在在可見桓溫治理國政的方式，是能夠體恤人民、而不只是站
在士族門閥的角度去思考國策的，雖然史傳對他的記載，多半是被歸類入篡
逆之臣或偏向負面的評價，然而也有少數學者一反傳統對桓溫的歷史評價，
據周一良的《魏晉南北朝史札記》〔註102〕：

《晉書》卷九八爲王敦桓溫列傳，蓋東晉當時論者及後世史家，皆
以兩人相提並論。王桓皆豪門大族而爲晉皇室女婿，皆控制長江中
游，擔負所謂「分陝」之任，威權震主。故孝武帝謂王敦、桓溫皆

〔註100〕〔劉宋〕劉義慶撰；〔梁〕劉孝標注；〔清〕沈巖撰校語：《世說新語·言語》
（臺北：臺灣商務印書館，張元濟、王雲五創編：《大本原式精印四部叢刊正
編》。景上海涵芬樓藏明嘉趣堂刊本本書三卷坿校語一卷，2011 年 12 月），
第 24 冊，卷中之下，頁 98。

〔註101〕〔宋〕李昉等：《太平御覽》卷二百三職官部第一引桓溫集略。（臺北：台灣
商務印書館，1997 年 7 月）V.2，頁 1108。

〔註102〕周一良著：《魏晉南北朝史札記》，臺北：中華書局出版，1985 年 3 月，頁 101。

「小如意亦好豫人家事」（《世說新語・排調篇》。《晉書》七九謝混
傳作「才小富貴便豫人家事」）。范弘之亦云，「晉自中興以來，號令
威權多出強臣。中宗肅祖斂衽于王敦，先皇〔指簡文帝〕受屈于桓
氏」（《晉書》九一本傳）唐修《晉書》，不唯二人並列，且排於列傳
之末，因在封建史家眼中，正如本傳贊中所云，王敦桓溫皆「陵上」
「無君」之「逆臣」也。自今日觀之，則桓溫之評價應遠在王敦之
上。

筆者同意周一良先生的看法，桓溫有他勝過王敦的貢獻，他的一些做法，可
以說是非常積極在改善民生問題，並體恤民間疾苦的。譙國龍亢桓氏儘管淵
源較久，但朝中一直缺乏顯赫人物。直到桓溫之父桓彝於元帝時官至尚書吏
部郎，嗣後桓溫又大權獨攬，桓氏才爲世人所重，而桓溫年輕時家境貧困，
不同於一般士族的優渥，〔註103〕儘管大權在握，桓溫在士族名門眼裡，頂多
是個兵家子，是不入流的，無法與舊有士族門第平起平坐，故王述不願其子
王坦之把女兒嫁給桓溫的兒子〔註104〕。

後坦之爲桓溫長史，溫欲爲子求婚於坦之，坦之還家省父，而述愛
坦之，雖長大猶抱置於膝上，坦之因言溫意，述大怒，遽排下曰：「汝
竟癡邪？詎可畏溫面以女妻兵也？」及坦之見溫，乃辭他。

謝奕爲桓溫司馬時，逼桓飲酒。桓躲避，奕遂引一老兵共飲曰：「失一老兵，
得一老兵，亦何怪也？」〔註105〕這些舊有士族歧視新出門戶的現象，也可
能成爲了激發桓溫想奪取更高權位的動機。據《晉書卷七十四・桓彝傳》
載：

桓彝，字茂倫，譙國龍亢人，漢五更榮之九世孫也。父顥，官至郎
中。彝少孤貧，雖簞瓢，處之晏如。〔註106〕

〔註103〕余嘉錫箋疏謂：「蓋桓溫雖爲桓榮之後，桓彝之子，而彝之先世名位不昌，不
　　　　在名門貴族之列，故溫雖位極人臣，而當時士大夫猶鄙其地寒，不以士流處
　　　　之。」
〔註104〕〔唐〕許嵩：《建康實錄》卷八，頁26。清光緒二十八年甘氏校刊本。
　　　　四川大學圖書館編：《中國野史集成》第一冊，頁 383。（四川：巴蜀書社，
　　　　1993 年 10 月）
〔註105〕〔唐〕房玄齡等：《晉書》卷七十九謝奕列傳。文津閣四庫全書 史部正史類
　　　　V.251，頁 194。（北京：商務印書館，2006 年）
〔註106〕〔唐〕房玄齡等：《晉書》卷七十四桓彝列傳。文津閣四庫全書 史部正史類
　　　　V.251，頁 109。（北京：商務印書館，2006 年）

清貧的生活讓桓溫的想法比起世族高門子弟更爲務實，雖然跟他的父親桓彝一樣從小就過著清貧的生活，但桓彝懂得處之晏如，桓溫則顯然並不甘心如此：

> 桓宣武少家貧，戲大輸，債主敦求甚切，思自振之方，莫知所出。陳郡袁耽，俊邁多能。宣武欲求救於耽，耽時居艱，恐致疑，試以告焉。應聲便許，略無嫌吝。遂變服懷布帽隨溫去，與債主戲。耽素有蓺名，債主就局曰：「汝故當不辦作袁彥道邪？」遂共戲。十萬一擲，直上百萬數。投馬絕叫，傍若無人，探布帽擲對人曰：「汝竟識袁彥道不？」（任誕之三十四）〔註107〕

桓溫的個性高爽邁出，即使年輕時家境貧窮，卻想用樗蒲的方式來翻本，從這時候就已經可以看出他的冒險精神與不甘於平凡的傲骨。袁耽能夠放下爲父母的守孝而去替桓溫出氣報仇，可見他與桓溫之間的義氣，甚至袁彥道恨不得自己能多一個妹妹來許配給桓溫。

> 袁彥道有二妹：一適殷淵源，一適謝仁祖。語桓宣武云：「恨不更有一人配卿。」（任誕之三十七）〔註108〕

從他的外表，可約略推知是一代梟雄的模樣，應該是長得蠻性格，而他的個性是豪邁爽快的，《世說新語・容止》第二十七條載：

> 劉尹道桓公：鬢如反猬皮，眉如紫石稜，自是孫仲謀、司馬宣王一流人。〔註109〕

> 撫軍問孫興公：「劉眞長何如？」曰：「清蔚簡令。」「王仲祖何如？」曰：「溫潤恬和。」「桓溫何如？」曰：「高爽邁出。」〔註110〕

〔註107〕〔劉宋〕劉義慶撰；〔梁〕劉孝標注；〔清〕沈巖撰校語：《世說新語・任誕》（臺北：臺灣商務印書館，張元濟、王雲五創編：《大本原式精印四部叢刊正編》。景上海涵芬樓藏明嘉趣堂刊本本書三卷坿校語一卷，2011 年 12 月），第 24 冊，卷下之上，頁 121。

〔註108〕同上註。

〔註109〕〔劉宋〕劉義慶撰；〔梁〕劉孝標注；〔清〕沈巖撰校語：《世說新語・容止》（臺北：臺灣商務印書館，張元濟、王雲五創編：《大本原式精印四部叢刊正編》。景上海涵芬樓藏明嘉趣堂刊本本書三卷坿校語一卷，2011 年 12 月），第 24 冊，卷下之上，頁 102。

〔註110〕〔劉宋〕劉義慶撰；〔梁〕劉孝標注；〔清〕沈巖撰校語：《世說新語・品藻》（臺北：臺灣商務印書館，張元濟、王雲五創編：《大本原式精印四部叢刊正編》。景上海涵芬樓藏明嘉趣堂刊本本書三卷坿校語一卷，2011 年 12 月），第 24 冊，卷中之下，頁 86。

在軍事上，對於部屬的管理，桓溫自有一套德治的方法，我們以為大丈夫不拘小節，然而從以下篇章，看見部屬戲弄猿猴的，予以黜免，可以看見桓溫在高爽邁出的同時，也是非常具有正義感與同理心的。《世說新語‧政事》第十九條記載：

> 桓公在荊州，全欲以德被江、漢，恥以威刑肅物。令史受杖，正從朱衣上過。桓式年少，從外來，云：「向從閣下過，見令史受杖，上捎雲根，下拂地足。」意譏不著。桓公云：「我猶患其重。」
>
> （政事之十九）〔註111〕
>
> 桓公入蜀，至三峽中，部伍中有得猨子者。其母緣岸哀號，行百餘里不去，遂跳上船，至便即絕。破視其腹中，腸皆寸寸斷。公聞之，怒，命黜其人。（黜免之二）〔註112〕
>
> 桓公坐有參軍椅烝薤不時解，共食者又不助，而椅終不放，舉坐皆笑。桓公曰：「同盤尚不相助，況復危難乎？」敕令免官。
>
> （黜免之四）〔註113〕

從這三則當中可以看出桓溫是傾向以德服人而恥於威刑肅物的，能夠讓顧愷之為他寫下：「山崩溟海竭，魚鳥將何依？」這樣的詩句，我相信桓溫必定有他能讓部屬對他難以忘懷的領袖魅力。章太炎先生《全上古三代秦漢三國六朝文校評》〔註114〕云：

> 宣武命世之才，志在光復，何異蒍侯？但以送死事生，有添忠貞之節，晚年復謀禪授，是以為世所譏。要之，不以一眚而掩大德，諸表疏辭氣慷慨，則與《出師表》先後比烈矣。世人擬之王敦，何哉！

章先生對桓溫給予高度評價，一反《晉書》對桓溫的評斷，筆者也深表贊同，不

〔註111〕〔劉宋〕劉義慶撰；〔梁〕劉孝標注；〔清〕沈巖撰校語：《世說新語‧政事》（臺北：臺灣商務印書館，張元濟、王雲五創編：《大本原式精印四部叢刊正編》。景上海涵芬樓藏明嘉趣堂刊本本書三卷坿校語一卷，2011年12月），第24冊，卷上之下，頁31。

〔註112〕〔劉宋〕劉義慶撰；〔梁〕劉孝標注；〔清〕沈巖撰校語：《世說新語‧黜免》（臺北：臺灣商務印書館，張元濟、王雲五創編：《大本原式精印四部叢刊正編》。景上海涵芬樓藏明嘉趣堂刊本本書三卷坿校語一卷，2011年12月），第24冊，卷下之下，頁140。

〔註113〕同上註。

〔註114〕《全上古三代秦漢三國六朝文校評》（《歷史論叢》第一輯）其卷一百十八桓溫條。

能夠僅以儒家忠義思維來看待桓溫的作為，事實上他想要爲國平復北方國土的豪
氣干雲，是相當值得敬佩的。桓溫欲以軍事北伐統一天下，卻也因為個性直爽簡
邁，不懂得隱藏實力，功高震主而為上所忌，失去了軍事權力。這就像是《國王
的新衣》故事裡面，指著國王大喊「沒穿衣服」的小孩，反倒是被父母親搗住嘴
一樣。不只是東晉，很多朝代的當政者，不解決問題，反倒是解決提出問題的人，
人們說「道德勇氣」，如果說作一件符合道德的事情需要勇氣，那有問題的應該
是整個社會，或許也是因爲如此，朝隱才會演變爲魏晉士人的一種風氣。

二、殷仲堪時期

在信奉天師道的貴族世族中，殷仲堪也是一位活躍於東晉後期政治及文
化舞臺的道教中人。殷荊州（？～399）也是當時的清談大家，其先祖與其父
皆爲晉室顯宦，著有：

> 《毛詩雜義》〔註115〕四卷、《殷仲堪論集》〔註116〕八十六卷、《殷
> 荊州要方》〔註117〕一卷、《殷仲堪常用字訓》〔註118〕一卷、《荊州
> 刺史殷仲堪集》十二卷。〔註119〕

《晉書‧殷仲堪傳》記載其爲陳郡（今河南淮陽縣）人，其「少奉天師道，
又精心事神」〔註120〕

> 陳郡殷仲堪少奉五斗米道，又精心事神，不吝財賄，又急行仁義，
> 各於周急。及桓玄來攻，猶勤請禱。

《道學傳》還記其諳熟天師道以符水咒說爲人治病之法，「鄉人及左右或請爲
之，時行周救，弘益不少也。同時他又精核玄論，人謂莫不研究，並自稱：
三日不讀《道德經》，便覺舌本間強。」（見《世說新語‧文學》第六十三條）

〔註115〕汪兆鏞撰：《晉會要》（北京：書目文獻出版社，1953 年 10 月）卷三十七經
　　　　籍一 經部詩類，頁 443。
〔註116〕汪兆鏞撰：《晉會要》（北京：書目文獻出版社，1953 年 10 月）卷三十九經
　　　　籍三 子部雜家類，頁 466。
〔註117〕汪兆鏞撰：《晉會要》（北京：書目文獻出版社，1953 年 10 月）卷三十九經
　　　　籍三 子部醫家類，頁 469。
〔註118〕汪兆鏞撰：《晉會要》（北京：書目文獻出版社，1953 年 10 月）卷三十七經
　　　　籍一 經部小學類，頁 449。
〔註119〕汪兆鏞撰：《晉會要》（北京：書目文獻出版社，1953 年 10 月）卷四十經籍
　　　　四 集部別集類，頁 480。
〔註120〕〔唐〕房玄齡等：《晉書》卷八十四《殷仲堪列傳》。文津閣四庫全書 史部正
　　　　史類（北京：商務印書館，2006 年）V.251，頁 262。

〔註121〕跟顧愷之擁有一樣的宗教信仰,當時候天師道在士族之間非常流行。殷仲堪曾因爲要幫老父治病而學醫,親侍在側、衣不解帶,可謂是孝親楷模。《晉書‧殷仲堪傳》記載:

> 殷仲堪父病積年,仲堪衣不解帶,攻學醫術,究其精妙,執藥揮淚,遂眇一目,居喪哀毀以孝聞。服闋,孝武帝召爲太子中庶子,甚相親愛。仲堪父嘗患耳聰,聞床下蟻動,謂之牛鬪,帝素聞之,而不知其人。至是從容問仲堪曰:「患此者爲誰?」仲堪流涕而起曰:「臣進退維谷。」帝有愧焉。〔註122〕

照顧父親導致一眼失明,這樣子的殷仲堪確實是大孝,他精通醫術且「善取人情,病者自爲診脈分藥」,曾擔任過晉陵太守,官至鎮威將軍、荊州刺史等。

殷仲堪在晉末政壇幾度沉浮,最後終於作爲晉孝武帝掣肘王國寶野心的工具而被桓玄所殺,成爲皇權門閥政治矛盾的犧牲品。據《世說新語‧識鑒》第二十八條:

> 王忱死,西鎮未定,朝貴人人有望,時殷仲堪在門下,雖居機要,資名輕小,人帖未以方嶽相許。晉孝武欲拔親近腹心,遂以殷爲荊州,事定,詔未出,王珣問殷曰:「陝西何故未有處分?」殷曰:「已有人。」王歷問公卿,咸云:「非。」王自許才地必應任已。復問:「非我耶?」殷曰:「亦似非。」其夜詔出用殷,王語所親曰:「豈有黃門郎而受爲此任?仲堪此舉,迺是國之亡徵。」〔註123〕

> 世說識鑒爲注引晉安帝紀云:「孝武深爲晏駕,拔擢仲堪代王忱爲荊州,仲堪雖有美譽,議者未以相許,既受腹心之任,居上流之重,識者詔其殆矣。」終爲桓玄所敗。〔註124〕

〔註121〕〔劉宋〕劉義慶撰;〔梁〕劉孝標注;〔清〕沈巖撰校語:《世說新語‧文學》（臺北:臺灣商務印書館,張元濟、王雲五創編:《大本原式精印四部叢刊正編》。景上海涵芬樓藏明嘉趣堂刊本本書三卷坿校語一卷,2011 年 12 月）,第 24 冊,卷上之下,頁 41。

〔註122〕〔唐〕房玄齡等:《晉書》卷八十四《殷仲堪列傳》。文津閣四庫全書 史部正史類（北京:商務印書館,2006 年）V.251,頁 262。

〔註123〕〔劉宋〕劉義慶撰;〔梁〕劉孝標注;〔清〕沈巖撰校語:《世說新語‧識鑒》（臺北:臺灣商務印書館,張元濟、王雲五創編:《大本原式精印四部叢刊正編》。景上海涵芬樓藏明嘉趣堂刊本本書三卷坿校語一卷,2011 年 12 月）,第 24 冊,卷中之上,頁 68,第二十八條。

〔註124〕汪兆鏞撰:《晉會要》（北京:書目文獻出版社,1953 年 10 月）卷二十四選舉上 選官,頁 297。

王忱死後，荊州刺史人選一直懸而未決，朝廷的顯貴紛紛垂涎三尺。當時殷仲堪在門下省任職黃門侍郎，雖然處在掌管機要政務的部門，但資歷淺，名望低，人們心理上還是不想把鎮守一方的重任交給他。晉孝武帝司馬曜想提拔自己的親信心腹，就任用殷仲堪爲荊州刺史。當時詔令尚未發出，王珣問殷仲堪爲什麼荊州刺史還沒有作出安排，殷仲堪說好像已經有了人選。王珣就一個個舉大臣的名字來問，都被殷仲堪否認。王珣估計自己的才能和門第比較適合，就問：「該不會是我吧？」殷仲堪再次加以否定。當天夜裡，詔令下達任用殷仲堪的命令。王珣聽說後極爲不滿，對親近的人說：「哪裡有黃門侍郎來擔任如此重任的！」任命殷仲堪的行爲簡直是國家滅亡的徵兆。寰宇記百四十六引盛弘之《荊州記》云：「自晉室東遷，王居建業。則以荊、揚爲京師根本之所寄。楚爲重鎮，上流之所總，擬周之分陝，故有西陝之號焉。」〔註125〕對東晉朝廷而言，荊州爲國之重鎮，因爲荊州地處上游，控制胡虜，爲國藩屏，歷來皆以重臣坐鎮。荊州刺史王忱死，烈宗本想以王恭代之。時桓玄在江陵，爲忱所折挫。據《晉書·王忱傳》記載：

> 及鎮荊州，威風肅然。桓玄時在江陵，既其本國，且奕葉故義，常
> 以才雄駕物。忱每裁抑之。玄嘗詣忱，通人未出，乘輿直進。忱對
> 玄鞭門幹。玄怒去之，忱亦不留。〔註126〕

爲避免被重臣折挫的事件再次發生，桓玄一聽說烈宗有意讓王恭代替王忱的位置，就對王恭有所忌憚。殷仲堪當時是黃門侍郎，桓玄知道仲堪弱才，也便於操控駕馭，便有意幫助殷仲堪取得這個地位。孝武紀太元十五年二月，以中書令王恭爲都督青兗幽并冀五州諸軍事、前將軍、青兗二州刺史。十七年十月，荊州刺史王忱卒。十一月以黃門郎殷仲堪爲都督荊、益、梁（本傳作荊、益、寧）三州諸軍事、荊州刺史，當時顧愷之四十五歲。

> 孝武帝召爲太子中庶子，甚相親愛。授爲都督荊、益、寧三州軍事，
> 荊州刺史，假節鎮江陵。〔註127〕

〔註125〕〔宋〕樂史撰：《太平寰宇記》一百四十六卷。文津閣四庫全書　史部地理類（北京：商務印書館，2006 年）V.469，頁 360。

〔註126〕〔唐〕房玄齡等：《晉書》卷七十五王忱列傳。文津閣四庫全書　史部正史類（北京：商務印書館，2006 年）V.251，頁 130。

〔註127〕〔唐〕房玄齡等：《晉書》卷八十四《殷仲堪列傳》。文津閣四庫全書　史部正史類（北京：商務印書館，2006 年）V.251，頁 262。

桓玄之所以這麼做，必定曾經與殷仲堪互相要約，故雖殷仲堪順利當上了荊州刺史，實際上卻不得不被桓玄所宰制，聽人穿鼻，隨之俯仰，不敢稍立異同。稱兵作亂，得狼狽相依。到最後桓玄既已得志，便與殷仲堪爭權，一開始的好交情漸漸變質，甚至到最後舉兵相圖，而桓玄勢力已形成，最後殷仲堪戰敗被俘，桓玄迫令自殺，身死其手，而國亦亡，王珣時為尚書左僕射。《晉會要·王珣傳》記載：

> 孝武雅好典籍，珣與殷仲堪、徐邈、王恭、郗恢等並以才學文章見昵於帝。珣夢人以大筆為椽，與之覺語人云：「當有大手筆事」俄而帝崩，哀策諡議皆珣所草。〔註128〕

他所說的那句話：「豈有黃門郎而受為此任？仲堪此舉，乃國之亡徵。」彷彿一語成讖。不管殷仲堪捲入這場政治角逐是否自願，其間也有來自旁觀者的勸告，可一旦勢成騎虎，他也只好順勢而下。不過從他對於為官從政與仁義道德之間關係是否矛盾的解釋中，可以看出他對於政治還是蠻有興致的。《世說新語·政事》第二十六條記載

> 殷仲堪當之荊州，王東亭問曰：「德以居全為稱，仁以不害物為名。方今宰牧華夏，處殺戮之職，與本操將不乖乎？」殷答曰：「皋陶造刑辟之制，不為不賢；孔丘居司寇之任，未為不仁。」〔註129〕

殷仲堪將要去荊州就任刺史的時候，王珣問他說：「品格完美才可以稱為德，不傷害人才配稱為仁，如今你要去治理中部地區，處在有誅殺權力的職位上，這和你原來的操守恐怕不大一致吧？」殷仲堪回答說：「皋陶制定刑法制不算是不賢德，孔子擔任司寇的職務，也不算是不仁愛。」（見：《世說新語·政事》）〔註130〕從殷仲堪與王珣的對話，可知荊州刺史雖屬殺戮之職，殷仲堪還是義不容辭地上任了，在此也可以看見殷仲堪辯才無礙與熱中政治的一面。他上任荊州後適逢水旱積年，故而率行儉素，而使遠近百姓頗安附之。《晉書·殷仲堪傳》曰：

〔註128〕 汪兆鏞撰，《晉會要》（北京：書目文獻出版社，1953 年 10 月）卷三十五文學中 詞章，頁 419。

〔註129〕 〔劉宋〕劉義慶撰；〔梁〕劉孝標注；〔清〕沈巖撰校語：《世說新語·政事》（臺北：臺灣商務印書館，張元濟、王雲五創編：《大本原式精印四部叢刊正編》。景上海涵芬樓藏明嘉趣堂刊本本書三卷坿校語一卷，2011 年 12 月），第 24 冊，卷上之下，頁 31。

〔註130〕 同上註。

仲堪雖有英譽，在州綱目不舉而好行小惠。荊州連年水旱百姓飢饉，

仲堪食常五椀，盤無餘肴，飯粘落席間，輒拾以噉之。〔註131〕

但這是否只是政治家玩弄的招徠支持者的手段而已，所以《晉書》本傳稱其
爲好行小惠，尚可深究。五碗盤是古代南方一種成套的食器，由一個托盤和
放在中間的五隻碗組成，形制較小。殷仲堪在日常生活是相當清廉儉省的，
連掉在席上的飯都會撿起來吃掉。《世說新語・德行》第四十條曰：

每謂子弟云：「勿以我受任方州，云我豁平昔時意，今吾處之不易。

貧者士之常，焉得登枝而損其本？爾曹其存之。」〔註132〕

他能與百姓共患難，遇到水旱災，深知民間疾苦，也告誡自己的子弟不要因
爲身居高位就忘記做人的根本，殷仲堪不只是自己的生活儉省，對家中晚輩
的家訓也是十分強調安貧樂道。

　　顧愷之四十八歲時，殷仲堪曾經任其爲參軍，並與桓玄等人有過一段有
趣的對話，收錄在《世說新語・排調》第六十一條：

桓南郡與殷荊州語次，因共作了語。顧愷之曰：「火燒平原無遺燎。」

桓曰：「白布纏棺豎旒旐。」殷曰：「投魚深淵放飛鳥。」次復作危

語。桓曰：「矛頭淅米劍頭炊。」殷曰：「百歲老翁攀枯枝。」顧曰：

「井上轆轤臥嬰兒。」殷有一參軍在坐，云：「盲人騎瞎馬，夜半臨

深池。」殷曰：「咄咄逼人！」仲堪眇目故也。〔註133〕

爲殷仲堪參軍，與桓玄等作了語、危語。這和諧的場景應該是在殷仲堪與桓
玄尚未反目之前所發生的。在唐・余知古《渚宮舊事》中也記錄了藏鈎的趣
事。〔註134〕

殷仲堪與桓玄共藏鈎，一朋百籌。桓朋欲不勝；唯餘虎探在。顧愷

之爲殷仲堪參軍，屬病疾在廨。桓遣信，請顧起病，令射取虎探。

〔註131〕〔唐〕房玄齡等：《晉書》卷八十四《殷仲堪列傳》。文津閣四庫全書 史部正
　　　　史類（北京：商務印書館，2006 年）V.251，頁 265。
〔註132〕〔劉宋〕劉義慶撰；〔梁〕劉孝標注；〔清〕沈巖撰校語：《世說新語・德行》
　　　　（臺北：臺灣商務印書館，張元濟、王雲五創：《大本原式精印四部叢刊正
　　　　編》。景上海涵芬樓藏明嘉趣堂刊本本書三卷坿校語一卷，2011 年 12 月），
　　　　第 24 冊，卷上之上，頁 9。
〔註133〕〔劉宋〕劉義慶撰；〔梁〕劉孝標注；〔清〕沈巖撰校語：《世說新語・排調》
　　　　（臺北：臺灣商務印書館，張元濟、王雲五創：《大本原式精印四部叢刊正
　　　　編》。景上海涵芬樓藏明嘉趣堂刊本本書三卷坿校語一卷，2011 年 12 月），
　　　　第 24 冊，卷下之下，頁 133。
〔註134〕〔唐〕余知古著：《渚宮舊事》卷五，（平津館叢書本），頁 45。

即來，坐定。語顧曰：「君可取鉤。」顧答曰：「賞百匹布。」顧即

取得鉤，桓朋遂勝。——卷五。

一朋指一個組，也就是桓玄的隊伍，賭一百個籌碼，桓玄組快輸了，當對方剩下虎探一個人沒有被猜，桓玄緊急派人捎信給顧愷之，讓他前來化解危機，顧愷之也不忘記趁機敲桓玄一百匹布來作爲抱病出賽的代價。

《漢武故事》云：「上巡守河間，見清光屬天，望氣者云：『下有貴子上求之。』見一女子，姿色殊絕，兩手皆拳攣之莫舒，上自披即舒，號鉤弋夫人。後人見其手拳，因爲藏鉤之戲。」〔註135〕這是藏鉤遊戲的由來，通常在正月玩這遊戲，一群人分成兩組，人數若是奇數，則來往於兩朋，謂之「惡鴟」，或稱「飛鳥」。邯鄲淳《藝經》：「義陽臘日飲酒之後，叟嫗兒童爲藏鉤之戲，分爲二曹以校勝負。一鉤藏在數手中，曹人當射知所在。一藏爲一籌，三籌爲一都。」〔註136〕可以想見當時文人之間有這樣風雅的遊戲，而顧愷之的機智狡黠形象也躍然紙上，連身在病中，上司還是會在危急的時候想到他，而他的出現也成爲了遊戲決勝的關鍵，由此可見顧愷之富有洞悉人心的眼光。

下面一則記錄顧愷之遭遇大風後寫信給殷仲堪的故事，最後一句本應爲「布帆安穩，行人無恙」，但布帆已破，倒過來寫顯露出作者的自嘲和無奈。

愷之好諧謔，人多愛狎之，後爲殷仲堪參軍，亦深被眷接。仲堪在荊

州，愷之嘗因假還，仲堪特以布帆借之，至破冡遭風大敗，愷之與仲

堪牋曰：「地名破冡，真破冡而出，行人安穩，布帆無恙。〔註137〕」

顧愷之好諧謔，表現在外的是一種風趣幽默、很能開得起玩笑的豁達胸襟，身爲參軍的他，即使遭遇大風至布帆被吹破仍是苦中作樂的調侃自己。另外，顧愷之曾爲仲堪繪畫像，令輕雲掩蓋仲堪的眇目，兩人關係頗爲親暱：

欲圖殷仲堪，有目疾，固辭，愷之曰：「明府正爲眼耳，若明點瞳子，

飛白拂上，使如輕雲之蔽月，豈不美乎。」仲堪從之。〔註138〕

〔註135〕〔漢〕班固：《漢武故事》。文津閣四庫全書 子部小說家類（北京：商務印書館，2006年）V.1046，頁278。

〔註136〕〔三國‧魏〕邯鄲淳著；〔清〕馬國翰輯：《藝經》《玉函山房輯佚書‧子部藝術編》（揚州：廣陵古籍刊印社，1990年）

〔註137〕〔唐〕房玄齡等：《晉書》卷九十二列傳第六十二文苑。文津閣四庫全書 史部正史類（北京：商務印書館，2006年）V.251，頁391。

〔註138〕同上註。

「仲堪眇目」，這當是殷仲堪所忌諱的，顧愷之為他作畫，並不掩飾他之眇目，只是明點瞳子，以枯筆輕拂，飛白其上，使人如透過輕雲看到皎日，既遮掩了殷仲堪的缺陷，又張揚了人物的精神靈氣，表現顧愷之對眼睛傳神的把握已經達到了出神入化的境界。

> 桓玄棄官婦，仲堪悼其才地，深相交結，推為盟主。後終為桓玄所
> 逼，自殺。〔註139〕

殷仲堪先與桓玄深相交結，後又反目。政治圈沒有永遠的敵人，卻也沒有永遠的朋友，特別是像桓玄這樣的野心家，當沒有利用價值的時候，往往躲不過他的算計。

> 殷仲堪在荊州，童謠曰：「芒籠目繩縛，腹殷當敗桓，當復未幾而，
> 仲堪敗桓玄。」遂有荊州。〔註140〕

> 羅企生為殷仲堪諮議參軍，仲堪敗走，文武無送者，唯企生從焉，
> 尋為桓玄所執，玄令謝己即活之，企生正色曰：「我是殷侯吏，見遇
> 以國士，何顏復謝」玄即收害之。〔註141〕

十二月，殷仲堪與桓玄產生衝突，被桓玄所逼而自殺。像參軍羅企生這樣為忠而死確實令人感佩，這也是一種留名千古的方式。顧愷之並沒有這樣做，身處於朝不保夕的政治圈中，常常不由得會被迫選邊站，而他能夠在殷仲堪與桓玄的衝突中，保持中立，不惹禍上身，已經是相當有智慧的了。當時五十二歲的他，又歸入桓玄的幕僚，這時他已接近晚年。

三、桓玄時期

　　桓玄是桓溫的少子，字敬道，小字靈寶〔註142〕，譙國龍亢（今安徽省懷

〔註139〕〔唐〕房玄齡等：《晉書》卷八十四《殷仲堪列傳》。文津閣四庫全書　史部正史類（北京：商務印書館，2006年）V.251，頁262。

〔註140〕汪兆鏞撰：《晉會要》（北京：書目文獻出版社，1953年10月）卷三十六文學下　歌詩，頁439。

〔註141〕〔唐〕房玄齡等：《晉書》卷八十九列傳第五十九忠義。文津閣四庫全書　史部正史類（北京：商務印書館，2006年）V.251，頁342。

〔註142〕周一良，《魏晉南北朝史札記》，臺北：中華書局出版，1985年3月，頁106。據周一良的《魏晉南北朝史札記》：《晉書》卷九九桓玄傳，「字敬道，一名靈寶。……及生玄，有光照室，占者奇之，故小名靈寶」。案：此蓋本《異苑》四。《異苑》多載神奇附會之說。靈寶乃道家經典名，所謂「靈寶之方，長生之法」，屢見於《抱朴子》及《真誥》（參看陳國符《道藏源

遠、蒙城間）人。他出生以後，就受到其父桓溫的寵愛。桓溫臨終前，命他
為嗣，當時桓玄五歲。七歲時，襲封南郡公。《晉書‧桓玄傳》載：

> 及長，形貌瓌奇，風神疏朗，博綜藝術，善屬文，常負其才地以雄
> 豪自處，眾咸憚之。朝廷亦疑而未用。〔註143〕

由於父親桓溫曾對朝廷有過威脅的緣故，朝廷猜疑桓玄而遲遲未重用他。《晉
書‧桓玄傳》載：

> 年二十三始拜太子洗馬。太元末出補義興太守，鬱鬱不得志。嘗登
> 高望震澤，歎曰：「父為九州伯，兒為五湖長。」棄官歸國。自以元
> 勳之門而負謗於世，乃上書自訟，不報。〔註144〕

太元十六年（391）始任太子洗馬。第二年，出補義興太守，鬱鬱不得志，棄
郡還荊州，常與殷仲堪玄談言理。《世說新語‧文學》第六十五條提到：

> 桓南郡與殷荊州共談，每相攻難。年餘後，但一兩番。桓自歎才思
> 轉退。殷云：「此乃是君轉解。」〔註145〕

隆安元年（397）受命任廣州刺史，未就。時孝武帝在位，溺於酒色，信用會
稽王道子，及中書令王國寶，二人不恤政務。桓玄說服殷仲堪舉兵以清君側，
並與哀、青二州刺史王恭上表罪狀國寶，道子乃斬國寶以謝。其後，譙王尚
之與王愉見用，王恭復起兵聲討，並遣使報仲堪、桓玄。未料王恭所仗劉牢
之，同軍襲恭，恭敗歿，而南郡相楊佺期亦與玄不和，卒為玄所殺，次年，
舉兵反叛。《晉書‧桓玄傳》載：

> 在荊楚積年，代王愉為江州刺史。荊州刺史殷仲堪共相結約，推玄
> 為盟主，玄始得志。後荊州大水，仲堪振恤飢者，倉稟空竭，玄乘

流考》五符經考證節八桓氏奉道，故名玄字敬道而小字靈寶，有光照室之
云全是附會。玄道靈等字皆天師道世家慣用為名者。《魏書》九一徐謇傳
言其常有藥傳，吞服道符，是信奉天師道者，其子亦小字靈寶。陶弘景《真
誥》二〇真冑世譜中，建立茅山派道教之許穆之弟亦名靈寶。孫恩字靈秀，
皆此類也。

〔註143〕〔唐〕房玄齡等：《晉書》卷九十九《桓玄列傳》。文津閣四庫全書 史部正史
類 V.251，頁 497。（北京：商務印書館，2006 年）

〔註144〕同上註。

〔註145〕〔劉宋〕劉義慶撰；〔梁〕劉孝標注；〔清〕沈巖撰校語：《世說新語‧文學》
（臺北：臺灣商務印書館，張元濟、王雲五創編：《大本原式精印四部叢刊正
編》。景上海涵芬樓藏明嘉趣堂刊本本書三卷坿校語一卷，2011 年 12 月），
第 24 冊，卷上之下，頁 41。

其虛而伐之，於是遂平荊雍。加都督荊、襄、雍、秦、梁、益、寧
七州後將軍。〔註146〕

《世說新語·尤悔》第十七條中記載，桓玄在擊破殷仲堪時讀論語，意色愧悔，可以看出桓玄在激烈的政治權利鬥爭中微妙的心理活動，大概他內心當中也是經歷很大的掙扎吧：

桓公初報破殷荊州，曾講《論語》，至「富與貴，是人之所欲，不以
其道，得之不處」。玄意色甚惡。〔註147〕

桓玄既專制上流，地廣兵強，自云勢運所歸，數使人上禎祥以爲己瑞，並諷議時政，歸咎於道子及其世子元顯。元興元年（402），司馬元顯稱詔伐玄，以劉牢之爲前鋒都督，玄亦舉兵東下，聲討元顯。玄聲威極盛，牢之迎降。玄遂入建康，斬元顯，酖道子，而奪牢之兵權，自封太尉、錄尚書事、揚州牧。二年（403），自號相國、封楚王，十二月，玄廢安帝，篡位稱帝。三年（404），裕迎安帝返建康，改元義熙，劉裕率兵討伐桓玄。劉裕於京口舉兵，敗玄軍，玄出奔，爲寧州督護馮遷所殺，傳首建康，篡立凡八旬而亡，桓玄時年三十六歲。顧愷之五十七歲。《晉會要》記載：

桓玄既篡，童謠曰：「草生及馬腹，烏啄桓玄目」，及玄敗走至江陵，
時正五月，誅爲其期焉。〔註148〕

桓玄爲了實現個人奪權篡位的野心，舉兵反叛，篡位以後，驕奢急暴，「樹用腹心，殺害異己。豪奢縱欲，朝野失望，人不安業。〔註149〕」可說是給朝野造成了深重的災難，不過顧愷之並未受到連累，反而在隔年升任了散騎常侍。所以，顧愷之擔任過參軍，最高累官至散騎常侍。這大概是因爲顧愷之的似癡實點，不涉入與文藝無關的政治對立的緣故吧。他和桓玄之間存在著一種微妙的關係，類似西方文藝復興時期供養畫家的上流人士會

〔註146〕〔唐〕房玄齡等：《晉書》卷九十九《桓玄列傳》。文津閣四庫全書 史部正史
類（北京：商務印書館，2006 年）V.251，頁 497。

〔註147〕〔劉宋〕劉義慶撰；〔梁〕劉孝標注；〔清〕沈巖撰校語：《世說新語·尤悔》
（臺北：臺灣商務印書館，張元濟、王雲五創編：《大本原式精印四部叢刊正
編》。景上海涵芬樓藏明嘉趣堂刊本本書三卷坿校語一卷，2011 年 12 月），
第 24 冊，卷上之下，頁 148。

〔註148〕汪兆鏞撰：《晉會要》（北京：書目文獻出版社，1953 年 10 月）卷三十六文
學下《歌詩》，頁 440。

〔註149〕〔唐〕房玄齡等：《晉書》卷九十九《桓玄列傳》。文津閣四庫全書 史部正史
類（北京：商務印書館，2006 年）V.251，頁 497。

聚集在沙龍一般，畫家為金主繪製畫像，談論風雅的文藝。《歷代名畫記》卷五：「顧愷之畫有《桓溫像》、《桓玄像》和《謝安像》。」〔註150〕欣賞書畫也是名士們附庸風雅的主要方式。《晉會要》〔註151〕桓玄傳以及《晉書·桓玄傳》提到：

> 性貪鄙好奇異，尤愛寶物珠玉不離於手。人士有法書好畫及佳園宅者，悉欲歸己。猶難逼奪之，皆蒲博而取。遣臣佐四出掘果移竹，不遠數千里。〔註152〕

桓玄愛好文藝作品，也運用各種手段聚集了不少珍貴的藝術品。顧愷之也是受害者之一。

> 愷之嘗以一廚畫，糊題其前，寄桓玄，皆其深所珍惜者。玄乃發其廚後，竊取畫，而緘閉如舊以還之，紿云：「未開。」愷之見封題如初，但失其畫，直云：「妙畫通靈，變化而去，亦猶人之登仙。」了無怪色。〔註153〕

桓玄太喜歡顧愷之的作品，所以桓玄就偷了箱內的畫，然後再把箱子恢復為原狀。顧愷之的反應也極為幽默，竟以畫能通靈，羽化登仙，而不再追究。有此可以深知顧愷之的智慧。何法盛《晉中興書》云：「劉牢之遣子敬宣詣玄請降，玄大喜，陳書畫共觀之。」〔註154〕《歷代名畫記》卷二載：

> 昔桓玄愛重圖書，每示賓客。客有非好事者，正餐寒具，以手捉書畫，大點汙。玄惋惜移時。自後每出法書，輒令洗手。〔註155〕

張懷瓘在《書斷列傳》中曰：

> 晉書中有飲食，名寒具者，亦無註解處。後於齊民要術并食經中檢得是今所謂□餅，桓玄嘗盛陳法書名畫請客觀之。客有食寒具不濯

〔註150〕〔唐〕張彥遠著：《歷代名畫記》（臺北：藝文印書館，民76年12月，線裝書）卷五，頁7。（百部叢書集成之四十六學津討原第十六函歷代名畫記卷五）

〔註151〕汪兆鏞撰：《晉會要》（北京：書目文獻出版社，1953年10月）卷三十五文學中書學，頁424。

〔註152〕〔唐〕房玄齡等：《晉書》卷九十九《桓玄列傳》。文津閣四庫全書 史部正史類（北京：商務印書館，2006年）V.251，頁497。

〔註153〕〔唐〕房玄齡等：《晉書》卷九十二列傳第六十二文苑。文津閣四庫全書 史部正史類（北京：商務印書館，2006年）V.251，頁391。

〔註154〕〔唐〕張彥遠著：《歷代名畫記》（臺北：藝文印書館，民76年12月，線裝書）卷一，頁4。（百部叢書集成之四十六學津討原第十六函歷代名畫記卷一）

〔註155〕〔唐〕張彥遠撰：《歷代名畫記》（臺北：藝文印書館，民76年12月，線裝書）卷二，頁12。（百部叢書集成之四十六學津討原第十六函歷代名畫記卷二）

手而執書畫，因有涴。玄不懌，自是會客不設寒具。〔註156〕

他佔有了這些藝術品之後，大概是爲了炫耀，常常向賓客展示，甚至因爲怕弄髒藝術品而要求賓客洗手，甚至因爲這樣從此宴客不再設置寒具給客人食用。可見他真的是相當珍視書畫藝品的人。甚至平日就已經先打包好自己的書畫，以便逃難的時候可以帶走，由此可見他對書畫的重視程度。《晉書・桓玄傳》曰：

先使作輕舸，載服玩及書畫等物。或諫之。玄曰：「書畫服玩既宜恒在左右，且兵凶戰危，脫有不意，當使輕而易運。」〔註157〕

桓玄「博綜藝術，善屬文」，史稱他「文翰之美，高於一世」，《隋書・經籍志一》載桓玄注《周易繫辭》二卷，《經籍志四》載《桓玄集》二十卷。《世說新語》屢屢提到桓玄的文采粲然，《世說新語・文學》第十三條及一百零二條曰：

桓玄初併西夏，領荊、江二州，二府一國。於時始雪，五處俱賀，五版併入。玄在聽事上，版至即答版後，皆粲然成章，不相揉雜。〔註158〕

桓玄嘗登江陵城南樓云：「我今欲爲王孝伯做誄。」因吟嘯良久，隨而下筆。一坐之間，誄以之成。〔註159〕

援筆立成的寫作功力，讓人驚嘆。除了文采風流之外，桓玄還特別愛好書法藝術。筆者認爲這應該也是顧愷之之所以備受寵愛的原因。

桓大司馬，每請長康與羊欣論書畫，竟夕忘疲。〔註160〕

桓玄每請顧愷之與羊欣講論書畫時，竟然一談就是一個通宵，連疲勞都忘記了。張懷瓘在《書斷》中亦云：「桓玄嘗與顧愷之論書，至夜不倦」。羊欣著

〔註156〕〔唐〕張懷瓘撰：《書斷列傳》雜編（臺北：藝文印書館，民76年12月，線裝書）卷四，頁4。（百部叢書集成之二百川學海第七函書斷列傳）

〔註157〕〔唐〕房玄齡等：《晉書》卷九十九《桓玄列傳》。文津閣四庫全書　史部正史類（北京：商務印書館，2006年）V.251，頁497。

〔註158〕〔劉宋〕劉義慶撰；〔梁〕劉孝標注；〔清〕沈巖撰校語：《世說新語・文學》（臺北：臺灣商務印書館，張元濟、王雲五創編：《大本原式精印四部叢刊正編》。景上海涵芬樓藏明嘉趣堂刊本本書三卷坿校語一卷，2011年12月），第24冊，卷上之下，頁46。

〔註159〕同上註。

〔註160〕〔唐〕張彥遠撰：《歷代名畫記》（臺北：藝文印書館，民76年12月，線裝書）卷五，頁6。（百部叢書集成之四十六學津討原第十六函歷代名畫記卷五）（另一版本，欽定四庫全書《畫史會要》卷一，明朱謀垔撰，「桓大司馬，每請與羊欣論書畫，竟夕忘疲。」）

有《采古來能書人名》〔註161〕，對書法有很深的研究。桓玄自己也長於書法，張懷瓘在《書斷列傳》〔註162〕這本書法評論著作中曾說他：「玄愛重二王，不能釋手，乃撰縑素及紙，書正行之尤美者，各爲一秩，常置左右。及南奔，雖甚狼狽，猶以自隨。」南齊王僧虔〈論書〉曰：

> 桓玄書，自比右軍，議者未之許，云可比孔琳之。

庾肩吾《書品》稱讚桓玄的書法「筋力俱駿」。張可禮在《東晉文藝綜合研究》〔註163〕中說：「桓玄認爲自己的書法可以同王羲之的相比，當是負才自詡。但他的書法有相當的造詣，並且受到後人的重視，則是事實。」桓玄因爲愛好書畫，故與書畫家交往亦深。顧愷之又曾爲桓溫屬吏，桓溫死時，桓玄只有七歲，當時顧愷之二十六歲。桓玄得志是二十三歲，代殷仲堪佔有江陵是三十一歲，顧愷之長年在桓溫父子帳下爲官，故應更加親暱，然而，顧愷之雖與桓溫父子均有密切關係，但僅只於書畫玩好，並未參預政治實務，故二桓雖敗，顧愷之尚能脫身無累，這恐怕也是得力於他的似癡實點的政治智慧吧！

四、交遊

顧氏家族信奉五斗米道，顧愷之本人更是學習儒學與玄學，交遊則遍及儒、道、釋三家。在當時眾名人中，曾與桓溫（312～373）、殷仲堪（～399）、桓玄（368～404）共事；後來握有大權的謝安（320～385），甚至給予「有蒼生來所無！」（《世說新語·巧藝》第七條）〔註164〕極高的推崇。顧愷之曾經畫過許多名人，當中最有名的就是裴楷（237～291），根據《晉書三十五·裴楷列傳》的資料：

> 裴楷字叔則，河東聞喜人。明悟有識量，弱冠知名，尤精《老》《易》，

〔註161〕〔清〕余嘉錫箋疏：《世說新語箋疏》（臺北：華正書局，2003年10月），頁779。

〔註162〕〔唐〕張懷瓘撰：《書斷列傳》雜編（臺北：藝文印書館，民76年12月，線裝書）卷二，頁16。（百部叢書集成之二百川學海第七函書斷列傳）

〔註163〕張可禮著：《東晉文藝綜合研究》，山東：山東大學出版社，2001年1月初版，頁118。

〔註164〕〔劉宋〕劉義慶撰；〔梁〕劉孝標注；〔清〕沈巖撰校語：《世說新語·巧藝》（臺北：臺灣商務印書館，張元濟、王雲五創編：《大本原式精印四部叢刊正編》。景上海涵芬樓藏明嘉趣堂刊本本書三卷坿校語一卷，2011年12月），第24冊，卷下之上，頁116。

少與王戎齊名。⋯⋯風神高邁、容儀俊爽。博涉群書，特精理義。
時人謂之玉人。又稱「見裴叔則如近玉山，映照人也。⋯⋯性寬厚，
與物無忤。不持儉素。每游榮貴，輒取其珍玩，雖車馬器服，宿昔
之間，便以施諸窮乏。⋯⋯衍深歎其神儁。楷有知人之鑒。〔註165〕

雖顧愷之來不及見過裴楷，但根據晉書的記載，裴楷的風神高邁、容儀俊爽，
如玉山映人卻又個性寬厚、與物無忤，相當有親和力，又精通老易，相信是
顧愷之所神往的人格形象，除此之外，他有知人識鑑之能，又有臨危不亂的
神態，風範更為魏晉時代士人們所嚮往。《晉書・裴楷列傳》又載：

晉武帝始登阼，探策得一。王者世數，系此多少。帝既不說，群臣
失色，莫能有言者。侍中裴楷進曰：「臣聞天得一以清，地得一以寧，
侯王得一以為天下貞。」帝說，群臣嘆服。〔註166〕

裴楷深具識見，在群臣失色的危急場面下，以巧妙的言論化解尷尬，不愧為
明悟有識量的人才。《世說新語・容止》第十二條曰：

裴令公有俊容儀，脫冠冕，粗服亂頭皆好。時人以為玉人。見者曰：
見裴叔則如玉山上行，光映照人。〔註167〕

裴楷脫帽後頭髮紛亂，仍不失其美好氣質，反映當時人們忽略外形，注重內
在氣韻的玄學精神，這種重神輕形的概念，與顧愷之主張的「傳神寫照」不
謀而合。就生卒年來看，顧愷之雖未曾與裴楷見面，卻以自己的解釋畫出裴
楷之像，他以「頰上益三毛」將裴楷的「風神高邁、容儀俊爽。」畫得維妙
維肖《世說新語・巧藝》第九條記載：

顧長康畫裴叔則，頰上益三毛。人問其故？顧曰：「裴楷俊朗有識具，
正此是其識具。」看畫者尋之，定覺益三毛如有神明，殊勝未安時。

〔註168〕

可見愷之傳神之妙，不只在眼睛，由於對象不同而方法亦異；且無中生有，
正是藝術加工，故能收神明殊勝的效果。與裴楷同樣有幸被顧愷之拿來作畫

〔註165〕〔唐〕房玄齡等：《晉書》卷三十五列傳。文津閣四庫全書 史部正史類（北
　　　　京：商務印書館，2006年）V.250，頁351。
〔註166〕同上註。
〔註167〕同上註。
〔註168〕〔劉宋〕劉義慶撰；〔梁〕劉孝標注；〔清〕沈巖撰校語：《世說新語・巧藝》
　　　　（臺北：臺灣商務印書館，張元濟、王雲五創編：《大本原式精印四部叢刊正
　　　　編》。景上海涵芬樓藏明嘉趣堂刊本書三卷坿校語一卷，2011年12月），
　　　　第24冊，卷下之上，頁116。

的，還有謝鯤（約 280～323），字幼輿，陳郡陽夏（今河南太康）人，謝安的
伯父，兩晉名士，為八達之一。《晉書・謝鯤列傳》記載：

> 少知名通簡有高識，不修威儀，好《老》《易》，能歌善鼓琴，王衍
> 嵇紹並奇之。太傅東海王越聞其名辟為掾。任達不拘，尋坐家僮取
> 官稟除名。時名士多為歎惋，鯤清歌鼓琴不以屑意，莫不服其遠暢
> 而恬於榮辱。……王敦引為長史，鯤不徇功名，無砥礪行，居身於
> 可否之間，雖自處若穢而動不累高。敦有不臣之跡，鯤知不可以道
> 匡弼，乃優遊寄寓，不屑政事，從容諷議，卒歲而已。嘗使至都，
> 明帝在東宮，見之甚相親重。問曰：「論者以君方庾亮，自謂何如？」
> 答：「曰端委廟堂，使百僚准則鯤不如亮。一丘一壑，自謂過之。」
> 在敦側人皆為之懼優，而鯤推理安常，時進正言。敦既不能用，內
> 亦不悅。為豫章太守，蒞政清肅，百姓愛之。〔註169〕

就時間點來看，顧愷之應該也沒有見過謝鯤，他可能是依據上述資料來描繪，
從中也可以了解到顧愷之早已注意到用環境來襯托人物的個性，體現了謝鯤
崇尚老莊、推重隱逸的情懷，《世說新語・巧藝》第十二條說：

> 顧長康畫謝幼輿在巖石裡。人問其所以？顧曰：「謝云：『一丘一壑，
> 自謂過之。』此子宜置丘壑中。」〔註170〕

由《晉書・謝鯤列傳》：「王敦引為長史，鯤不徇功名，無砥礪行，居身於可
否之間，雖自處若穢而動不累高。敦有不臣之跡，鯤知不可以道匡弼，乃優
遊寄寓，不屑政事，從容諷議，卒歲而已。」這段記載我們可以發現，顧愷
之與謝鯤所遭遇的處境頗為類似，都必須要在夾縫中求生存，居身於可否之
間，明知道自己的上司有篡位的行跡，卻也只能若無其事，將自我寄託於山
水書畫之中。

另外，根據《世說新語》、《書譜序》的紀錄，釋者支遁（314～366），字
道林，住在剡縣時，名僧如竺法深等，以及名士如王羲之、謝安等，群集一
起。也許，顧愷之曾透過謝安，而與支道林、二王等人認識或見面。當時佛

〔註169〕〔唐〕房玄齡等：《晉書》卷四十九謝鯤列傳。文津閣四庫全書 史部正史類
　　　　（北京：商務印書館，2006 年）V.550，頁 351。

〔註170〕〔劉宋〕劉義慶撰；〔梁〕劉孝標注；〔清〕沈巖撰校語：《世說新語・巧藝》
　　　　（臺北：臺灣商務印書館，張元濟、王雲五創編：《大本原式精印四部叢刊正
　　　　編》。景上海涵芬樓藏明嘉趣堂刊本本書三卷坿校語一卷，2011 年 12 月），
　　　　第 24 冊，卷下之上，頁 116。

教重要的僧侶釋慧遠（334～416），《世說新語》第六十一則紀錄了慧遠與殷仲堪的對話：

> 殷荊州曾問遠公《易》以何爲體，答曰：《易》以感爲體。殷曰：銅山西崩，靈鐘東應，便是《易》耶？遠公笑而不答。〔註171〕

根據《高僧傳・慧遠傳》〔註172〕所記，節錄如下：

1. 桓玄西征殷仲堪時，軍經廬山，邀慧遠下山相見，但慧遠稱病，桓玄便上山親自會晤。當桓玄決定上廬山時，左右告知：「以前殷仲堪曾上廬山拜會慧遠，請勿上山。」桓玄依舊上山，見了便「不覺致敬」。大野心家桓玄，尚且不能不對慧遠表示敬意，這反映出慧遠當時聲望之高。

2. 晉安帝在桓玄謀篡失敗之後，從外地回京師，路經潯陽（今江西九江廬山下），有人勸慧遠迎接，但慧遠稱病，安帝反而「遣使勞問」，後安帝未能與慧遠相見，可見當時的朝廷何等敬重這位高僧。

從上述可知，慧遠與殷仲堪、桓玄、晉安帝等人有交集，且頗受禮遇。曾經身在殷仲堪、桓玄帳下的顧愷之，應有機會間接或直接與慧遠接觸。

以上所提及的人物，有掌握政權的將軍、有著名清談的名士、有當朝所推重的高僧等。不難發現，顧愷之周遭的時代環境，正處在多元的學術思想與宗教信仰之間。而顧愷之本人，確實是思想駁雜，兼有儒、道、釋思想。道是基本傾向，但也信佛。也正因其過人的政治智慧，似癡實黠，因此在危機四伏的政治環境中，始終有高度的讚譽，且能明哲保身。關於顧愷之的事蹟，有很多的傳說故事、文學資料與歷史記載而流傳下來。或許，是由於太多的名聲與傳說而模糊眾人的焦點，故謝赫批評顧愷之「聲過其實」。

〔註171〕〔劉宋〕劉義慶撰；〔梁〕劉孝標注；〔清〕沈巖撰校語：《世說新語・文學》（臺北：臺灣商務印書館，張元濟、王雲五創編：《大本原式精印四部叢刊正編》。景上海涵芬樓藏明嘉趣堂刊本本書三卷坿校語一卷，2011 年 12 月），第 24 冊，卷上之下，頁 41。
〔註172〕〔梁〕釋慧皎撰；湯用彤校注；湯一玄整理：《高僧傳》（臺北：中華書局出版，1992 年 10 月），頁 178。

小結

　　除了顧愷之的先祖，三國時吳國丞相顧雍，顧愷之的曾祖父顧榮，顧愷之本人，還有南朝時期的文字訓詁學家顧野王；元朝畫家顧安、文學家顧瑛；明朝武英殿大學士顧鼎臣、吏部文選司郎中顧憲成；明、清之際的思想家、學者顧炎武；歷史地理學家顧祖禹；清朝詞人顧貞觀、學者顧棟高、校勘學家顧廣圻等，都是江蘇人。而唐朝詩人顧況爲浙江人，五代南唐畫家顧宏中爲江南人；明末農民起義軍將領顧君恩爲湖北人。

　　從鼎鼎大名的三國宰相顧雍、東晉著名畫家顧愷之、唐朝詩人顧況到明末清初著名思想家亭林先生顧炎武，都是同一個老祖宗，其祖先就是「三千越甲可吞吳」的越王勾踐。在這樣世代相傳的家學淵源中，顧愷之背負著顧氏家族的招牌，人才輩出的家族固然帶給他很多方便，給予他比他人更多的學術氣息與文化涵養，然而，在這樣的環境長大的孩子，總會有更大的願景，希望自己可以興旺家族，提升家族聲望，相信也是這樣的背景，讓他從小就接受過許多大人物風範的親炙，耳濡目染在清談玄風之中，這養成了他勇於冒險、不同流俗的個性，總是尋求在庸碌的世俗中表現得更爲出眾以光大門風清望。吳越一代雖然在春秋戰國時代被中原認爲是南蠻鴃舌，然而經過北方外族入侵，世族南遷的過程，帶來了江南一代的繁榮，經濟上文化上的興旺，這樣的情況就像是中日戰爭帶給中國戰亂，卻也讓很多名門貴族搬遷到台灣，甚至移民東南亞、歐美一般，有文化、有社會地位與經濟實力的人，總是會往更有文化、更安全的地方遷徙，不管是甚麼朝代，這樣的事一直不斷在重演著，東晉的偏安、南宋的偏安、民國的偏安，戰亂的遷徙帶來了文化的交融、衝擊，卻也是文化的提昇與進化，東晉偏安的世族發展出了前所未有的高度文藝成就，同樣的充滿這時代最多文藝寶藏與文化傳承的台灣，相信也一定擁有激發出新一代高度文藝成就的先決條件。

　　東晉擁有相當開放的宗教信仰自由，格義幫助了佛教的傳入與道教的結合，在當代有很多文人、甚至黃帝本身都深信佛教與道教，沿海地帶尤其明顯。顧愷之能在漢末至魏晉繪畫的發展中，創造出前代所未有的新畫風，剛好符合東晉名士們那種和玄學、佛學、思想滲透在一起的審美趣味與審美要求，在其背後所具有的宗教信仰與玄學思維，其實是最重要的。李澤厚曾指出，以顧愷之爲代表的東晉繪畫有兩大特點：

一是深入到了人物內在的心靈世界，二是崇尚一種和玄學、佛學相

聯的平淡自然之美，與漢畫質樸古拙、氣勢雄強很不相同。〔註173〕

筆者認為，顧愷之能深入到人物內在的心靈世界，靠的正是重神輕形的哲學思維，這樣的思維根源於玄學中本體的概念，倘若不是因為抓住了事物的本質，也就是精神的層面，也無法擁有這麼高妙的藝術境界。形似是無用的，而道家的無為淡然與佛學的出入無二法門洽切的給予了當代士人玄學思想體用上的調和，讓他們能不執著於有無，甚至超越有無。

知北游曰：「黃帝曰：『無思無慮始知道，無慮無服始安道，無從無

道始得道。』」〔註174〕

當人們過度的尋求解答，往往反而得不到解答，真正要得道來自於心境上的泰然任之，葉朗在《中國美學史》中說過：「藝術的形式美，只有否定自己才能實現自己」。顧愷之身處東晉玄學與道教佛教合流的關鍵時代，他的思維十分具有當代文人思想的代表性，因此了解其宗教信仰是相當必須的。

在政治領域上，顧愷之在從政的一開始，受桓溫重用為參軍，他的父親顧悅之卻曾是殷浩幕僚，殷浩過世那年顧愷之九歲，或許桓溫與殷浩之間的瑜亮情節並不足以造成顧愷之在政治黨派上的難以抉擇，畢竟讓顧愷之初綻鋒芒的時機點是他為剛建好的瓦官寺繪製維摩詰壁畫之時，當時他已經十七歲了，而殷浩也過世八年，相信如桓溫這樣高爽邁出的雄豪之士並不會介意顧愷之父親的政治傾向。身為桓溫的參軍，面臨桓溫有意篡位奪權之際，顧愷之並沒有加入成為其入幕之賓，反而是很有智慧而安分地擔任一個文官，以一個幕僚身分，不過多的評論政治，也不奢望從中得到權勢地位，雖然他認同桓溫親民的政治作為，但他明白，那些虛華的權位不過是一時的，與其爭名奪利還不如沉醉在他最鍾愛的文學藝術上。看著桓玄長大，身為一個老臣，卻必須要屈居其下，一般人要是遇到同樣的情況，很難能像顧愷之那樣的豁達，這樣的政治場域，形成了顧愷之身上獨特的智慧，他能如裴楷般清通簡要，不慕榮利；也能像謝鯤一般，身處於夾縫中，不置可否的求生存，這樣的時代成就了他的「癡絕」。顧愷之與殷仲堪、桓玄之間常有風雅談論文學書畫的記載，這也是顧愷之在文藝上最能充分展現自我長才的時期了，以

〔註173〕李澤厚、劉綱紀著：《中國美學史》（魏晉南北朝編上），（安徽文藝出版社，
　　　　1995年5月），頁1。
〔註174〕莊子：《莊子・外篇》知北游第二十二。

探討書畫哲學來彼此交流，更能見到當代負有盛名的慧遠，玄思與佛理的衝擊，必定在當時激盪出許多火花。

　　擁有士族門閥的身分讓他可以不爲衣食煩憂，也讓他擁有不凡的志向，這是家族帶給他的影響；宗教上，佛道匯流造成的學術氛圍造就了他的「才絕」與「畫絕」；政治上，險惡莫測的環境激發了他的「癡絕」。這些天時、地利、人和共同造就了顧愷之，他之所以能夠創發出新一代的畫論並擁有「才、癡、畫三絕」的稱號，確實跟他身處在東晉中期偏安之政局，有強烈的關係性。

第三章 由「三絕」多元解讀顧愷之性行

世稱顧愷之「才絕」、「癡絕」、「畫絕」。顧愷之能成為中國古代最偉大的畫家之一，擁有「畫絕」這一美譽，就是由其「癡絕」和「才絕」的獨特生命涵養所奠基的。因此，要想成為一代大師，就必須將自身的品格修養和文化修養放到極其重要的位置上。以下試由「才絕」、「癡絕」、「畫絕」這三個面向來剖析顧愷之。

第一節 「涉筆不失其趣」──才絕

文學與藝術是相通的，正是這些才能的鋪墊，才使畫家在創作時能左右逢源，畫出深蘊的畫外之意、奔湧的藝術才思和前瞻的創作思想。「才絕」包括顧愷之在文學、書法、藝術理論等多方面的才能，是構成他繪畫之深厚文化底蘊的全部內容。根據南北朝鍾嶸《詩品》評顧愷之詩：

> 晉處士郭泰機、晉常侍顧愷之、宋謝世基、宋參軍顧邁、宋參軍戴
> 凱，泰機寒女之制，孤怨宜恨。長康能以二韻答四首之美。⋯⋯（中
> 略）觀此五子文雖不多，氣調警拔，吾許其進則鮑照、江淹未足逮
> 止，越居中品，僉曰：宜哉。〔註1〕

顧愷之擅詩賦書畫，古有明證，《世說新語・言語篇》有一段記錄顧愷之回憶會稽山川之美的話語。在這裡，他用詩般言語勾勒出一幅美景，使人如同親眼見到了明媚的江南風光。透過畫家的眼睛所見，字裡行間無不充滿對景物細密的描繪。

〔註 1〕 〔梁〕鍾嶸：《詩品》（臺北：台灣中華書局據學津討原本，1965 年）。全一冊，
卷中，頁 3。

> 顧長康從會稽還，人問山川之美，顧云：「千巖競秀，萬壑爭流，草
> 木蒙籠其上，若雲興霞蔚。」〔註2〕

東晉文人對人生的關注，對生命的重視，使他們的生命意識相當深沉。對內，
他們常常思考自己的生命，注意付諸實踐。對外，他們熱愛生命，以至延及
他物。面對自然，他們發自內心而無所保留的宣洩自己的喜怒哀樂，毫無漢
代名教禮法統治下萬物都要附庸道德的虛偽矯情。張可禮在《東晉文藝綜合
研究》中提到：

> 他們在觀察和品評他人時，十分重視與生命息息相關的外露的形
> 體、氣色、語言、聲音、進而深入到內在的才能、神情、氣量和風
> 韻等。他們在觀察景物時，留心的是景物的生命，也常常把人的生
> 命意識灌注在其中。〔註3〕

顧愷之在描繪山水時，也特別重視賦予山水以流動的、盎然的生命。草木是
有生命的，而山川則無所謂生命，但在顧愷之看來，山川也是富有生命的。
顧愷之還特別選用了「競」、「爭」、「蒙籠」、「雲興」、「霞蔚」等詞語，形象
而準確地寫出了山川草木的生命及其呈現的特點。四句話，極其精練，但卻
形神兼具，突出的表現了會稽山川的生命之美。王妙純在〈從《世說新語》
看魏晉世人的生命意識〉一文中，說道：

> 「競」、「爭」本是人的抽象動作，顧愷之用以摹狀山水之勝，將其
> 中注入了人的精神。……這裡的意蘊並不屬於對象本身，而是在於
> 所喚醒的心情。面對會稽的山山水水，顧愷之的「心情」受到了「感
> 發」，他的心情被「喚醒」了。「內外相感」，於是說出了這一段傳誦
> 千古的妙語。〔註4〕

從這裡我們可以看見，魏晉士大夫對自然美的欣賞，已經突破了「比德」的
狹窄的框框。他們不是把自己的道德觀念加到自然山水身上，而是欣賞自然

〔註2〕 〔劉宋〕劉義慶撰；〔梁〕劉孝標注；〔清〕沈巖撰校語：《世說新語‧言語》
（臺北：臺灣商務印書館，張元濟、王雲五創編：《大本原式精印四部叢刊正
編》。景上海涵芬樓藏明嘉趣堂刊本本書三卷坿校語一卷，2011 年 12 月），第
24 冊，卷上之上，頁 25。

〔註3〕 《東晉文藝綜合研究》，張可禮著，山東：山東大學出版社，2001 年 1 月初版，
頁 62。

〔註4〕 王妙純：從《世說新語》看魏晉世人的生命意識〉，《東吳中文學報》第二十
三期（2012 年 5 月），頁 81。

山水本身的蓬勃的生機。在顧愷之的心目中，山水是有形的，但其本體則是具有玄虛之道，這種道就是自然。由於當時許多文人認為山水能夠「體虛窮玄」、「藏道寓理」，因此他們重視的常常不是具體的、細微的山水，而是曠遠的、遼闊的山水。在顧愷之另一首〈神情詩〉（又叫〈四時詩〉）中，特別明顯的表露出了作者對自然的觀察：

　　春水滿四澤，夏雲多奇峰，秋月揚明輝，東嶺秀孤松。〔註5〕

透過四季「水」、「雲」、「月」、「松」的景象來體現季節，可見作者對自然的喜愛與細微的觀察。它是一首詩，也是一幅畫。詩歌本來主要是抒情的，但這首詩重點不在抒情，而是描寫一年四季自然景物的主要特徵。四句詩，每句寫一個季節，每句都有具象。四句詩可以相對獨立，每句詩都是一幅畫。四句合起來，又可以構成一架屏風畫。仔細觀賞這首詩，可以明顯地感受到，它表現了畫家的眼光，受到了繪畫取材、構圖和佈局等方面的影響。結果使這首詩在很大程度上具有空間藝術的特點，詩中有畫，詩畫交輝，形神兼備。鍾嶸《詩品》亦謂顧愷之的作品能以二韻答四首之美，與郭泰機、謝世基、顧邁、戴凱並列，評品甚高。

　　但顧愷之詩文流傳極少。只能從一些記載中看見他人的評價。也有人說四時詩是陶淵明或是蘇舜欽的詩，但吳瞻泰說，根據許顗《彥周詩話》的說法是顧愷之作品，然而在其他地方卻別無所見。據清‧吳瞻泰《陶詩彙註四卷》言：

　　「問來使詩題一首，據七修類稿定為蘇舜欽詩，有蘇子美集可證其四時一章，但據許顗《彥周詩話》定為顧愷之詩，而愷之詩於古書，別無所見，似尚當存疑，末可遽刪也。讀史述九章，舊本不入詩集，瞻泰以其為四言韻語，移於卷末，然畫扇諸贊，亦四言韻語，何獨舍彼取此乎？」〔註6〕

雖然顧愷之流傳下來的作品不多，但卻可以從以下「寫作〈箏賦〉，見重於桓溫」，看見兩件事，也就是他對音樂方面亦有才華，並能以文章抒發他獨特的見解。

〔註5〕逯欽立：《先秦漢魏晉南北朝詩》（臺北：木鐸出版社，1988年7月。）晉詩卷十四顧愷之詩，頁931。

〔註6〕〔清〕吳瞻泰撰：《陶詩彙註四卷》江蘇周厚堉家藏本。景印文淵閣四庫全書目錄 集部別集類（臺北：台灣商務印書館，1985年）卷一百七十四，頁3729。

愷之博學有才氣，嘗爲〈箏賦〉，成，謂人曰：「吾賦之比嵇康〈琴
賦〉，不賞者必以後出相遺，深識者亦當以高奇見貴。」〔註7〕

如同擅長繪畫並寫作畫論一般，顧愷之亦以〈箏賦〉記錄了他在音樂上與文
學上的才華。在蕭統的《昭明文選》中，音樂賦佔了六篇，西漢一篇：王褒
〈洞簫賦〉；東漢兩篇：傅毅〈舞賦〉、馬融〈長笛賦〉；魏一篇：嵇康〈琴賦〉；
西晉兩篇：潘岳〈笙賦〉、成公綏〈嘯賦〉，但對東晉、南朝迄梁的音樂賦卻
連一篇也不收錄，也沒有節選顧愷之的〈箏賦〉，主要的原因是，從音樂賦在
魏晉迄梁的發展演變看，其興盛期在兩漢魏晉，作品量約占總篇數的九成，
南朝迄梁，明顯是衰微期，作品僅有三篇。出現這前盛後衰現象的原因，劉
志偉在《魏晉文化與文學論考》〔註8〕中，簡單歸納爲兩個主因：

一是由於音樂賦從產生起，便被規範爲以各種樂器爲主要表現對象，並
形成了較爲固定的創作程式。這就在很大程度上制約了音樂賦題材領域的開
拓，也限制了作家的創造力與想像力。從而既使音樂賦的創作陳陳相因，濫
調充斥，也使追求「若無新變，難爲代雄」的南朝門閥士族作家較少垂青它。

二是審美思潮的演變也使作家的興趣它移。如南朝劉宋時代作家對山水
文學趨之若鶩，他們對山水之美的熱愛甚至超過了音樂，左思所詠，可謂導
夫先路：「何必絲與竹，山水有清音！」如蕭梁時代，「永明體」大興，但恰
恰是格外注重追求自身音律之美的沈約、謝朓等，都很少表現出對音樂賦創
作的興趣。蕭統大約正是有感於音樂賦這一門類前盛後衰的實際，才不強求
源流完整，而將關注點放到兩漢魏晉時代。

模仿嵇康琴賦寫作〈箏賦〉，或許是基於一種崇敬的心理，目前只能找到
〈箏賦〉中殘存的幾句，但仍能從中感受到顧愷之詠物的功力。

其器也，則端方修直，天隆地平。華文素質，爛蔚波成，君子嘉其
斌麗，知音偉其含清，罄虛中以揚德，正律度而儀形，良工加妙，
輕綿璘彬。玄漆絨響，慶雲被身。

（《藝文類聚》四十四，《初學記》十六）〔註9〕

〔註7〕〔唐〕房玄齡等：《晉書》卷九十二列傳第六十二文苑。文津閣四庫全書 史
部正史類 V.251，391 頁。（北京：商務印書館，2006 年）

〔註8〕劉志偉著：《魏晉文化與文學論考》，蘭州，甘肅人民出版社，2002 年 5 月初
版，頁 357～358。

〔註9〕〔清〕嚴可均輯：《全上古三代秦漢三國六朝文七百四十一卷／全晉文》（上
海：古籍出版社，2002 年）卷一百三十五，頁 111。

形容箏的外型「端方修直，天隆地平」；堅硬的質地對應表面上的花紋，慢慢描述到箏的聲音，像是將他擬人化了，「知音偉其含清，罄虛中以揚德，正律度而儀形」，宏偉嘹亮的聲音卻不失清越，箏的中空能讓聲音產生共鳴，就像人一般，若是越謙虛反而越能彰顯它的德行，彈撥之前總要調好正確的音，詠物的同時也在啟發讀者對於彈箏的創新觀點。

　　另，劉裕北伐南燕時，顧愷之曾爲之作〈祭牙文〉：

> 維某年某月日，錄尚書事豫章公裕，敢告黃帝蚩尤五兵之靈，兩儀
> 有政，四海有王，晉命在天，世德重光，烈烈高牙，闐闐伐鼓，白
> 氣經天，簡揚神武，恭行帝罰，長殲醜虜，維德是依，維人是輔。
> （《藝文類聚》六十，《太平御覽》三百三十九）〔註10〕

文句鏗鏘有力，彷彿可以聽見軍鼓正隆隆作響，眼前浮現軍容威儀壯盛的祭典！據清・秦蕙田《五禮通考》曰：

> 據《太白陰經》曰：「大將軍中營建旗纛，天子六軍，故用六纛，以
> 旄牛尾爲之，在左驂馬首」，不言其有祭，黃帝出軍訣曰：「牙旗者，
> 將軍之精，一軍之形候。」凡始豎牙，必祭以剛日，亦未嘗以此爲
> 禱祭，惟晉顧愷之文，始以黃帝、蚩尤與牙合而爲一。〔註11〕

首先將黃帝蚩尤與牙旗，列在一起祭拜的是顧愷之，這是出征前昭告天地的祭文，因爲史上有記載的劉裕伐南燕是在西元409年三月，根據《建康寔錄》卷十〈安皇帝〉：

> 義熙五年三月乙亥，大雪平地數尺，劉裕表伐南燕。甲午，建牙誡
> 嚴。〔註12〕

從他會爲劉裕作〈祭牙文〉，以及桓玄被殺後顧愷之並未受牽連等跡象，可以判定，顧愷之身爲一個參軍，並沒有實際參與桓玄的叛變，能夠身處在紛亂的政治圈而置身事外，由是可見顧愷之的處世智慧。據宋・樂史《太平寰宇記》記載：

〔註10〕〔清〕嚴可均輯：《全上古三代秦漢三國六朝文七百四十一卷／全晉文》（上海：古籍出版社，2002年）卷一百三十五，頁111。
〔註11〕〔清〕秦蕙田輯：《五禮通考》文津閣四庫全書　經部四禮類（北京：商務印書館，2006年）卷二百三十七，軍禮五出師一。
〔註12〕〔唐〕許嵩：《建康寔錄》卷十，頁24。清光緒二十八年甘氏校刊本。
　　　　四川大學圖書館編：《中國野史集成》第一冊，415頁。（四川：巴蜀書社，1993年10月）

> 吳縣三十鄉，本秦舊縣也……虎丘山在縣西北九里，吳越春秋闔閭
> 於國西北積壤爲丘，捷土臨湖，以葬三日，金精上揚，爲白虎據墳，
> 故曰虎丘山。今寺即闔閭墓也，又郡國志云：「……顧愷之、顧野王
> 並爲虎丘山序。野王云：『高不抗雲，深無藏影，卑非培塿，淺異疏
> 林，路若絕而復通，石將斷而更綴，抑巨麗之名山，信大吳之勝壤。』
> 御史中丞沈禮明等遊山賦詩並書於屋壁。」〔註13〕

這段文字，是關於虎丘山的名稱由來，原本是春秋時代闔閭的墓，傳說因爲
靈氣上揚，時有白虎據墳，故稱爲虎丘山。除了顧愷之以外，顧野王也曾寫
過虎丘山序，由此可見東晉名士崇尚山水、宴遊賦詩的風尚。作爲一個文人
士大夫畫家，顧愷之與只會描描畫畫的一般畫匠不同，他的繪畫中充盈著詩
情美和文學內涵。這要歸因於他的文學功力。其詩賦的創作激情是十分旺盛
的。他曾隨桓溫遊歷過四川、湖南、江浙一帶，有著行萬里路的經歷。他在
自然中陶冶情操，滌蕩心胸，並以其文筆、畫筆描摹出自然之神趣。以下兩
句爲顧愷之的〈虎丘山序〉：

> 吳城西北有虎丘山者，今眞藏古，體虛窮玄，隱嶙陵堆之中，望形
> 不出常阜，乃至巖崿，絕於華峰。（《藝文類聚》八）〔註14〕

以玄虛的胸懷去面對山水，不是像一般人那樣用感官去觀看，而是用玄學化
了的心靈去體悟山水，便玄學化了的心靈在山水中找到對應物，從美好的、
未經人爲薰陶的自然山水中，去進一步領悟或發現某種玄理。再將玄意融入
了巍峨的虎丘山中，縱然形體看似平凡，卻隱藏著極爲險峻而美妙的絕勝之
景，寥寥數語，將虎丘山的精神描寫得淋漓盡致。能夠縱情遊覽、鍾靈山水，
得其閒趣，始寄其情性，顧愷之將其生命的體驗化作一篇篇文字與圖畫，流
傳於世。

　　顧愷之有《啓蒙記》三卷，集二十卷。筆者在《晉會要》中載錄以下幾
個條例：

> 顧愷之《啓蒙記》三卷〔註15〕

〔註13〕 宋樂史撰：《太平寰宇記》九十一卷。文津閣四庫全書 史部地理類 V.469，頁
　　　　 360。（北京：商務印書館，2006 年）＼江南東道三蘇州。

〔註14〕 〔清〕嚴可均輯：《全上古三代秦漢三國六朝文七百四十一卷／全晉文》（上
　　　　 海：古籍出版社，2002 年）卷一百三十五，頁 111。

〔註15〕 汪兆鏞撰：《晉會要》（北京：書目文獻出版社，1953 年 10 月）卷三十七 經
　　　　 籍三 經部小學類，頁 449。

顧愷之《啓疑記》三卷〔註16〕

顧愷之《啓矇記》〔註17〕

可見，《啓蒙記》三卷與《啓疑記》三卷都被歸入經部小學類，而《啓矇記》，卻是被歸入子部雜家類的。《補晉書藝文志》〔註18〕找到書目有：

通直常侍顧愷之集七卷　見隋志七錄二十卷　本書有傳

在《顧愷之研究資料》〔註19〕中，俞劍華、羅尗子、溫肇桐三位學者已將著作著錄書目整理如下：

按顧愷之著作，依歷代著錄尚有下列各種：

（1）所著文集及《啓蒙記》行於世。——《晉書》本傳

（2）《通直散騎常侍顧愷之集》七卷。——《隋書·經籍志》注一

　　　　——梁有二十卷

（3）《啓蒙記》三卷——同上

（4）《魏志·明帝紀》注作《啓蒙注》。

（5）畫論三篇——《歷代名畫記》

（6）《顧愷之家傳》

《顧愷之家傳》曰：「愷之見謝萬因論神仙，謂曰『仙者之乘，或羊或鹿，使君當乘何物耶？』使君曰：『居家者遇物斯乘，卿輩即轅中客也』」——《藝文類聚·嘲戲》

《顧愷之家傳》曰：「數字祖根，吳郡吳人。」——《世說·顧數》注注引顧數事，此《顧氏家傳》非愷之一人之傳也，此與下二書，《隋唐志》皆不著錄。——《沈寄黎先生遺書》第四函

（6）《書贊語林》——《世說新語》雅量第六《夏侯太初》注

（7）顧愷之述作五部

〔註16〕汪兆鏞撰：《晉會要》（北京：書目文獻出版社，1953年10月）卷三十七　經籍三　經部小學類，頁449。

〔註17〕汪兆鏞撰：《晉會要》（北京：書目文獻出版社，1953年10月）卷三十九　經籍三　子部雜家類，頁466。

〔註18〕〔清〕丁國鈞撰：《補晉書藝文志》（北京：中華出版社，1985年）卷四，頁127。

〔註19〕俞劍華、羅尗子、溫肇桐編著：《顧愷之研究資料》，（香港：南通圖書公司印行，1961年6月），頁221。

筆者將它們合併整理如下：

1.《通直常侍顧愷之文集》七卷　顧愷之　見隋書

2.《啓蒙記》三卷　顧愷之

3.《啓疑記》三卷　顧愷之（以上見鄭樵通志）

4.《禹貢圖》一卷顧愷之見朱彝尊經義考

5.《家傳》顧愷之見《藝文類聚》──《無錫金匱縣誌》卷三十九《藝文》

6.《書贊語林》──《世說新語》雅量第六《夏侯太初》注

筆者據目前尚可見到的《全上古三代秦漢三國六朝文·全晉文》〔註20〕中，收錄顧愷之作品還有一、二十篇。除了〈啓蒙記〉沒有收錄以外，尚有〈雷電賦〉、〈觀濤賦〉、〈冰賦〉、〈湘中賦〉、〈湘川賦〉、〈箏賦〉、〈鳳賦〉、〈四時賦〉、〈拜員外散騎常侍表〉、〈與殷仲勘牋〉、〈虎丘山序〉、〈嵇康贊序〉、〈王衍畫贊〉、〈水贊〉、〈祭牙文〉、〈天臺山記〉……等作品。〔註21〕可見顧愷之在文學上亦有傑出表現。現將《全晉文》一百三十五中記載尚未亡佚的顧愷之作品羅列於後，並將其分爲賦中有畫、才中有癡、畫中有悟三個部分，並分項進行闡釋，以顯示顧愷之之所以被稱爲「才絕」的獨特地位。

一、賦中有畫──詠物賦

在顧愷之流傳於世的文學作品中，詠物賦佔多數，魏晉之時，賦體諷諫之要求既喪、遊戲之性質轉濃，恰逢園林山水普遍構築，文士遊宴其中，觸目所及，皆爲嘉樹珍果、奇山異石，遂取之以爲吟詠之材料。作家爲了在同題競采中爭勝逞才，遂使巧構型似的文風也由此興盛，於是，日月山川、草木鳥獸及器物等題材，遂成爲其隨手取爲同題競采的對象，進而推動了詠物賦的發達。愷之擅長以畫家的眼睛看事物，他的詠物賦不重抒情論理，卻展現了十分獨特的客觀描述技巧，詠其詩賦猶如閱覽名畫般，這在當時可謂獨一無二之絕。

〔註20〕〔清〕嚴可均輯：《全上古三代秦漢三國六朝文七百四十一卷／全晉文》（上海：古籍出版社，2002 年）卷一百三十五，頁 111。

〔註21〕陳傳席：《六朝畫論研究》，臺北：台灣學生書局，1991 年 5 月，頁 97。

以下依題材可分爲天象、地理、動物等三類。

（一）天象類：可分爲天、月、雲、風、雷電、火、雨、雪，及凡吟詠天象者皆屬之。根據廖國棟《魏晉詠物賦研究》指出，「吟詠雷電之賦，始於晉・夏侯湛〈雷賦〉及〈電賦〉，其後有李顒〈雷賦〉及顧愷之〈雷電賦〉。〔註22〕」其中，顧愷之〈雷電賦〉，其主題在描寫雷電之神威及其示警人事之作用。

雷電在顧愷之的筆下，彷彿一個具有生命的巨人，行誅殺賞罰之責，瞬息萬變，描寫雷的聲音與電的形象，如在目前，〈雷電賦〉書寫出雷電交加的傳神場景，以下分段進行闡述：

> 太極紛綸，元氣澄練，陰陽相薄，爲雷爲電。擊武乙於河，而誅戮
> 之罰明，震展氏之廟，而隱慝之誅見。是以宣尼，敬威忽變。〔註23〕

此爲首段，押元部去聲韻。連用武乙遭雷擊及展氏之廟爲雷所震之史事以見雷電之威，末以孔子「迅雷風烈必變〔註24〕」之敬天態度做結，以明天之可敬可畏。

> 夫其聲無定響，光不恆照，砑訇輪轉，儵（倏）閃藏曜。〔註25〕

此爲次段，押霄部去聲韻。形容雷聲輪轉無定及電光迅疾閃耀。

> 若乃太陰下淪，少陽初升，蟄蟲將啓，動靈先應。殷殷徐振，不激
> 不憑。〔註26〕

此爲第三段，押蒸部韻。敍初春潛蟄將啓之時，春雷殷殷作響以應之，此時雷聲溫和平緩。

> 林鍾統節，潯暑煙熅，星月不朗，衣裳若焚。爾乃清風前颮，蕩濁
> 流塵。豐隆破響，列缺開雲。當時倦容，廓焉精新。豈直驚安竦寐，
> 乃以暢精悟神。〔註27〕

此爲第四段，眞文合韻，描述炎夏之際，雷電交加，令人精神爲之振作。

〔註22〕廖國棟：《魏晉詠物賦研究》（臺北：政治大學中文所博士論文，1985 年 6 月），頁 92。

〔註23〕〔清〕嚴可均輯：《全上古三代秦漢三國六朝文七百四十一卷／全晉文》（上海：古籍出版社，2002 年）卷一百三十五，頁 110。

〔註24〕〔宋〕《重刊本十三經注疏》附校勘記《論語注疏》解經卷第十鄉黨第十，頁 86～1。

〔註25〕〔清〕嚴可均輯：《全上古三代秦漢三國六朝文七百四十一卷／全晉文》（上海：古籍出版社，2002 年）卷一百三十五，頁 110。

〔註26〕同上註。

〔註27〕同上註。

天怒將凌，赤電先發。窺巖（岩）四照，映流雙絕。雷電赫以驚衡，
山海磕其崩裂。〔註28〕

此爲第五段，押月部韻。敘天怒將發之前，先以赤雷示警，照耀山巖，映照流川，然後雷霆繼之山海爲之奔裂。

若夫子午相乘，水旱木零。仲冬奮發，伏雷先行。磕磕隆隆，閃閃
矗矗。（二語從《書鈔》一百五十二補）豈隱隱之虛憑，乃違和而傷
生。昭王度之失節，見二儀之幽情。〔註29〕

此爲第六段，押耕部韻。敘雷於水旱木零之仲冬奮起，雷電之作，蓋因王度失節引起，由是可知天地之幽情，報應之不爽。

至乃辰開日朗，太清無靄。靈眼揚精以麗煥，壯鼓崩天而砰磕。陵
雉訇隱以待傾，方地業崿其若敗。蒼生非悟而喪魂，龍鬼失據以顛
沛。光驚於泉底，聲動於天外。〔註30〕

此爲第七段，押泰部韻。描寫天清氣朗時雷電發作之壯觀。以「靈眼」喻電、「壯鼓」喻雷，極其適切。「蒼生非悟而喪魂，龍鬼失據以顛沛」二句警惕人類不可執迷不悟，否則將爲雷電所擊而喪失生命，並以龍鬼失據而顛沛以證天威之不可犯也。

及其灑北斗以誕聖，震昆陽以伐違，降枝鹿以命桀，島雙殯而橫屍。
倒驚檜於霄際，摧騰龍於雲湄。烈大地以繞映，惟六合以動威。在
靈德而卷舒，謝神豔之難追。〔註31〕

此爲末段，押脂部韻。先用數典以明雷電之神異性，次以誇飾手法形容雷電之威，末以神豔難追結束全篇。

　　打雷的瞬間是極爲短暫的，然而顧愷之卻可以抓住最經典的畫面，並用瑰麗的文字記錄下來，他善於寫作詠物賦，能夠將無生命的自然景觀描寫得詳細而具有生命力，這種細膩的描寫，也表現出他身爲一個大畫家所擁有的獨特觀察力。

　　（二）地理類：以吟詠山水爲大宗，而地上之自然物如「冰」、「石」以及少數之人爲地上物如「冰井」、「井」、「丘墓」等亦屬之。顧愷之的〈觀

〔註28〕〔清〕嚴可均輯：《全上古三代秦漢三國六朝文七百四十一卷／全晉文》（上海：古籍出版社，2002年）卷一百三十五，頁110。
〔註29〕同上註。
〔註30〕同上註。
〔註31〕同上註。

濤賦〉屬於地理類。根據廖國棟《魏晉詠物賦研究》指出,「詠濤之賦凡三
篇,皆為東晉之作品:曹毗〈觀濤賦〉、伏滔〈望濤賦〉及顧愷之〈觀濤賦〉。
〔註32〕」顧愷之〈觀濤賦〉描寫廣闊大海中浪濤的流動澎湃,以下分段進
行闡述:

> 臨浙江以北眷,壯滄海之宏流。水無涯而合岸,山孤映而若浮。既
> 藏珍而納景,且激波而揚濤。〔註33〕

此為首段,幽豪合韻。點明題旨,敘臨浙江以觀海濤。「水無涯而合岸,山孤
映而若浮。」二句對仗工整,寫景亦佳,勾勒一幅海中山岳之勝景,意象極
為優美。

> 其中則有珊瑚明月,石帆瑤瑛,雕鱗采介,特種奇名。〔註34〕

此為第二段,押耕部韻。鋪敘海中之珍產。

> 崩巒填壑,傾堆漸隅。岑有積螺,嶺有懸魚。〔註35〕

此為第三段,押魚部韻。描寫海濤拍打山陵之狀,其威力竟使螺魚等海中生
物捲出魚岑嶺之上,極盡誇飾之能事也。

> 謨茲濤之為體,亦崇廣而宏浚;形無常而參神,斯必來以知信,勢
> 剛淩以周威,質柔弱以協順。〔註36〕

此為末段,押真部去聲韻。敘海濤之廣大及變化無常。末兩句以頌讚海濤兼
有剛柔之性做結。

居住在沿海地域的人常有機會可以看到洶湧的浪濤,顧愷之也不例外,
浪濤在他的筆下是崇廣而宏浚的,縱然沒有固定的形體,但上善若水,浪濤
可以是很剛強的也可以是很柔弱的,浪濤之下蘊藏著大海的眾多奇珍異寶,
珊瑚、懸魚、鱗介、積螺,不勝枚舉,望著被礁石激起的雪白浪花,著實令
人心曠神怡。

除了〈觀濤賦〉屬於地理類,另一篇〈冰賦〉也是屬於地理類,根據廖
國棟《魏晉詠物賦研究》指出,「詠冰之賦凡二篇,皆為晉人之作品:庾儵〈冰

〔註32〕廖國棟:《魏晉詠物賦研究》(臺北:政治大學中文所博士論文,1985年6月),
　　　　頁134。
〔註33〕〔清〕嚴可均輯:《全上古三代秦漢三國六朝文七百四十一卷/全晉文》(上
　　　　海:古籍出版社,2002年)卷一百三十五,頁111。
〔註34〕同上註。
〔註35〕同上註。
〔註36〕同上註。

井賦〉、顧愷之〈冰賦〉。〔註37〕」〈冰賦〉歌頌堅冰的透徹堅貞，也動態性的描寫堅冰墜地那一剎那的如瓊玉崩碎清越的聲音，其中暗藏道家之哲理，以下分段進行闡述：

> 激屬風而貞質，仰和景而融暉，清流離之光徹，邈雲英之巍巍。

此爲首段，押脂部韻。皆用六字句。首二句敘冰於北風酷寒時凝成，而於春陽和煦時融解，三四句以比喻法形容冰之光采煥發勝過琉璃，而其珍貴則足以邈視雲英也。

> 爾乃連綿絡幕，乍結乍無。翕然靈化，得漸已粗。緗白隨川，方圓隨渠。義剛有折，照壺則虛。托形超象，比朗玄珠。

此爲次段，押魚部韻。此段皆用四字句。描寫冰之形狀及性質。「緗白隨川，方圓隨渠。」一方面描寫冰之顏色隨川而變。冰之形狀隨渠之方圓而定，一方面暗喻隨遇而安之哲理。「義剛有折，照壺則虛。托形超象，比朗玄珠。」四句則顯然寓有道家之玄思。「玄珠」之意象尤爲繁複，道家之本體亦稱玄珠，「比朗玄珠」一語雙關，表面形容冰之光澤，其骨子裡則暗喻道家之玄理。《莊子・天地篇》云：「黃帝遊乎赤水之北，發乎崑崙之丘而南望，還歸，遺其玄珠。〔註38〕」短短四字，其用意是如此豐富玄妙。

> 一宗理而常全，經百合而彌切。轉若驚電，照若澄月。積如累空，泮若墮節。臨堅投輕，應變縷裂。瓊碎星流，精練清越。

此爲第三段，押月部韻。運用「驚電」、「澄月」、「累空」、「瓊碎」、「星流」等優美之意象以描述冰的種種型態，頗能發揮巧構形似的文學技巧。

> 若乃上結薄映，下鏡長泉，靈葩隨流，含馨揚鮮。〔註39〕

此爲第四段，押元部韻。全用四字句。描寫川岸之冰映照流水之景及靈葩隨川漂流之芳馨。

顧愷之描寫冰的型態，雪白、清澈、透明，遇見冰冷的寒風，本質則益加凝固，遇見和煦的陽光則融化，讀者會隨著他的句子去想像，他掉在地上應聲碎裂的聲音是多麼清越，平凡無奇的冰在他的描述中，像一個純潔的小精靈。

〔註37〕 廖國棟：《魏晉詠物賦研究》（臺北：政治大學中文所博士論文，1985年6月），頁149。

〔註38〕 〔清〕郭慶藩撰；王孝魚點校：《莊子集釋》莊子外篇（臺北：萬卷樓出版社，1993年）卷五上天地之十二，頁414。

〔註39〕 〔清〕嚴可均輯：《全上古三代秦漢三國六朝文七百四十一卷／全晉文》（上海：古籍出版社，2002年）卷一百三十五，頁111。

除了〈觀濤賦〉、〈冰賦〉屬於地理類，〈湘中賦〉、〈湘川賦〉也是屬於地理類，根據廖國棟《魏晉詠物賦研究》指出，「吟詠河川之賦，以魏·應瑒〈靈河賦〉為最早，而以郭璞〈江賦〉最富盛名。〔註40〕」「除此之外，還有成公綏〈大河賦〉、曹丕〈濟川賦〉〈臨渦賦〉、應貞〈臨丹賦〉、及顧愷之〈湘川賦〉。」顧愷之曾有感于湖南山水的美景而寫〈湘中賦〉、〈湘川賦〉：

〈湘中賦〉

陽鷘山雞。（《御覽》九百十八）〔註41〕

〈湘川賦〉

其表則有滋澤晨潤，雕霜夜凝。（《北堂書鈔》一百五十二）〔註42〕

雖然目前留下的只有隻字片語，不足以給予評論，然而對於美好山水有感而發的心，卻可以讓人看見詩人親近自然，愛好山水美景的嚮往之情。

（三）動物類：可分為鳥、獸、蟲、魚四類。根據廖國棟《魏晉詠物賦研究》指出，「魏代尚無詠鳳之賦，迨至晉代，始見詠鳳之賦，凡三篇：傅咸〈儀鳳賦〉、顧愷之〈鳳賦〉，及桓玄〈鳳賦〉。〔註43〕」其中，顧愷之〈鳳賦〉，其主題在讚美鳳凰之德及描寫其形。鳳為傳說中之神鳥，群鳥之長，與麟、龜、龍合稱四靈。自古即為詩人所歌頌。

〈鳳賦〉

望太清以抗思，誕儀鳳之逸群。稟鶉火之靈曜，資允雞喙而燕頷，頸蛇蜿而龍文。勵歸昌於漢陽，發明□乎聖君。荷義躡正，雞峙鴻前。比翼交揮，五色備宣，與八風而降時雨。音中鐘律，步則規矩。朱冠赫以雙翹，靈質翩其高舉。歷黃冠於招搖，陵帝居之懸圃。

（《藝文類聚》九十九，《初學記》三十）〔註44〕

〔註40〕廖國棟：《魏晉詠物賦研究》（臺北：政治大學中文所博士論文，1985年6月），頁124、131。
〔註41〕〔清〕嚴可均輯：《全上古三代秦漢三國六朝文七百四十一卷／全晉文》（上海：古籍出版社，2002年）卷一百三十五，頁111。
〔註42〕同上註。
〔註43〕廖國棟：《魏晉詠物賦研究》（臺北：政治大學中文所博士論文，1985年6月），頁244。
〔註44〕〔清〕嚴可均輯：《全上古三代秦漢三國六朝文七百四十一卷／全晉文》（上海：古籍出版社，2002年）卷一百三十五，頁111。上文「發明□乎聖君」，確為缺字。

寥寥數語，就把鳳的優雅不凡，描述的活靈活現，牠的雞喙、燕頷、頸蛇蜿與龍文，加上五彩的羽毛，呼風喚雨的靈力，在顧愷之的筆下像一個驕傲的公主。

　　以上為顧愷之的詠物賦作品，歸納入天象類、地理類、與動物類三類。

二、才中有癡——表箋贊序

　　顧愷之留傳至今的文章，多半散佚，從《全晉文中》能得到的文章除詠物賦之外，尚有些隻字片語，悉列於下，〈拜員外散騎常侍表〉曰：

> 不悟陛下聖恩所加，登之常伯之列，飾之貂璫之暉

　　（《北堂書鈔》五十八）〔註45〕

此應為義熙初年，顧愷之官拜散騎常侍時，謝恩用的表。文句簡短而有力。〈與殷仲勘箋〉曰：

> 地名破塚，真破塚而出，行人安穩，布帆無恙。（仲堪在荊州，愷之嘗因假還，仲堪特以布帆借之，至破塚遭風大敗，愷之與仲堪牋。）

　　〔註46〕

此則在顧愷之與殷仲勘同期的政治生涯中，已有論述，故省略。以下為贊，顧愷之擅長抓到人物最傳神的一個點，這個特質在寫贊的時候往往也很精準，眼光犀利，觀察力可謂相當敏銳。顧愷之對自己的繪畫作品也常常寫文贊之。《世說新語・巧藝》第九條劉孝標注云：「愷之歷畫古賢，皆為之贊也。」〔註47〕顧愷之為自己所畫的古賢而寫的贊文，從題目到贊文，大多散失了。流傳至今的有《夷甫畫贊》等片段。《夷甫畫贊》見《世說新語・賞譽第八》第三十七條注引：

> 夷甫天形瑰特，識者以為岩岩秀峙，壁立千仞。（此文《全晉文》卷一三五以《畫贊・王衍》為題，據《晉書・王衍傳》輯，「岩岩清峙，壁立千仞」二句。其他字句，漏收。）〔註48〕

〔註45〕〔清〕嚴可均輯：《全上古三代秦漢三國六朝文七百四十一卷／全晉文》（上海：古籍出版社，2002年）卷一百三十五，頁111。

〔註46〕同上註。

〔註47〕〔劉宋〕劉義慶撰；〔梁〕劉孝標注；〔清〕沈嚴撰校語：《世說新語・巧藝》（臺北：臺灣商務印書館，張元濟、王雲五創編：《大本原式精印四部叢刊正編》。景上海涵芬樓藏明嘉趣堂刊本本書三卷坿校語一卷，2011年12月），第24冊，卷下之上，頁116。

〔註48〕〔清〕嚴可均輯：《全上古三代秦漢三國六朝文七百四十一卷／全晉文》（上

此外還有無題畫贊兩條，分別見《世說新語，賞譽第八》第十條和第二十一條注引：

> 濤無所標明，淳深淵默，人莫見其際，而其器亦入道。故見者莫能稱謂，而服其偉量。〔註49〕

> 濤有而不恃，皆此類也。（上述兩條，《全晉文》漏收。）〔註50〕

贊體一般都是四言韻語，現存顧愷之的畫贊，都是散文，語言形式相當自由，疑非贊文，而是贊序。其內容主要是讚頌王衍的「瓌特」和山濤的「偉量」，當和繪畫的內容有內在聯系。前面有提到過，顧愷之曾仿效嵇康〈琴賦〉寫作〈箏賦〉，隱約可見他對嵇康的推崇與竹林士風的高度嚮往。他的〈嵇康贊序〉，如下，則更透露出濃厚的道教思想：

> 南海太守鮑靚，通靈士也，東海徐寧師之。寧夜聞靜室有琴聲，怪奇妙而問焉。靚曰：「嵇叔夜。」寧曰：「嵇臨命東市，何得在茲？」
> 靚曰：「叔夜迹示終，而實尸解。」（《文選·五君咏》注）〔註51〕

道教有尸解、劍解、水解、火解，相傳是分形散影，幻化為仙的一系列變化〔註52〕，尸解則是指如同蟬脫殼而出一般，屍體顏色如活人般卻輕如空衣。〔註53〕顧愷之篤信天師道，嵇康在他看來亦達到成道飛升的境界，以致字裡行間充滿傾慕。〈水贊〉云：

海：古籍出版社，2002 年）卷一百三十五，頁 111。

〔註49〕〔劉宋〕劉義慶撰；〔梁〕劉孝標注；〔清〕沈嚴撰校語：《世說新語·賞譽》（臺北：臺灣商務印書館，張元濟、王雲五創編：《大本原式精印四部叢刊正編》。景上海涵芬樓藏明嘉趣堂刊本本書三卷坿校語一卷，2011 年 12 月），第 24 冊，卷中下，頁 70。《世說新語·賞譽》「王戎目山巨源如璞玉渾金」劉孝標注引晉顧愷之《畫贊》：「濤無所標明，淳深淵默，人莫見其際，而其器亦入道，故見者莫能稱謂，而服其偉量。」

〔註50〕〔劉宋〕劉義慶撰；〔梁〕劉孝標注；〔清〕沈嚴撰校語：《世說新語·賞譽》（臺北：臺灣商務印書館，張元濟、王雲五創編：《大本原式精印四部叢刊正編》。景上海涵芬樓藏明嘉趣堂刊本本書三卷坿校語一卷，2011 年 12 月），第 24 冊，卷中下，頁 70。

〔註51〕〔清〕嚴可均輯：《全上古三代秦漢三國六朝文七百四十一卷／全晉文》（上海：古籍出版社，2002 年）卷一百三十五，頁 111。

〔註52〕〔宋〕潘自牧：《記纂淵海》卷第八十六，頁 49。儌道部之三 尸解。文津閣四庫全書 子部十一類書類（北京：商務印書館，2006 年）

〔註53〕〔宋〕潘自牧：《記纂淵海》卷第八十六，頁 48。儌道部之三 尸解。文津閣四庫全書 子部十一類書類（北京：商務印書館，2006 年）「葛洪卒年八十一，視其顏色如生體亦柔軟，舉尸入棺，其輕如空衣，世以為尸解。（晉書本傳）」

湛湛若凝，開神以質。乘風擅瀾，妙齊得一。（《藝文類聚》八）〔註54〕

「得一」在道家具有特殊的意涵。《老子》曰：「昔之得一者：天得一以清；地得一以寧；神得一以靈；穀得一以盈；萬物得一以生；侯王得一以爲天下貞。」在顧愷之的作品中，在在可以看見獨具道家思想的詞彙，更間接證明了他的宗教確實是天師道。顧愷之也爲其父顧悅之寫〈父悅傳〉：

> 君以直道，陵遲於世，入見王，王髮無二毛，而君已斑白，問君年，乃曰：「卿何偏蚤白？」君曰：「松柏之姿，經霜猶茂；臣蒲柳之質，望秋先零，受命之異也。」王稱善久之。（《世說・言語篇》注）〔註55〕

顧愷之爲其父作傳，所擇取的事蹟，足見其父是一個應對得體而反應迅速之人。除此之外，根據梁釋慧皎所撰的《高僧傳》〔註56〕，顧愷之還曾爲竺法曠作傳：

〈晉於潛青山竺法曠〉

> 竺法曠，姓罩〔註57〕，下邳人，寓居吳興，早失二親，事後母以孝聞。家貧無蓄。常躬耕壟畔，以供色養。及母亡，行喪盡禮，服闋出家，事沙門竺曇印爲師。印明叡有道行，曠師事竭誠，迄受具戒。棲風立操，卓爾殊〔註58〕群，履素安業，志行淵深。印嘗疾病危篤。曠乃七日七夜祈誠禮懺，至第七日，忽見五色光明照印房戶。印如覺有人以手按〔註59〕之，所苦遂愈。後辭師遠遊，廣尋經要，還止於潛青山石室。每以法華爲會三之旨，無量壽爲淨土之因，常吟詠二部，有眾則講，獨處則誦。謝安爲吳興〔註60〕，故往展敬，而山

〔註54〕〔清〕嚴可均輯：《全上古三代秦漢三國六朝文七百四十一卷／全晉文》（上海：古籍出版社，2002年）卷一百三十五，頁111。

〔註55〕〔清〕嚴可均輯：《全上古三代秦漢三國六朝文七百四十一卷／全晉文》（上海：古籍出版社，2002年）卷一百三十五，頁111。

〔註56〕〔梁〕釋慧皎撰；湯用彤校注；湯一玄整理：《高僧傳》（臺北：中華書局出版，1992年10月），頁205。

〔註57〕〔梁〕釋慧皎撰；湯用彤校注；湯一玄整理：《高僧傳》（臺北：中華書局出版，1992年10月），頁205。金陵本「罩」作「皐」。

〔註58〕〔梁〕釋慧皎撰；湯用彤校注；湯一玄整理：《高僧傳》（臺北：中華書局出版，1992年10月），頁205。明本、金陵本「殊」作「遷」。

〔註59〕〔梁〕釋慧皎撰；湯用彤校注；湯一玄整理：《高僧傳》（臺北：中華書局出版，1992年10月），頁205。三本、金陵本「按」作「振」。

〔註60〕〔梁〕釋慧皎撰；湯用彤校注；湯一玄整理：《高僧傳》（臺北：中華書局出版，1992年10月），頁205。三本、金陵本「興」下有「守」。

棲幽阻，車不通轍，於是解駕山椒，陵峯步往。晉簡文皇帝遣堂邑
太守曲安遠詔問起居，并諮以妖星，請曠爲力。曠答詔曰：「昔宋景
修福，妖星移次，陛下光輔以來，政刑允緝，天下任重，萬機事殷，
失之毫氂，差以千里。唯當勤修德政，以賽〔註61〕天譴，貧道必當
盡誠上答，正恐有心無力耳。」乃與弟子齋懺，有頃災滅。

晉興寧中，東遊禹穴，觀矚山水。始投若耶之孤潭，欲依巖傍嶺，
棲閑養志，郗超、謝慶緒並結居〔註62〕塵外。時東土多遇疫疾，曠
既少習慈悲，兼善神呪。遂遊行村裡，拯救危急，乃出邑止昌原寺，
百姓疾者，多祈之致効。有見鬼者，言曠之行住，常有鬼神數十，
衛其前後。時沙門竺道鄰，造無量壽像，曠乃率其有緣，起立大殿。
相傳云，伐木遇旱，曠呪令至水。晉孝武帝欽承風聞，要請出京，
事以師禮，止于長干寺。元興元年（公元四零二年）卒。春秋七十
有六。散騎常侍顧愷之爲作贊傳云。

東晉出現了一種祇求往生彌陀淨土（極樂）的思想，它的創始者是竺法曠，
他善於神呪，因見三吳之地多疾疫，乃出建康，四處遊歷，目的就是拯救危
急的病者。這種慈悲立功之想法，推而廣之，在佛教寺院形成了從事醫療事
業的收養病人病坊。關於彌陀的經典，遠在早期就已有《無量壽經》、《無量
清淨平等覺經》等譯出。「每以《法華》爲會三之旨，《無量壽》爲淨土之因，
常吟詠二部，有眾則講，獨處則誦。」又依支遁所作〈阿彌陀佛像讚〉文，
可知晉世已經有諷誦《阿彌陀經》而願往生的證驗。但大弘彌陀淨土法門的
是慧遠。慧遠於元興元年（402）與彭城劉遺民、雁門周續之、新蔡畢穎之、
南陽宗炳等，在廬山般若精舍阿彌陀佛像前，建齋立誓，共以往生西方淨土
爲期，故後世淨土宗人推尊爲初祖。此外願生彌陀淨土的，還有慧虔、曇鑒、
僧顯、慧崇等。從顧愷之爲筑法曠寫祭文這件事，我們可以了解到，東晉佛
玄和諧並存、自由開放的時代風氣。

〔註61〕〔梁〕釋慧皎撰；湯用彤校注；湯一玄整理：《高僧傳》（臺北：中華書局出
　　　　版，1992 年 10 月），頁 205。明本、金陵本「賽」作「塞」。
〔註62〕〔梁〕釋慧皎撰；湯用彤校注；湯一玄整理：《高僧傳》（臺北：中華書局出
　　　　版，1992 年 10 月），頁 205。三本、金陵本「居」作「交」。

三、畫中有悟──山水遊記與畫論

　　顧愷之鍾靈山水，縱情遊覽，暢遊山水之間可得其閒趣以怡其情性，他除了在繪畫上有傑出的表現，其博學多才，氣勢縱橫的文筆亦可從其遊記與構圖設計之文中看出其妙悟，除此之外，他所擅長的書法亦影響了其繪畫的線條。

　　以下先列出其〈啓蒙記天臺山記〉與〈畫雲臺山記〉以探討其山水遊記與畫論的文學成就：

> 天臺山去天不遠，路經福溪，溪水清冷。前有石橋，路徑不盈尺，長數十丈，下望絕冥之澗，惟忘其身然後能躋。躋石橋者梯岩壁，捫蘿葛之莖，度得平路。見天臺上蔚然綺秀，列雙嶺於青霄之上。有瓊樓玉閣，天堂碧林，醴泉仙物，畢具。晉隱士白道猷得過之，獲醴泉紫芝靈藥。──《玉函山房輯佚書》第七函《啓蒙記》云：「天臺山橋路徑不盈尺，長數十步，至滑。下臨絕冥之間。」《太平御覽》四十一〔註63〕

天臺石樑飛瀑，石樑寬可尺餘、長可二丈，下有飛瀑墮淵，景至奇異，是天臺山最美的地方。顧愷之記錄了到天臺山上去遊賞的事，從文句中我們也可以感受到他受到道教影響很深。東晉士人遊賞山水，不像以前的許多文人那樣是偶爾爲之，而是屢屢不斷，「盡山水之遊」。遊賞山水成了他們生活中的重要內容之一。他們能力可及時，總是親臨其境；無法親臨時，則往往「神遊」之。他們有時獨自遊賞，有時結夥而行。顧愷之喜遊山水，與他崇尚玄虛有關，也與他篤信道教的信仰密不可分。道教尊崇名山，認爲名山有仙道，有仙藥，可以爲求仙者提供通向神仙、長生的條件。

　　唐代張彥遠《歷代名畫記》中紀錄了顧愷之所寫的〈畫雲臺山記〉，它不是一幅畫後記，而是一篇畫前的構圖設計。畫的內容是關於張天師教導弟子法術的故事。從中我們可以推論顧愷之是道教徒，因爲一般人不會知道如此深入的道教傳說，另一方面也可以從這篇〈畫雲臺山記〉中了解，顧愷之的時代如何設計構圖，也能了解繪畫的方式及步驟，這是東晉之前從沒有人寫過的題材，絕無僅有、彌足珍貴。這篇文章的註解在俞劍華先生、羅卡子先

〔註63〕〔清〕嚴可均輯：《全上古三代秦漢三國六朝文／全晉文》（北京：商務印書館，2006 年 2 月）卷一百三十五，頁 2235。

生、溫肇桐先生編著的《顧愷之研究資料》已經寫得非常清楚，在此不再贅述。〈畫雲臺山記〉曰：

> 山有面，則背向有影，可令慶雲西，而吐於東方。清天中，凡天及水色，盡用空青，竟素上下以映日西，去山別詳，其遠近發跡，東基轉上，未半作紫。石如堅雲者，五六枚夾岡乘其間，而上使勢蜿蟺如龍，因抱峯直頓，而上下作積岡，使望之蓬蓬然，凝而上。次復一峯，是石東鄰向者，峙峭峯西，連西向之，丹崖下據絕磵，畫丹崖臨澗上，當使赫巘隆崇，畫險絕之勢，畫天師瘦形而神氣遠，據磵指桃，迴面謂弟子，弟子中有二人，臨下到身，大怖，流汗失色。作王長穆然坐答問，而趙昇神爽精詣，俯眄桃樹，又別作王、趙趨，一人隱西壁傾巖，餘見衣裾；一人全見室中，使輕妙泠然。凡畫人坐時可七分，衣服彩色殊鮮，微此正蓋山高而人遠耳，中段東面丹砂絕崿，及麼當使嶸□，高驪孤松植其上，對天師所，壁以成磵，磵可甚相近，相近者，欲令雙壁之內悽愴澄清，神明之居必有與立焉，可於次峯頭作一紫石亭，立以象左闕之夾高驪絕崿，西通雲臺以表路，路左闕峯，似巖爲根，根下空絕，並諸石重，勢巖相承，以合臨東磵，其西石泉又見，乃因絕際作通岡，伏流潛降，小復東出，下磵爲石瀨，淪沒於淵，所以一西一東而下者，欲使自然爲圖，雲臺西北二面，可一圖岡繞之上，爲雙碣石象，左右闕石，上作狎遊生鳳，當婆娑體儀，羽秀而詳軒，尾翼以眺，絕磵後一段赤岖，當使釋弁如裂電對雲臺，西鳳所臨，壁以成磵，磵下有清流，其側壁外面作一白虎，匍石飲水，後爲降勢，而絕凡三段，山畫之雖長當使畫甚促，不爾不稱鳥獸，中時有用之者，可定其儀而用之下爲磵，物景皆倒，作清氣帶，山下三分，倨一以上，使耿然成二重。〔註64〕

有人疑問，雲臺山在四川，顧愷之一生似乎沒有到過四川，怎樣可以畫雲臺山呢？這是認爲一幅山水畫，沒有到過就不能畫。其實這不是一幅寫生畫而

〔註64〕　〔唐〕張彥遠撰：《歷代名畫記》卷五，頁9。（百部叢書集成之四十六學津討原第十六函歷代名畫記卷五）（臺北：藝文印書館，民76年12月，線裝書）（另一版本，欽定四庫全書《畫史會要》卷一，明朱謀垔撰，「桓大司馬，每請與羊欣論書畫，竟夕忘疲。」）

是一幅偉大的構圖，所以沒有到過雲臺山可以畫雲臺山，沒有看過張天師也可以畫張天師。顧愷之非常注意人的形貌和性格之間的各種聯繫，並從中發現了不少規律。他在〈畫雲臺山記〉這篇繪畫設計文稿中多處涉及於此，他不但安排了許多山水樹石及飛禽走獸來襯托畫中人物的性格，同時重視人物面貌、形態與神情關係的選擇。〈畫雲臺山記〉畫的是道教祖師張道凌天師七試弟子王長、趙昇的故事。畫中為了要畫出張天師的神氣遠，顧愷之為他選擇了形瘦的造形〔註65〕；為了要表現兩位弟子恭敬而專一的穆然狀貌，顧愷之選擇了其中一人坐著答問、一人俯視山澗中桃樹的姿態〔註66〕如果我們將這些文字與顧愷之傳世作品中的描繪相互參照，便不難發現顧愷之將文字轉換為繪畫的技巧之高超和傳神。

文學和繪畫各有自己獨特的表現形式。文學是時間藝術，是通過語言來表現其內容的。繪畫是空間藝術，內容要憑藉點、線、面和色彩構成的圖像來表現。從內容上看，文學與繪畫也有區別。繪畫描繪的主要是並列於空間的物體和人物，不太適宜表現物體和人物的運動與變化；而文學則長於敘寫在時間上先後承續的事件和動作，不太適宜充分地、逼真地描繪靜止的物體和人物，顧愷之既然有敏銳的觀察力，同時表現在文學上與繪畫上必定相得益彰，東晉又是中國文藝發展的興盛時期，文藝創作離不開作者對人生的關注、對生命的體悟。文藝作品作為一種特殊的精神產物，它蘊含著生命，他是生命的光輝。文藝作品有深厚的個人色調和獨創性，它離不開作者的體驗。而體驗本來就是源於個體生命的存在，是個體的一種心理活動。在顧愷之身上我們更可以看見這一點，他的作品無一不是從生命的角度去觀察和體悟他人和事物。顧愷之很強調自然，在他的畫論中時有表述。他在《魏晉勝流畫贊》中評《小列女》說：「面如恨，刻削為容儀，不盡生氣，又插置丈夫肢體、不以自然。」顧愷之對《小列女》這幅畫是持批評態度的。原因是它「不盡生氣」，畫中又插置了男人的肢體，其結果是「不以自然」。由此可見，顧愷之評論繪畫是把自然作為一個重要標準的。以下這則對話，與顧愷之強調自然的觀點有異曲同工之妙，見《世說新語，識鑒第七》第十六條注引《孟嘉別傳》：

〔註65〕原文是「畫天師形瘦而神氣遠」
〔註66〕原文是「作王長穆然坐答問，而趙昇神爽精詣，俯眄桃樹。」

　　桓溫問孟嘉曰：「聽伎，絲不如竹，竹不如肉，何也？」孟嘉答曰：

　　「漸近自然。」〔註67〕

桓溫聽音樂，感到弦樂不如管樂，管樂又不如人的歌唱，但並不理解其中的
道理。而孟嘉卻看到了這一現象的奧妙在於「漸近自然」。桓溫的感受和孟嘉
的解釋，雖然有感性和理性的區別，但卻從不同的角度表現了當時人們在欣
賞藝術時對自然的崇尚。文學創作要有感染力，實現自己的價值，既要有個
體的眞情實感，同時又要有深摯的社會內容，它是個體與社會，偶然與必然
的統一，只有這樣的作品，才能產生深摯的藝術感染。因此，不論是文學或
是繪畫，顧愷之都找到了核心，因爲創作源於生命的體悟、對人生的關注、
以及順應自然，所以他的作品能感動人心，在文藝上的表現才會是那麼亮眼，
而他在歷史上的地位也因而能歷久彌堅。

　　「才絕」的定義，筆者認爲，第一，是指文學上的寫作技巧，顧愷之之
所以擁有「才絕」的獨特地位在於他如畫一般的客觀詳實詠物筆調，眞不愧
爲一個天生的畫家，他的文字充份表現出了自我對周遭事物的銳利眼光，這
是同時代畫家所沒有的；第二，因著深厚久遠的家庭背景，造就了顧愷之的
博學多才、與應世無累的政治智慧，成爲其終身奉行的處世哲學；第三，是
指書法與藝術理論上的突破與發展：顧愷之本身擅長書法，據明代董其昌鑒
定〔註68〕，《女史箴圖》上所書張華《女史箴》文即出自顧愷之之手。此外，
顧愷之還深諳書法理論，著有評論書法的《書贊》，惜已失傳。當時書法理論
的發展比繪畫更爲發達，索靖、王羲之等名書家的書論都強調書法的神采和
作者主觀精神意趣的融入，稍晚於顧愷之的王僧虔有如此論斷：「書之妙道，
神采爲上，形質次之。」〔註69〕晉人書法強調「神采」，而貶抑「形質」，是
當時自由精神人格最具體最適當的藝術表現。顧愷之基於對書道的深刻理
解，將書法領域的新理念吸收並運用到繪畫實踐和理論之中，他的繪畫中使
用高妙的筆法亦是以書法爲活水源頭的，其線描以篆書入畫，其春蠶吐絲游

〔註67〕〔劉宋〕劉義慶撰；〔梁〕劉孝標注；〔清〕沈巖撰校語：《世說新語‧識鑒》
　　　　（臺北：臺灣商務印書館，張元濟、王雲五創編：《大本原式精印四部叢刊正
　　　　編》。景上海涵芬樓藏明嘉趣堂刊本本書三卷坿校語一卷，2011 年 12 月），第
　　　　24 冊，卷中之上，頁 68。
〔註68〕〔明〕董其昌：《戲鴻堂帖》，摹刻平生所見晉唐以來法書，共十六卷。初爲
　　　　木刻，後毀於火，重摹刻石。故所傳拓本有兩種。
〔註69〕〔北齊〕王僧虔：《論書筆意贊》。

描的線條本身有著獨立的審美價值，成爲後來工筆用線的典範，也拓展了其作品的審美空間。

第二節 「酌奇不失其眞」——癡絕

三絕當中，顧愷之最耐人尋味的人格特質就是「癡絕」，歷來學者總專注於他的繪畫藝術上的成就，較少人探討「癡絕」的背後成因，筆者將在下文中從「朝隱」來剖析癡絕的核心。

「癡」，許愼《說文解字》曰：「不慧也。」〔註 70〕通常指愚痴憨傻的樣子。如：「癡呆」、「愚癡」、「癡人說夢」。「癡」者，遲鈍之意。以個人心智的呆傻遲鈍爲重要特徵，是個人心智發育處於晚熟狀態或停留在較爲低下的智力水準上的特定表現，適與魏晉崇尚的「早慧」交相輝映。「癡」也有專情的意味。如：「癡心」、「癡情」、「情癡」。癡也指嗜好迷戀某種事物的人。如：「酒癡」、「情癡」、「書癡」。在本論題中，「癡絕」有幾項含意，首先，「癡」指顧愷之不同於早慧的大器晚成；其次，「癡」指顧愷之對於藝術上的癡迷沉醉；其三，「癡」指他不同於一般人的幽默風趣、矜誇好諧謔的個性。最後，「癡」指顧愷之身處亂世伴癡的處世風度。根據宋·梁谿《書畫徵·顧愷之傳》〔註71〕提到：

> 小阮氏曰：「長康處小朝廷之間，佐大奸慝之幕，不以伴狂避世，胡能明哲保身？俗人以爲癡絕，未免皮相矣。夫彼桓溫父子者何如人耶？羨王敦爲可人，逼晉明帝以出走，使長康稍露鋒稜，其不爲郭景純之續者幾希已？惟夫矜空櫥之速化，翳柳葉以受給，故得全妙藝於厥身，生亂國而克保，斯殆智士苦心，視阮嗣宗之痛飲沉醉，又別出一機權者也。」

歷來也是有人能深刻體會顧愷之伴癡避世的處世之道，東晉的第二階段固然相較於過去已經是較爲和平，然而朝廷中的不穩定因素依然太大，這使得晉代的士人不得不尋求特殊的生存模式。前文已經提到過，顧愷之曾隸屬於桓溫、殷仲堪、與桓玄三人的僚屬，卻仍能在其中保命全生，必定有他過人的

〔註70〕 〔東漢〕許愼著；〔清〕段玉裁注：《說文解字》（臺北：萬卷樓圖書股份有限公司，2002 年 8 月）。

〔註71〕 〔宋〕梁谿；嵇承咸撰：《書畫徵》，引自〔明〕王紱《書畫傳習錄》附刊，頁 677（清·嵇氏層雲閣出版，1813 年），頁 3。

智慧，是一般人無法體會的。政治風暴加上魏晉玄風的影響之下，帶動了隱逸的風氣，這樣的處世思維對顧愷之的影響很深刻，頗值得深入探究。

一、魏晉隱逸之風產生的時代背景

為了在腥風血雨爭權奪利的世代中保全自我，可以看見，「隱」成為了亂世中立身安命的一種生存方式，然而在政治以外，在無關身家性命的文學與藝術領域，這個時期的名士，彷彿以生命任情揮灑，使魏晉這個時期成為了文藝高度自覺、生命感極為豐富的一個世代。

人生苦短、禍福無常，牽動著魏晉士人敏感又脆弱的神經，因此在文學中不時反映出蒼涼悲傷的情懷。嵇康〈四言贈兄秀才入軍詩〉云：「生若浮寄，暫見忽終。」〔註72〕阮籍〈詠懷詩〉亦言道：「生命無期度，朝夕有不虞。」〔註73〕既然朝不保夕，追求短暫生命的絢爛、嚮往自由自在的隱居，在魏晉是一種普遍的社會現象。《顏氏家訓·歸心》：「儒有不屈王侯高尚其事，隱有讓王辭相避世山林。」〔註74〕隱逸是中國文化中的一種特有現象。在社會與政治動盪的社會中，隱逸現象就較為普遍。《晉書·隱逸傳》為四十餘名隱士立傳；《世說新語》編有「棲逸」一門；曹植作〈許由巢父池主贊〉；嵇康作〈高士傳〉；陸機有〈招隱詩〉；陶淵明作〈歸去來分辭〉，都可以想見，隱逸對當代士人而言，是美好的嚮往。葛洪《抱朴子外篇·自敘》說道：「每覽巢、許、子州、北人、石戶、二姜、兩袁、法真、子龍之傳，常廢書前席，慕其為人。」〔註75〕人們不僅對往昔高士傾慕，對當代的隱士也很推崇，士人崇尚率直超凡、清遠不凝滯於物的生活，隱逸在魏晉也風行一時。

二、大隱隱於朝市

士人雖想隱逸卻又無法真正忘世，在這種矛盾心情下，為了保全性命、

〔註72〕逯欽立：《先秦漢魏晉南北朝詩》（臺北：木鐸出版社，1988 年 7 月）魏詩卷九嵇康詩，頁 482。

〔註73〕逯欽立：《先秦漢魏晉南北朝詩》（臺北：木鐸出版社，1988 年 7 月）魏詩卷十阮籍詠懷詩八十二首，頁 496。

〔註74〕〔北齊〕顏之推著：《顏氏家訓·歸心》，（《四部叢刊初編》中第 430 冊。景江安傅氏雙鑑樓藏明刊本），頁 124。

〔註75〕〔晉〕葛洪撰：《抱朴子外篇·自敘》，（《四部叢刊初編》中第 539-544 冊。景江南圖書館藏明嘉靖乙丑魯藩刊本內篇二十卷，外篇五十卷），頁 183。

遠嫌避禍，於是紛紛走向了崇尚老莊。他們突破了兩漢以來儒學傳統的束縛，自我意識開始覺醒，進入了一個思想自由、個性張揚的時代。正如李澤厚所說：

> 正是對外在權威的懷疑和否定，才有內在人格的覺醒與追求。……如何有意義地自覺地充分把握住這短促而多苦難的人生，使之更為豐富滿足，便突出出來了。它實質上標誌著一種人的覺醒，即在懷疑和否定傳統標準和信仰價值的條件下，人對自己生命、意義、命運的重新發現、思索、把握和追求。〔註76〕

魏晉人物開創了一種率性而為、曠達縱情的風氣，人的主體自覺使其敢於表現出最本真、最原始、最切己的情感，這就是「人性」的解放，然而卻也因此必然強化了真實內在與外在禮教的矛盾衝突。面對統治者的殘酷壓迫，即使嚮往隱逸，卻必須為了維繫門第的利益而不得不在朝為官，只好「居官無官官之事」，「朝隱」於是成為一種時代性產物。

> 當時「居官無官官之事」的朝隱風氣，即以玄學「游外冥內」、「跡冥圓融」說為理論根據。〔註77〕

在魏晉這樣的亂世中，如何明哲保身，對世人來說是一個重要的課題，有學養的大儒，有的不願屈事王侯而高尚其志節；喜歡隱居的人，有的不惜辭讓王侯將相而避世居於山林，可見「隱」是一種普遍的社會現象。

為了擺脫禮教的束縛，大膽表現自我生命的覺醒，或裝瘋賣傻縱酒以避禍、或以貪嗔癡自晦〔註78〕，特立獨行的舉止背後隱含著對人性的真知灼見。

像竹林七賢的任誕越禮，歷代每視其為敗壞禮教，卻沒有透徹的看見他們行為背後的動機。江建俊言：

> 七賢絕不能僅從表面上表現為飲酒、狂放而輕視之，對於七賢背後不得已的隱衷，及「自晦」的意涵，還有積極的寓破壞於建設的嚴肅面當以重視。〔註79〕

〔註76〕李澤厚：《美的歷程》（台北：三民書局，1996年9月），頁101～102。

〔註77〕江建俊著：《于有非有，于無非無——魏晉思想文化綜論》（新文豐出版社，2009年8月初版），頁151。

〔註78〕見《晉陽秋》載王戎多殖財賄，常若不足，或謂戎故以此自晦也。時人質疑其為避禍而晦默，非大臣用心，戴逵答曰：「運有險易，時有昏明，如子之言，則蘧瑗、季札之徒，皆負責矣！」《世說新語》《儉嗇》篇第三《箋疏》，頁874。

〔註79〕江建俊著：《于有非有，于無非無——魏晉思想文化綜論》〈肆、從應變順和到適性安命〉（台北：新文豐出版社，2009年8月初版），頁136。

身處危機四伏的時代，爲了家族的存亡，面對假禮教的束縛，只能消極的反抗。深刻的琢磨思量就會發現七賢的放浪行爲背後是有嚴肅的意義要表達的，江建俊又言：

> 至於非議嵇、阮，其實也未明究裡，誠如《晉書》四十九卷史臣所言：「豈以世疾名流，茲焉自垢」，而《世說新語》將七賢視爲「任誕」、「簡傲」的代表，實爲泥跡而未達其本心者。因爲阮籍不偶俗，高喊「禮豈爲吾輩而設」、嵇康名言「越名教而任自然」、「非湯武而薄周孔」、「老子莊周吾之師也」……等，似有瓦解禮教之嫌，但都是話中有話，或可說不是眞心話，是講氣話，是講誑話，心裡與字面不統一，有矛盾，故作偏激，其中有很深的反抗、諷刺與批判的性質。此從阮籍途窮而哭，藉酒以澆心中之「壘塊」，反對其子作達；嵇康在〈家誡〉中，諄諄以擇善固執，守節重義誡子，可見隱微。
> 〔註80〕

竹林七賢於亂世中特立獨行蔑視禮法的舉止背後，隱含有喻世的用心良苦，他們不受世俗價值的左右，只注重個人內在精神的超然。

而「離人合俗」的學說爲其理論根據，更促進了朝隱的風氣。他們在危機四伏的官場無法隨己意隱居，只好隱於朝市，與時俯仰。東晉士人看似矛盾的雙重人生態度，之所以能夠得以產生和實踐，有兩個基本的前提和動因：

其一，在政治上，東晉時期的門閥士族已經取得了足以控制王權的統治地位，形成了王導、庾亮、桓溫、謝安、桓玄等幾個門閥世族控制朝政的連續局面。這使得士族階層有力量同時兼具高官厚祿、聲名美譽，與放浪形骸、放任自然的雙重人生追求。

其二，從社會思潮來看，受佛教等思想的影響，東晉士人對社會和人生的認識在很大程度上有了超越和審美的取向。《維摩詰經》中的「入不二法門」觀念強調，世間一切煩惱的根源，全在於人們主觀上認爲「世間、出世間爲二」：

> 樂涅槃不樂世間爲二，若不樂涅槃，不厭世間，則無有二。所以者何？若有縛，則有解；若本無縛，其誰求解？無縛無解，則無樂厭，是爲入不二法門。（《入不二法門品》）〔註81〕

〔註80〕江建俊著：《于有非有，于無非無──魏晉思想文化綜論》〈玖、玄風中的反玄〉（台北：新文豐出版社，2009 年 8 月初版），頁 411。

〔註81〕〔後秦〕鳩摩羅什譯：《維摩詰所說經‧入不二法門品第九》大正藏（台北：新文豐出版社，1983 影印），第十四冊，頁 550b。

只有徹底地排遣空、有，體認「不二」，才是真正的解脫。這在理論上對於玄學所面臨的「有無」關係的困惑也是一個很好的解答。因為無論是「貴無」還是「崇有」，都是一種執著，一種束縛。不雙遣有無，超越二者，就不可能達到真正的絕對境界。以這種「入不二法門」的思想來認識世界和待人處世，就會將外界的一切統統歸於泯滅。於是，不只是出世或入世可以不必劃分界線，人們對於世界上所有的事物，包括是非、善惡、美醜等，都不必採用非此即彼的可否態度，當然也就避免了由可否而帶來的一切麻煩。佛教所宣導的虛無境界，也正是謝安等人所嚮往和實踐，泯除入仕（名教）與隱逸（自然）二者矛盾對立的雙重人生態度。

三、顧愷之以「癡絕」為其「朝隱」的方式

魏晉時期士人除了以避世山林的「隱」為一種安身立命的方式以外，多的是無法避世而改變心態。朝隱隱於市的狀況，不論是佯狂、自晦、或是以癡愚自處於世，都是一種值得探討的文化現象，他們以極端異於常人的方式，卻隱含有深刻的喻世思維。任誕的行為或許驚世駭俗，卻讓人開始深刻的去思考禮教形式背後的真義，隱藏在背後的是生命終極的價值。

而顧愷之也不例外，所謂「癡絕」，即為「慧黠」、「個性率真」、「好矜誇、工諧謔」的個人風格，在東晉的亂世亦可謂一種自晦全身的處世態度，《晉書‧顧愷之傳》言：

> 愷之好諧謔，人多愛狎之，後為殷仲堪參軍，亦深被眷接。仲堪在荊州，愷之嘗因假還，仲堪特以布帆借之，至破冢遭風大敗，愷之與仲堪牋曰：「地名破冢，真破冢而出，行人安穩，布帆無恙。〔註82〕」

一般人只會說「布帆安穩，行人無恙」，但布帆已經破了，就只好倒過來說。由這段記錄，可以看見顧愷之的幽默，對於無端的禍患，他非但不怨，還自我解嘲，由此可以看見他好諧謔的一面。

顧愷之的「癡」，事實上是大智若愚，對自己有自信的人是不在意成就他人的惡作劇的，他的自信感之高可以從下文見出。

〔註82〕〔唐〕房玄齡等：《晉書》卷九十二列傳第六十二文苑。文津閣四庫全書 史部正史類 V.251，頁391。（北京：商務印書館，2006年）

> 義熙初，爲散騎常侍，與謝瞻連省，夜於月下長詠。瞻每遙贊之，
> 愷之彌自力，忘倦，瞻將眠令人代己，愷之不覺有異，遂申旦而止。
> 〔註83〕

顧愷之在月下獨詠詩歌，謝瞻剛開始還聽著新鮮，不斷叫好，顧愷之非常得意，謝瞻要睡了，不忍心掃了他的興，就叫替自己捶腿的僕人代自己贊嘆，顧愷之不覺有異，一直獨詠到天明。他自認爲是藝術的舞台上的主角，就算是別人看他是丑角，但他並不在乎別人的看法，這樣的用心專一，心無旁騖，也顯現在他對藝術的忘我執著。

另外，顧愷之並不以流俗爲自我行事的準則，這點在下面這則可以證實：

> 愷之矜伐過實，少年因相稱譽，以爲戲弄，又爲吟咏，自謂得先
> 賢風制，或請其作洛生詠，答曰：「何至作老婢聲？」〔註84〕

當有人問顧愷之爲什麼不做「洛生詠」時，他回答說「爲什麼要刻意發出那種老婢的聲音？」甯稼雨在《魏晉風度——中古人文生活行爲的文化意蘊》中引用了陳寅恪的說法：

> 陳寅恪先生以爲，顧愷之所說的先賢風制，很可能就是指謝安以前
> 的舊規洛生詠。〔註85〕

> 謝安能爲洛下書生詠，有鼻疾，故其音濁。名流愛其詠，而弗能及，
> 或手掩鼻以效之。〔註86〕

純正的洛生詠並不帶有鼻音，但因謝安的洛生詠帶有鼻音，之後，眾名流遂東施效顰，學起謝安的鼻音詠了。陳寅恪先生說：

> 洛生詠本來是指東晉以前洛陽太學生以誦讀經典的雅音來諷詠詩
> 什。這種都邑雅音不僅與時傷輕清的吳越方音相差懸殊，即與多涉
> 重濁的燕趙方言也不盡相同。〔註87〕

〔註83〕〔唐〕房玄齡等：《晉書》卷九十二列傳第六十二文苑。文津閣四庫全書 史部正史類 V.251，頁 391。（北京：商務印書館，2006 年）

〔註84〕同上註。

〔註85〕甯稼雨著：《魏晉風度——中古人文生活行爲的文化意蘊》，北京：東方出版社，1992 年 9 月出版，頁 55～56。

〔註86〕汪兆鏞撰：《晉會要》，北京：書目文獻出版社，1953 年 10 月。卷三十六文學下 歌詩，頁 431。

〔註87〕陳寅恪：《從史實論切韻》，《金明館叢稿初編》，（臺北：里仁書局，民國 70 年 3 月），頁 345。

謝安患有鼻炎，所以他的發音較為厚重、混濁。這本是一種缺陷，但因謝安名望極重，眾名士都想仿效一下這位風流宗主的風采，即使不曾患有鼻炎，也竟心甘情願地模仿他。然而，顧愷之對這種陰陽怪氣的腔調卻不感興趣，他寧願延續謝安之前那種純正的洛生吟詠。

顧愷之就是這樣一個風標獨樹的人，他總是有自己對待事物獨特的看法，人們說他矜伐過實，也只是因為人們不了解他行事的核心價值。與其跟著眾人一起盲目的追求流行，他寧願扮演真實的自我，即使被說成是「自謂得先賢風制」，甚至「少年因相稱譽，以為戲弄」，並無損他個人的價值，因為一個人的價值並不是他人的褒貶可以左右的。他做的每件事都蘊藏玄機，甚至連吃甘蔗也都有他的一番道理，跟一般人大有不同。

> 愷之每食甘蔗，恒自尾至本，人或怪之，云：「漸入佳境。」〔註88〕

一般人吃甘蔗就吃甘蔗，但顧愷之連吃個甘蔗都可以在歷史上留名，「漸入佳境」的說法，也代表著他的一種人生哲學，甘蔗怎麼吃並不是吃給別人看的，因為甜不甜的滋味是自己心裡明白的，人生不也是這樣？爭名奪利也可以過一輩子的，但顧愷之他總是清楚自己想要的是甚麼樣的人生，他不在意他人的看法，而追求自我心境的甘甜，縱然常被認為是癡、怪，但又如何呢？人生終究是為了追求逍遙，他終生醉心於他所愛的藝術，不求名反而因著藝術成了大名；不參與政治上的爭權逐利也讓他保住了生命。李建中《漢魏六朝文藝心理學》言：

> 從顧愷之的繪畫作品中，我們看到的是畫家傳神寫照、遷想妙得的才氣，是超凡脫俗、寄意丘壑的高情；在現實生活中，顧愷之卻「遲鈍而自矜尚」，「矜伐過實」。〔註89〕

李建中認為，這樣的落差，是一種「人心」和「文心」的矛盾，在顧愷之身上，可以看到，他的性格、人品與藝術創作的評價，似乎不像是在同一個人身上出現的。甚至陳傳席先生還認為：

> 癡絕實是他的保身哲學。由於當時的社會政治背景，晉宋文人裝「癡」而逃避政治以自保，是不乏其例的。〔註90〕

〔註88〕 〔唐〕房玄齡等：《晉書》卷九十二列傳第六十二文苑。文津閣四庫全書 史部正史類（北京：商務印書館，2006年）V.251，頁391。

〔註89〕 李建中著：《漢魏六朝文藝心理學》（太原：北岳文藝出版社，1992年5月出版），頁180。

〔註90〕 陳傳席：《六朝畫論研究》（台灣：學生書局，1991年5月），頁3。

然而筆者卻認為，他的癡不是一種虛與委蛇或相互利用，更不是雙重人格，而是一種「率真」，可與東晉士人強調雅量的從容神態互相輝映。就像甯稼雨先生所提出的看法：

> 在追求風度氣質和「雅量」的一部分名士看來，人要善於控制情感，喜怒不形於色。謝安聽到謝玄淝水大捷的消息，不動聲色，繼續與人弈棋；顧雍中年喪子，聞訊後雖「以爪掐掌，血流沾褥」，但仍然神色自若。與此相比，人們故而不取王述的率真舉動。王述早年名譽不是很高，很可能與他的直率有關。可王述卻並不想為別人的舌頭活著，他就是要以其率直表現出與眾不同的個性。「王藍田為人晚成，時人乃謂之癡。……」在那片容忍個性生長的土地上，王述的率真舉動並非空谷絕音。……王述這類率真個性不但在中國歷史上屈指可計，在魏晉文人中也屬鳳毛麟角。直到明末李贄提出「童心說」，人們才突然意識到，赤子之心對於一個屬於自己的人是多麼重要。可是為了追求名聲利祿──為物所役，文人們已將忘了上千年。人們在追尋失去的童心時，不應忘記嵇康，王述那樣的以童心世俗權貴的先驅。〔註91〕

「赤子之心」代表著一種對自我的誠實無欺，人在成長的過程中學會壓抑自己的情感，以世人的看法為生活的準則，卻常忘了問自己想要的是甚麼，到頭來只是失去自我，為物所役。但顧愷之的智慧正在於此，他並不去追求徒然的世俗虛名，雖然平常「遲鈍而自矜尚〔註92〕」，但遇到自己最喜歡的事物，便可以轉而展現出傳神寫照、遷想妙得的才氣與超凡脫俗、寄意丘壑的高情，兩者看似矛盾，實際上並不矛盾。

　　錢鍾書《管錐編》引宋儒張載《正蒙・太和》：「兩不立則一不可見，一不可見則兩之用息。……有象斯有對，對必反其為，有反斯有仇，仇必和其解」〔註93〕萬事萬物，此為彼之此，彼為此之彼，可以說皆是對立的共同體。

〔註91〕甯稼雨著：《魏晉風度──中古人文生活行為的文化意蘊》（北京：東方出版社，1992年9月出版），頁176～177。

〔註92〕〔南朝宋〕劉義慶撰；〔梁〕劉孝標注；〔清〕余嘉錫箋疏：《世說新語箋疏》（臺北：華正書局，2003年10月），頁275。《世說・文學》第九十八條注曰：「中興書曰：『愷之博學有才氣，為人遲鈍而自矜尚，為時所笑。』」。

〔註93〕錢鍾書著，《管錐編》二，（台北，書林出版有限公司，1990年8月出版），頁416。

《文心雕龍・隱秀》:「夫隱之爲體,義主文外,秘響傍通,伏采潛發。」〔註94〕宋人張戒《歲寒堂詩話》所引《文心雕龍・隱秀》篇殘文:「情在詞外曰隱,狀溢目前曰秀。」「秘響傍通,伏采潛發」與「狀溢目前」看似矛盾,實爲對立的共同體。從它外在的突出表現來說是「秀」,從它內在的潛藏深意來說是「隱」,「秀」內有「隱」,「隱」外有「秀」,兩者實不可分。從哲學的角度看,創作也是對立的統一。古希臘的哲學家赫拉克利特指出,「互相排斥的東西結合在一起,不同的音調造成最美的和諧。」〔註95〕這類相互對立又相互依存的現象,在生活中俯拾即是。《老子》也說:「有無相生,難易相成,長短相形,高下相傾,音聲相和,前後相隨。」〔註96〕就像黑暗事實上只是缺乏光明的一種展現,沒有光明就沒有黑暗,由此看來,「秀」和「隱」,一方面是指顧愷之在藝術上的卓越成就,一方面是指他自然率眞的生命哲理。雖然對立,卻又統一,「隱處即秀處」,「隱」與「秀」恰切的融合,能使之言外有意、餘韻無窮。

> 初愷之在桓溫府,常云愷之:「體中癡黠各半,合而論之,正得平耳。」
> 〔註97〕

從這樣中肯的評論可以得知,桓溫是相當了解顧愷之的。對藝術的專著與自信讓他表現出神情專一、孜孜不倦的藝術家風格,除了藝術,其他都不需要那麼認眞,這就是他的「癡」,同時也是他的「黠」。聰慧的人懂得留點餘地,給其他人舞台,不惜自己扮演丑角;聰慧的人懂得自己的無知,也懂得欣賞並善用自己的缺點;就像雀榕的種子包覆在無花果裡,表面上是被雀鳥吃了,實際上卻是雀鳥成爲了爲雀榕免費傳播後代的工具。有人說顧愷之身處亂世,不得不懾於桓玄的權勢,只好假裝癡呆。《晉書・顧愷之傳》曰:

> 尤信小術,以爲求之必得。桓玄嘗以一柳葉紿之,曰:「此蟬所翳葉
> 也,取以自蔽,人不見己。」愷之喜引葉自蔽,玄就溺焉。愷之信
> 其不見己也,甚以珍之。〔註98〕

〔註94〕〔梁〕劉勰著;黃錦鋐教授主編,《文心雕龍・隱秀》,(博元出版社,1989年版),以下文心雕龍出處亦引自此。

〔註95〕洪謙,《古希臘羅馬哲學》,(上海:三聯書店,1957年),頁19。

〔註96〕朱邊之撰《老子校釋》(台北:華正出版社,1986年)老子道經第二章,頁64。

〔註97〕〔唐〕房玄齡等:《晉書》卷九十二列傳第六十二文苑。文津閣四庫全書 史部正史類(北京:商務印書館,2006年)V.251,頁391。

〔註98〕同上註。

古人迷信「蟬翳葉」，如果人以「蟬翳葉」遮蔽自己，別人就看不見。一天桓玄送給顧愷之一片柳樹葉子，說是「蟬翳葉」。顧愷之像小孩子一樣非常高興地用柳葉擋住自己，問桓玄是否看得見他。桓玄故意在他面前撒尿，而他以為桓玄真的沒看見他，於是將這片柳葉珍藏起來。這是顧愷之的幽默，面對無端的禍患，豁達的他懂得自我解嘲。朱光潛《詩論》云：

> 豁達者徹悟人生世相，覺憂患歡樂都屬無常，物不能羈縻我而我則
> 能超然於物，這種「我」的覺醒便是歡娛所自來。……豁達者的詼
> 諧是從悲劇中看透人生世相的結果，往往沉痛深刻，直入人心深處。
> 〔註99〕

顧愷之的「癡」，事實上是一種豁達，心裡固然明白，但卻不計較，他心裡並不是沒有褒貶、是非不分；對於了解他的桓溫，他「聲如震雷破山，淚如傾河注海」的寫了「山崩溟海竭，魚鳥將何依？」他是重這份知遇之情的；對殷仲堪，顧愷之也請求為他作畫，「使如輕雲之蔽月」，他們還一同信奉天師道，能清談玄理；對於桓玄，他只是沒有說甚麼，但他的沉默就已經說明一切了。

> 愷之嘗以一厨畫，糊題其前，寄桓玄，皆其深所珍惜者。玄乃發其
> 厨後，竊取畫，而緘閉如舊以還之，給云：「未開。」愷之見封題如
> 初，但失其畫，直云：「妙畫通靈，變化而去，亦猶人之登仙。」了
> 無怪色。〔註100〕

桓玄就偷了箱內的畫卻把箱子回復原狀佯裝不知情，顧愷之豈會不懂畫是被誰偷的？可是他身為一個部屬，不只不能問罪於桓玄，還得為偷畫的桓玄找到一個最好的台階下，於是只好自我解嘲，說妙畫通靈，羽化登仙了。他能不執著於畫作物質上的存在，幽默的應對中也映射出其內在豁達的精神層次。到了宋代，蘇軾寫了一首〈次韻米黻二王書跋尾〉詩：「巧偷豪奪古來有，一笑誰似癡虎頭。〔註101〕」就是以桓玄偷畫的不正當行徑，藉以諷刺米芾同樣的作為。歷代也有許多以此典故為詩之作。

〔註99〕朱光潛著，《詩論》，（台北，五南圖書股份有限公司，2006年11月），頁27-28。
〔註100〕〔唐〕房玄齡等：《晉書》卷九十二列傳第六十二文苑。文津閣四庫全書 史部正史類（北京：商務印書館，2006年）V.251，頁391。
〔註101〕〔宋〕葛立方撰：《韻語陽秋》（上海：上海古籍出版社，1979年）卷十四書畫。原文曰：米元章書畫奇絕，從人借古本自臨，搨臨竟併與臨本真本還其家，令自擇其一而其家不能辨也，以此得人古書畫甚多。東坡屢有詩譏之，二王書跋尾則云：「錦囊玉軸來無趾，粲然奪真擬聖智」，又云：「巧偷豪奪古來有，一笑誰似癡虎頭。」

〈題夏禹玉烟江疊嶂圖〉：「只恐通仙忽飛去，驚絕當年癡虎頭。
〔註102〕」

一般人哪能像顧愷之對這些事情一笑置之？所以清・沈宗騫《芥舟學畫編》：「作畫宜癡，癡則與俗相忘而不致傷雅。」東晉士人所追求的寧靜通達的精神境界，追求自然恬淡的修為，加入了玄佛的思想，在顧愷之的身上我們可以看見一種眞，透過繪畫更透過他的處事風格展現出來。劉邵《人物志・八觀》說：

先識未然，聖也；追思玄事，叡也；見事過人，明也；以明為晦（心雖明之，常若不足），智也；〔註103〕

能預知未來，是聖哲之人；梳理精微，睿智之人；從處理事情來研判人，明智之士；以明為暗，大智若愚，智慧之人。縱使眾人以其為癡，然而他事實上卻是極具智慧的。這與《維摩詰經》中的「入不二法門」思想恰好暗合，因為維摩主張對世間事務不要以差別的眼光去審視，所以退隱和享樂、清高與富貴，也就不存在甚麼高下是非之分，受維摩「不二」思想影响的痕跡，「朝隱」成為一種出處合一、明哲保身的處世哲學。正因為如此，它才能夠在魏晉時期被廣大士人所吸收和效法，成為魏晉士人處世態度的重要指南和思維方式，這在東晉時期的士人言行中，可以看得十分清楚。

四、大智若愚的處事風度

除了顧愷之的癡絕外，王湛大智若愚的處事風度，也與顧愷之有異曲同工之妙。王湛〔註104〕年輕時就有見識和器度，但除了其父以外，宗族的人都以其為癡愚〔註105〕。他的姪子王濟，也是在偶然的情況下才發現王湛剖析《周易》玄理，微妙有奇趣〔註106〕，加上王湛亦喜好馬匹，連王濟那匹難騎的隨

〔註102〕 丁文慶、吳建偉注評：《回回古詩三百首》（北京：民族出版社，1999年6月）。
〔註103〕 〔三國〕劉邵撰；〔南北朝〕劉昞注《人物志》三卷，（台北：台灣商務，1969年），卷中，八觀，頁12。
〔註104〕 〔唐〕房玄齡等：《晉書》卷七十五王湛列傳。文津閣四庫全書 史部正史類（北京：商務印書館，2006年）V.251，頁121。
〔註105〕 〔唐〕房玄齡等：《晉書》卷七十五王湛列傳。文津閣四庫全書 史部正史類（北京：商務印書館，2006年）V.251，頁121。原文如下：「少有識度，身長七尺八寸，龍顙大鼻，少言語。初有隱德，人莫能知，兄弟宗族皆以為癡。」
〔註106〕 〔唐〕房玄齡等：《晉書》卷七十五王湛列傳。文津閣四庫全書 史部正史類（北京：商務印書館，2006年）V.251，頁121。原文如下：濟嘗詣湛，見牀頭有周易，問曰：「叔父何用此為？」湛曰：「體中不佳，時脫復看耳，濟請

行馬，他都可以駕馭自如〔註107〕，亦有相馬的能力，這些事令王濟訝異，不但對父親王渾讚賞王湛，更對向來視王湛為癡愚的晉武帝稱許他是「山濤以下，魏舒以上。〔註108〕」《世說新語・賢媛》〔註109〕載：

> 王汝南少無婚，自求郝普女。司空以其癡，會無婚處，任其意，便許之。既婚，果有令姿淑德，生東海，遂為王氏母儀。或問汝南：「何以知之？」曰：「嘗見井上取水，舉動容止不失常，未嘗忤觀，以此知之。」

王湛的「癡」也是被公認的，甚至連晉武帝都用「卿家癡叔死未？」這樣的話來調侃他的姪子，然而，從上述數例及王湛娶妻的事來看，王湛不僅不笨，還深具識度，只是懂得藏拙。《史記・老子韓非列傳》中，老子對孔子說：「良賈深藏若虛，君子聖德容貌若愚。」〔註110〕隱藏在癡愚背後的智慧，往往如同不輕易出鞘的寶劍，因為一出鞘必然令敵人身首異處，故不敢輕易出鞘，然而不輕易出鞘的結果在世俗人眼裡看來就等於是無用。「物越精則用越寡，物之為寶，必物之不輕用乃至不用抑竟無用者耳。」〔註111〕同理，真正具有實力的人才有時反而看似平庸，因為他們虛懷若谷、大

言之，湛因剖析理微妙，有奇趣，皆濟所未聞也。濟才氣抗邁拚湛，署無子姪，之敬既聞其言，不覺慄然，心形俱肅，遂留連彌日，累夜自視缺然，乃歎曰：「家有名士，三十年而不知，濟之罪也。」

〔註107〕〔唐〕房玄齡等：《晉書》卷七十五王湛列傳。文津閣四庫全書 史部正史類（北京：商務印書館，2006 年）V.251，頁 121。原文如下：濟有從馬，絕難乘，濟問湛曰：「叔頗好騎不？」湛曰：「亦好之」，因騎此馬，姿容既妙，廻策如縈，善騎者，無以過之，又濟所乘，馬甚愛之。湛曰：「此馬雖快，然力薄不堪苦行，近見督郵馬當勝，但芻秣不至耳，濟試養之，當與己馬等。」湛又曰：「此馬任重方知之，平路無以別也。」於是當蟻封內試之，濟馬躓，而督郵馬如常，濟益歎異，還白其父曰：「濟始得一叔，乃濟以上人也。」

〔註108〕〔唐〕房玄齡等：《晉書》卷七十五王湛列傳。文津閣四庫全書 史部正史類（北京：商務印書館，2006 年）V.251，頁 121。武帝亦以湛為癡，每見濟，輒調之曰：「卿家癡叔死未？」濟常無以答，及是帝又問如初，濟曰：「臣叔殊不癡，因稱其美」，帝曰：「誰比濟曰，山濤以下，魏舒以上」

〔註109〕〔劉宋〕劉義慶撰；〔梁〕劉孝標注；〔清〕沈巖撰校語：《世說新語・賢媛》（臺北：臺灣商務印書館，張元濟、王雲五創編：《大本原式精印四部叢刊正編》。景上海涵芬樓藏明嘉趣堂刊本本書三卷坿校語一卷，2011 年 12 月），第 24 冊，卷下之上，頁 111。

〔註110〕〔西漢〕司馬遷；（日）瀧川龜太郎著：《史記會注考證》卷六十三老子韓非列傳第三（臺北：洪氏出版社，1975 年 2 月），頁 2141。

〔註111〕錢鍾書著，《管錐編》二，（台北，書林出版有限公司，1990 年 8 月出版），頁 512。

智若愚。錢鍾書《管錐編》証曰:「西土神祕學家言亦以絕聖棄智、閉塞聰明爲證道入天,每喻於木石之頑、鹿豕之蠢。布宜諾昌言:『至聖之無知』(santa ignoranza)、『至神之失心瘋』(divina pazzia)、『超越凡人之蠢驢境地』(sopraumana asinita)。」〔註112〕至聖之無知,不是眞的無知,而是看似無知而實際上無所不知。

　　不論是佯狂、自晦、或是以癡愚自處於世,都是值得深究的文化現象,他們以極端異於常人的方式,卻隱含有深刻的喻世思維,諧謔的幽默是一種生命至悲後的觀念重生之喜,所呈顯出來的矛盾性與互補性,正是魏晉士人依違時代的生存軌跡。隱藏在癡愚表面背後的智慧更常常令人反思。所謂的聲名也許並不見得能夠代表一個人的功過。《顏氏家訓·名實篇》言:

> 人足所履,不過數寸,然而咫尺之途,必顚蹶於崖岸,拱把之梁,每沉溺於川谷者,何哉?爲其旁無餘地故也。君子之立己,抑亦如是。至誠之言,人未能信,至潔之行,物或致疑,皆由言行聲名,無餘地也。〔註113〕

人表現在外的名,與眞實的內在往往也有落差。隱晦自我,未嘗不是一種保護色。太眞誠的表現,反而不被人所相信。

　　錢鍾書言:「《老子》四十五章:『大成若缺,大直若曲』一正一負,世人皆以爲相仇相克,冤親詞乃和解而無間焉,故三十八章曰:『上德不德』此皆蘇轍所謂『合道而反俗也。』」〔註114〕站在更高的角度,更遠的眼光,往往可以看見俗世之人所未知的事。人不該只放眼於與眾人相同的層次,而應該追求卓越,即使一開始總是不爲世人所認同,但有一天終究會得到肯定。

第三節　「傳神不失其形」——畫絕

　　顧愷之繪畫最重要的理論有:傳神寫照,遷想妙得。所傳世的繪畫雖只剩下摹本,但他仍然是影響魏晉南北朝極重要的畫家之一。關於他的畫論及

〔註112〕錢鍾書著,《管錐編》二,(台北,書林出版有限公司,1990年8月出版),頁514。

〔註113〕〔北齊〕顏之推著,《顏氏家訓·名實》,(《四部叢刊初編》中第430冊。景江安傅氏雙鑑樓藏明刊本),頁94-95。

〔註114〕錢鍾書著,《管錐編》二,(台北,書林出版有限公司,1990年8月出版),頁464。

後代評價，容後再敘，在畫絕這一段當中我們先透過一些故事來探討他何以
被稱爲「畫絕」。《世說新語・巧藝》第十三條記載：

> 顧長康畫人，或數年不點目睛。人問其故，顧曰：「四體妍蚩。本無
> 關於妙處，傳神寫照，正在阿堵中」〔註115〕

人物畫以形寫神的肯綮，在於對眼睛的處理，故曰在「阿堵」之中。無論政
治性或審美性的人物批評，都十分重視眼神，如：「裴令公目王安豐眼燦爛如
岩下電。」〔註116〕裴楷在病中仍使人感到「雙眸閃閃，若岩下電」〔註117〕。
王右軍見杜弘治，歎曰：「面如凝脂，眼如點漆，此神仙中人。」〔註118〕謝安
見支遁，覺其雙眼「黯黯明黑」。〔註119〕顧愷之畫人物數年不點眼睛，恰是他
巧奪天工之處。因他對眼睛傳神的把握，已達到出神入化的境界。《太平御覽》
引用南北朝沈約《俗說》〔註120〕：

> 顧虎頭爲人畫扇，作嵇阮而都不點眼睛。送還，主問之，顧答曰：「那
> 可點睛點睛便語。」——《玉函山房輯佚書》第八帙，《俗說》。

顧愷之主張畫人物要有傳神之妙，而其關鍵在於阿睹（眼）中。因此他一反
漢魏古拙之風，專重傳神，點睛最妙。顧愷之所以會強調以形寫神，一方面
受到何晏、王弼「以有限表現無限」觀點的影響，同時又揉進並改造加工了
慧遠《形盡神不滅論》的思想，把「神」作爲一種審美標準加以追求，在一
定程度上具有了佛學所追求的解脫的意味，並把這一思想出色地運用於繪畫
領域，注重以有限的線條筆墨所勾畫的人物形體，去表現人物無限的內心世
界和精神風貌。

〔註115〕〔劉宋〕劉義慶撰；〔梁〕劉孝標注；〔清〕沈巖撰校語：《世說新語・巧藝》
　　　　（臺北：臺灣商務印書館，張元濟、王雲五創編：《大本原式精印四部叢刊正
　　　　編》。景上海涵芬樓藏明嘉趣堂刊本本書三卷坿校語一卷，2011 年 12 月），
　　　　第 24 冊，卷下之上，頁 116。
〔註116〕〔劉宋〕劉義慶撰；〔梁〕劉孝標注；〔清〕沈巖撰校語：《世說新語・容止》
　　　　（臺北：臺灣商務印書館，張元濟、王雲五創編：《大本原式精印四部叢刊正
　　　　編》。景上海涵芬樓藏明嘉趣堂刊本本書三卷坿校語一卷，2011 年 12 月），
　　　　第 24 冊，卷下之上，頁 100。
〔註117〕同上註。
〔註118〕同上註，頁 102。
〔註119〕同上註。
〔註120〕〔宋〕李昉等：《太平御覽》卷七百五十工藝部七，（臺北：台灣商務印書館，
　　　　1997 年 7 月）V.4，頁 3460。

一、一鳴驚人——瓦官寺

顧愷之在十七歲左右曾為建業（今江蘇南京）瓦官寺作維摩詰像壁畫，當眾點睛，觀者如堵，施捨錢頃刻超過百萬，從此他的名聲遠揚四方。顧愷之《建康寔錄》注云：

> 京師寺記，興寧中，瓦官寺初置僧眾設會，請朝賢鳴剎注疏。其時士大夫無有過十萬者，顧愷之，字長康，直打剎注一百萬，長康素貧，時以為大言，後寺成，僧請勾疏，長康曰：「宜備一壁。」遂閉戶，往來一百餘日，畫維摩一軀，工畢，將欲點眸子，謂寺僧曰：「第一日開見者責施十萬，第二日開可五萬，第三日可任例責施。」及開戶，光明照寺施者填塞，俄而果百萬錢也。〔註121〕

晉哀帝興寧二年（西元364年），京師重修瓦官寺。寺僧們曾請當時的顯貴化捐，但沒人超過十萬，顧愷之自簽供奉百萬錢，到了要捐奉之前，他便命寺僧準備了一面牆壁，閉關一個月作畫，點睛之日，請眾僧向大德化緣布施，預計第一天收十萬錢，第二天五萬，第三天以後不計，可是開戶之後，竟顯出這一堵壁畫是「光照一寺」，甚至「施者填咽，俄而便得百萬」。

這個畫面之所以如此令人驚佩的原因，據說是他把維摩詰居士的病容畫到了「清臝示病之容、隱几忘言之狀」，連四百年後的大詩人杜甫見了都還說「虎頭金粟影、神妙獨難忘」〔註122〕，關於瓦官寺可參考《建康寔錄》〔註123〕與《高僧傳》〔註124〕的說明：

〔註121〕〔唐〕許嵩：《建康寔錄》卷八，頁31。清光緒二十八年甘氏校刊本。
　　　　四川大學圖書館編：《中國野史集成》第一冊，頁385。（四川：巴蜀書社，1993年10月）
〔註122〕〔宋〕李昉等編：《文苑英華》。（臺北：中華書局，1966年），卷二百八十四，詩一百三十四 送行十九 送人省覲，頁1441～2。杜甫寫作《送許八拾遺歸江寧覲省》詔許辭中禁，慈顏赴北堂，聖朝新孝理，祖席倍輝光，內帛擎偏重，官衣著更香，淮陰新夜驛，京口渡江航，春隔雞人畫，秋期燕子涼，賜書誇父老，壽酒樂城隍，看畫曾飢渴，追蹤恨淼茫，虎頭金粟影，神妙獨難忘。（甫昔時嘗客遊此縣於許生處乞瓦官寺維摩圖樣志諸篇末）筆者案：據年表瓦官寺曾於西元396年焚，然不知維摩詰壁畫是否能維持到唐朝，在此只能知道杜甫所看到的是摹本。
〔註123〕《建康寔錄》凡二十卷，〔唐〕許嵩撰，所記六朝事蹟，起吳大帝迄陳後主，附以後梁。以六朝皆都建康，故以為名。大旨類序君臣行事。凡異聞辭不相屬，皆為注記，頗為詳洽。
〔註124〕〔梁〕釋慧皎撰；湯用彤校注；湯一玄整理：《高僧傳》（臺北：中華書局出版，1992年10月），卷十三，頁381。

瓦官寺在梁《高僧傳》〔註125〕記載最詳足見當時的情況，《建康實
錄》加以補充，茲擇要錄下：釋慧力未知何許人，晉永和中（345
～357）來游京師，嘗乞食蔬苦頭陀修福。至晉興寧中（363～365）
啓乞陶處以為瓦官寺。〔註126〕

由此可知瓦官寺初創乃是由釋慧力建造，原本只有堂塔而已，後乃因為筑法
汰來此講經，受到簡文帝敬重，才增建規模。後又經過三十年後經歷火災焚
毀，才由朝廷下令修復，因此杜甫看見的壁畫很可能並非顧愷之原作。瓦官
寺中還有戴逵之子戴顒所造的佛像。《高僧傳》第十三云：

「寺立後三十年，當為天火所燒。」至晉孝武太元二十一年（396）
七月夜，自然火起，僧數十都無知者。明旦見塔已成灰聚。帝曰：「此
國不祚之相也。」即敕楊法尚、李緒等速令修復。至九月，帝崩。
有戴安道所制五像及戴顒所治丈六金像云云。〔註127〕

許嵩的《建康實錄》又說：

隆和二年（363）春二月……是歲詔移陶官於淮水北，遂以南岸窯處
之地，施僧慧力造瓦官寺。〔註128〕

隆和僅有一年，二年即為興寧元年。瓦官寺名稱系由於地點在陶官所住的地
方。《歷代名畫記》均作瓦棺寺，似誤。興寧二年造瓦官寺，則顧愷之畫維摩
在寺已興建之後，至少晚於興寧二年。

瓦官寺在中華門內西南隅花盝岡南。花盝岡是鳳臺山的一座小山，晉元
帝時，這裏附近本是製陶的地方。據上引文《建康實錄》：「晉哀帝興寧二年

〔註125〕〔梁〕釋慧皎撰；湯用彤校注；湯一玄整理：《高僧傳》（臺北：中華書局出
版，1992 年 10 月），卷五，頁 157。原文：《高僧傳》第一：曇宗《塔寺記》
云：「丹陽瓦官寺，晉哀帝時（362～365）沙門慧力所立。」《高僧傳》第五：
竺法汰東莞人，少與道安同學。（中略）汰下都止瓦官寺。太宗簡文皇帝深相
敬重，請講《放光經》。（中略）三吳負袠至千數。瓦官寺本是河內山玩公墓，
為陶處。晉興寧中，沙門慧力啓乞陶處為寺，止有堂塔而已。及汰居之，更
拓房宇，修立眾業。

〔註126〕〔唐〕許嵩：《建康實錄》卷八，頁 24。清光緒二十八年甘氏校刊本。四川
大學圖書館編：《中國野史集成》第一冊，頁 382。（四川：巴蜀書社，1993
年 10 月）

〔註127〕〔梁〕釋慧皎撰；湯用彤校注；湯一玄整理：《高僧傳》（臺北：中華書局出
版，1992 年 10 月），卷十三，頁 381。

〔註128〕〔唐〕許嵩：《建康實錄》卷八，頁 23。清光緒二十八年甘氏校刊本。
四川大學圖書館編：《中國野史集成》第一冊，頁 381。（四川：巴蜀書社，
1993 年 10 月）

（364）詔移陶官于淮水北，遂以南岸陶處之地，施僧慧力，造瓦官寺。」這
就是瓦官寺的起源。當時寺中有戴安道所製五像，獅子國（今錫蘭）所贈玉
像（高四尺二寸），顧長康所畫《維摩圖》，稱爲三絕。

　　這一階段重要畫家與雕塑家的創作，也表現出疏遠社會和崇尚玄虛的特
點。他們大多重視佛教，創作了不少有關佛教的繪畫和雕塑作品。戴逵和他
的兒子戴顒雕刻的無量壽等佛像，曾使許多善男信女頂禮膜拜。顧愷之「首
創維摩詰像」，沒有採用寫實的手法，而是根據有關的記載，把他加以變形。
《歷代名畫記》卷二說顧愷之畫的維摩詰的形象是：「有清羸示病之容，隱几
忘言之狀。」〔註129〕根據《顧愷之研究資料》的說法：

> 按龍門石窟及天龍山石窟均有《維摩變》線雕浮雕。日本法隆寺五
> 重塔內有塑造《維摩經變相》。其他如法華寺的維摩，石山寺的維摩
> 都是獨尊。比叡山中亦有維摩像藏於青龍寺中。在繪畫方面：有藏
> 於東福寺的《墨畫維摩》，與黑田侯藏的《維摩天女圖》，村山氏藏
> 的《維摩》，乃別種的水墨畫。至藏於山口縣洞春寺的傳爲元代顏輝
> 所畫。以上不論塑像圖像都是有道長者，絕不見有生病之像，敦煌
> 所畫亦然，且奮髯張口，頗有精神。求其如顧愷之所畫「清羸示病
> 之容，隱几忘言之狀」，了不可得。〔註130〕

對這樣的說法，張可禮在《魏晉文藝綜合研究》中做出了很恰當的闡釋：

> 顧愷之筆下的維摩詰是當時崇尚玄虛的名士心目中的維摩詰，而不單
> 是佛教典籍中的維摩詰。顧愷之畫的維摩詰，表現了作爲佛的維摩詰
> 和當時名士的融合，突出了維摩詰超越世俗的玄虛心靈。〔註131〕

筆者認爲，顧愷之所以選擇繪畫維摩詰像，有他個人對維摩詰的崇拜，也與
當時東晉士人認同維摩詰經當中的「入不二法門〔註132〕」理論，有所相關。
也就是說，最徹底的解脫是沒有任何束縛。在一般人看來，擺脫因貪、瞋、
癡而造成的執著自我的煩惱，求得涅槃和佛果，便是解脫。而在菩薩看來，

〔註129〕〔唐〕張彥遠著：《歷代名畫記》（臺北：藝文印書館，民76年12月），卷五，
　　　　頁6。（百部叢書集成之四十六學津討原第十六函歷代名畫記卷五）
〔註130〕俞劍華、羅尗子、溫肇桐編著：《顧愷之研究資料》，香港：南通圖書公司印
　　　　行，1961年6月，頁155。
〔註131〕張可禮著：《東晉文藝綜合研究》，山東：山東大學出版社，2001年1月初版，
　　　　頁96。
〔註132〕〔後秦〕鳩摩羅什譯：《維摩詰所說經・入不二法門品第九》大正藏（臺北：
　　　　新文豐出版社，1983影印），第十四冊，頁550b。

這種尋求本身就是一種執著、一種束縛。只有徹底地排遣空、有，體認「不二」，才是真正的解脫。這在理論上對於玄學所面臨的「有無」關係的困惑也是一個很好的解答。佛理傳到中國與玄學交融；同樣的，佛像傳到中國，也會受到當代人們的審美觀影響而化身為當代名士普遍崇尚的清癯飄逸形象，這是很自然的。

宋葛立方《韻語陽秋》引《京師寺記》載顧愷之的維摩詰像和戴逵的文殊像云：

> 興寧中，瓦官寺初置……。已而（顧愷之）於北殿畫維摩詰像一軀，
> 與戴安道所為文殊對峙。佛光照耀，觀者如堵。〔註133〕

顧愷之在建康瓦官寺創作壁畫維摩詰像的過程中，就有許多聞訊而來的觀賞者，畫完以後，觀賞者更是比肩繼踵。顧愷之畫的維摩詰像是壁畫，戴逵的文殊像則可能是雕塑。兩者為瓦官寺增添了許多風采，兩者交相輝映，致使「觀者如堵」。他們兩個人可以說是東晉眾多的繪畫和雕塑藝術家當中，成就最為卓著的。顧愷之透過壁畫，不只是為佛寺募得百萬錢，更成功地為自己的繪畫功力做了成功的行銷。

二、傳神寫照——重點睛

顧愷之的繪畫功力之精湛，得到了謝安的高度推崇。《歷代名畫記》〔註134〕卷五引劉義慶《世說》〔註135〕云：

> 謝安謂長康曰：「卿畫自生人以來未有也。」注又引謝安云：「卿畫
> 蒼頡，古來未有也。」

《晉書·文苑傳》也記載：

> 晉顧愷之，字長康，尤善丹青，圖寫特妙，謝安深重之，以為「自
> 蒼生以來，未之有也。」〔註136〕

〔註133〕〔宋〕葛立方撰：《韻語陽秋》（上海：上海古籍出版社，1979年）卷十四書畫。

〔註134〕〔唐〕張彥遠著：《歷代名畫記》（臺北：藝文印書館，民76年12月，線裝書）卷五，頁6。（百部叢書集成之四十六學津討原第十六函歷代名畫記卷五）

〔註135〕〔劉宋〕劉義慶撰；〔梁〕劉孝標注；〔清〕沈嚴撰校語：《世說新語·巧藝》（臺北：臺灣商務印書館，張元濟、王雲五創編：《大本原式精印四部叢刊正編》。景上海涵芬樓藏明嘉趣堂刊本書三卷坿校語一卷，2011年12月），第24冊，卷下之上，頁116。

〔註136〕〔唐〕房玄齡等：《晉書》卷九十二列傳第六十二文苑。文津閣四庫全書 史部正史類（北京：商務印書館，2006年）V.251，頁391。

謝安雖不是畫家，然而他所說的話在當代可是相當有影響力的，因為謝安本身擅長書法，對繪畫也很有見地，在東晉時期，像謝安這樣擁有高知名度的人，高度評價顧愷之的繪畫，可以說明顧愷之的畫功，可謂前無古人後無來者。關於他的畫功到了後世被傳說得出神入化：

> 嘗悅一鄰女，挑之，弗從，乃圖其形於壁，以棘鍼釘其心，女遂患心痛，愷之因致其情，女從之遂，密去鍼而愈。〔註137〕

傳說他曾經暗戀一個鄰家女子，苦於不得傾述衷腸，於是私下畫了此女子的肖像，並以釘釘在肖像的心上，希望這女子有心靈感應，並以此獲得她的芳心。歷代名畫記中此節的下面還有一個小注寫著：

> 此一節事亦見劉義慶與《幽明錄》而小不同云：「思江陵美女，畫像而簪之於壁玩之。」亦出搜神記也。〔註138〕

姑且不論這個傳說是否具又迷信成分，從中我們可以看見畫家本真的性格和兒童般的天真、執著使他超越了凡俗的窒礙，敢於拋棄儒家的矜持，追求愛情，描繪愛情。在士族重門第婚配的時代，雖很難相信顧愷之會用這樣的方式表達愛意，但可以看見後世為強調顧愷之畫作的傳神通靈，竟發展出這樣的傳說。在重「神」、重「風姿神貌」的時代，顧愷之特別重視「傳神」在繪畫中的作用，而強調傳神也為他帶來了這一類妙畫通靈的傳說。前面提過他重視點睛的事，現在進一步的來看這個動作背後的原因：

> 愷之每畫人成，或數年不點目睛，曰：「四體妍蚩，本無闕少於妙處，傳神寫照，正在阿堵中。」〔註139〕

眼睛是心靈的窗戶，正是「傳神寫照」的關鍵所在，從眼睛去觀察人的精神，才能把握人的智慧、才能、性格的特徵。

《北堂書鈔》卷一五四引《俗說》云：

> 顧虎頭為人畫扇，作嵇、阮，都不點眼睛，便送還扇主，曰：「點睛便能語也。」〔註140〕

〔註137〕〔唐〕張彥遠著：《歷代名畫記》，（臺北：藝文印書館，民76年12月，線裝書）卷五，頁4。（百部叢書集成之四十六學津討原第十六函歷代名畫記卷五）
〔註138〕同上註。
〔註139〕〔唐〕房玄齡等：《晉書》卷九十二列傳第六十二文苑。文津閣四庫全書 史部正史類（北京：商務印書館，2006年）V.251，頁391。
〔註140〕同上註。

眼睛是一個人性格的精華所在，畫人物重視眼睛，這成為古今中外繪畫史上
畫家們恪守的座右銘。但在人物畫發展的初期，這很不容易做到。

　　　每重嵇康四言詩，因為之圖，常云：「手揮五絃易，目送歸鴻難。」
　　〔註141〕

這裡的「目送歸鴻，手揮五弦」是嵇康的〈送秀才人軍語詩〉的詩句，顧愷
之為嵇康的這首詩作畫，「目送歸鴻難」就難在意在象外，境與意會，必須傳
神寫意方能繪出境界來。

　　　嘗圖裴楷象，頰上加三毛，觀者覺神明殊勝；又為謝鯤象在石巖裏，
　　　云：「此子宜置丘壑中。」〔註142〕

裴楷「俊朗有識具」，儀容俊美，是東晉名士。時人認為他是玉人。《世說
新語・容止》曾說他「見裴叔則，如玉山上行，光映照人。裴楷主要以識
見的中肯、深切、通達見賞於時人。裴叔則臉上原來沒有那三根毫毛的，
顧愷之給他畫像時卻偏要加上去，還認為這三根毫毛正是裴叔則俊朗的精
神風貌之標誌，表現了他的「識具」。使他的個性更加突出。準確地傳達出
了他的神韻。看畫的人就覺得十分傳神。從這個故事看，顧愷之並不認為
只有眼睛才能傳神。每個人的個性和生活情調不同，表現個性和生活情調
的典型特徵也不同。只要抓住表現每個人的個性和生活情調的典型特徵，
就可以達到傳神的要求。

　　　欲圖殷仲堪，有目疾，固辭，愷之曰：「明府正為眼耳，若明點瞳子，
　　　飛白拂上，使如輕雲之蔽月，豈不美乎。」仲堪從之。〔註143〕

飛白是我國古代書法的一種，筆劃露白，似乾枯之筆所寫。顧愷之針對殷仲
堪的特點，巧妙地採用了飛白筆法，明點瞳子，輕拂飛白其上，如輕雲蔽日，
彌補了眼睛的缺陷，完成了殷仲堪的肖像，成為我國古代繪畫史上的佳話。
引書法之精神和技法入繪畫是中國畫的一個重要特點。在我國古代繪畫史
上，顧愷之是較早地引書法入繪畫而且作出卓越貢獻的畫家。

〔註141〕〔唐〕房玄齡等：《晉書》卷九十二列傳第六十二文苑。文津閣四庫全書　史
　　　　部正史類（北京：商務印書館，2006年）V.251，頁391。
〔註142〕〔劉宋〕劉義慶撰；〔梁〕劉孝標注；〔清〕沈巖撰校語：《世說新語・巧藝》
　　　　（臺北：臺灣商務印書館，張元濟、王雲五創編：《大本原式精印四部叢刊正
　　　　編》。景上海涵芬樓藏明嘉趣堂刊本本書三卷坿校語一卷，2011年12月），
　　　　第24冊，卷下之上，頁116。
〔註143〕〔唐〕房玄齡等：《晉書》卷九十二列傳第六十二文苑。文津閣四庫全書　史
　　　　部正史類（北京：商務印書館，2006年）V.251，頁391。

顧愷之認爲，一個人的風姿神貌是通過能表現他神韻的特徵來體現的。顧愷之所強調的人物畫著重在「傳神」，並善於使用藝術手法讓人物最美的一面可以顯現出來。張彥遠《歷代名畫記》卷二《論顧陸張吳用筆》云：

> 或問余以顧、陸、張、吳用筆如何？對曰：顧愷之之跡，緊勁聯綿，循環超忽，格調逸易，風趨電疾，意在筆先，畫盡意在，所以全神氣也。昔張芝學崔瑗、杜度草書之法，因而變之，以成今草。書之體勢，一筆而成，氣脈通連，隔行不斷。……其後陸探微亦作一筆劃，連綿不斷，故知書畫用筆同法。……顧、陸之神，不可見其盼際，所謂筆跡周密也。〔註144〕

張彥遠是從「書畫用筆同法」的角度論述顧愷之、陸探微等人的繪畫的。他在論述中，首推顧愷之，而且指出顧愷之的繪畫在用筆方面，「緊勁聯綿，循環超忽，格調逸易，風趨電疾」。繪畫線條時，運筆的剛柔、輕重、曲直、遲速和頓挫等變化，很容易影響到其中蘊含的韻律、氣脈和美學風格。顧愷之繪畫的線條能夠一筆連綿不斷又能同時達到迅速及力道遒勁，確實是很不容易的，因此能得到唐代張彥遠這樣的評價，可謂是功力深厚。

張彥遠生活在唐代，有可能看到顧愷之繪畫的眞跡，因此，他的論述可靠性很大，又明人何良俊《四友齋畫論》云：

> 夫畫家各有傳派，不相混淆。如人物，其白描有二種：趙松雪出於李龍眠，李龍眠出於顧愷之，此所謂鐵線描，所謂鐵線描筆法，就是篆書筆法。這種筆法用的是粗細均勻的線條。〔註145〕

從張彥遠和何良俊的論述中，可以看到顧愷之的繪畫在用筆方面，的確受到了書法的影響。而鐵線描筆法也成爲了顧愷之畫作中重要的特色之一。

三、悟對通神──丘壑中

顧愷之認爲，「傳神寫照」，還要求把具有一定個性和生活情調的人放在同他的生活情調相適應的環境中加以表現。《世說新語‧巧藝》第十二條記載：

〔註144〕〔唐〕張彥遠著：《歷代名畫記》（臺北：藝文印書館，民76年12月，線裝書）卷二，頁4。（百部叢書集成之四十六學津討原第十六函歷代名畫記卷二）

〔註145〕〔明〕何良俊：《四友齋畫論》（北京：中華書局，1959年。）轉引自趙飛：〈何良俊《四友齋畫論》研究〉，（南京師範大學碩士論文，2005年4月），頁26。

顧長康畫謝幼輿在岩石裡。人問其所以。顧曰：「謝云，『一丘一壑，自謂過之。』此子宜置丘壑中。」〔註146〕

謝鯤是個陶情山水的隱士。顧愷之把它畫在岩石哩，就更能表現他的生活情調。謝鯤，字幼輿，是謝氏家族中第一個有傳記的人〔註147〕。他生活在兩晉之際，《晉書・謝鯤傳》載：

謝鯤初任太傅東海王越掾，轉參軍事。後「以時方多故，乃謝病去職，避地於豫昌」。王敦任左將軍時，引爲長史，後遷大將軍長史。王敦圖謀叛亂時，謝鯤「知不可以道匡弼，乃優遊寄寓，不屑政事，從容諷議，卒歲而已」。〔註148〕

王敦知道，謝鯤不同意自己的叛逆，於是出謝鯤爲豫章太守。謝鯤到豫章，「莅政清肅，百姓愛之」。〔註149〕謝鯤追隨元康玄風，「少知名，通簡有高識，不修威儀，好《老》、《易》」。〔註150〕他任達狂放，「不徇功名，無砥礪行，居身於可否之間，雖自處若穢，而動不累高」。〔註151〕他縱意自然山水，《世說新語，品藻第九》第十七條載：

明帝問謝鯤：「君自謂何如庾亮？」答曰：「端委廟堂，使百僚準則，臣不如亮。一丘一壑，自謂過之。」〔註152〕

又注引鄧粲《晉紀》云：

鯤與王澄之徒，慕竹林諸人，散首披髮，裸袒箕踞，謂之八達。

〔註153〕

〔註146〕〔劉宋〕劉義慶撰；〔梁〕劉孝標注；〔清〕沈巖撰校語：《世說新語・巧藝》（臺北：臺灣商務印書館，張元濟、王雲五創編：《大本原式精印四部叢刊正編》。景上海涵芬樓藏明嘉趣堂刊本本書三卷坿校語一卷，2011 年 12 月），第 24 冊，卷下之上，頁 116。

〔註147〕謝鯤的傳記，除《晉書》外，還有劉義慶：《世說新語》；劉孝標注引：《（謝）鯤別傳》，見《文學第四》第二十條、《規箴第十》第十二條。

〔註148〕〔唐〕房玄齡等：《晉書》卷四十九謝鯤列傳。文津閣四庫全書 史部正史類（北京：商務印書館，2006 年）V.550，頁 351。

〔註149〕同上註。

〔註150〕同上註。

〔註151〕同上註。

〔註152〕〔劉宋〕劉義慶撰；〔梁〕劉孝標注；〔清〕沈巖撰校語：《世說新語・品藻》（臺北：臺灣商務印書館，張元濟、王雲五創編：《大本原式精印四部叢刊正編》。景上海涵芬樓藏明嘉趣堂刊本本書三卷坿校語一卷，2011 年 12 月），第 24 冊，卷中之下，頁 85。

〔註153〕同上註。

在文藝上，謝鯤特別愛好音樂。《晉書，謝鯤傳》云：謝鯤「能歌善鼓琴」。〔註154〕他任太傅掾時，「任達不拘，尋坐家童取官稿除名。於是名士王玄、阮修之徒，並以鯤初登宰府，便至黜辱，爲之歎恨。鯤聞之，方清歌鼓琴，不以屑意……鄰家高氏女有美色，鯤嘗調之，女投梭，折其兩齒。時人爲之語曰：『任達不已，幼輿折齒。』鯤聞之，傲然長嘯曰：『猶不廢我嘯歌。』」〔註155〕繪製謝鯤的圖像，必須以遷想妙得之法去體悟謝鯤此人的獨特之處，顧愷之抓住了他的神韻，在於「縱意於自然山水」，因此，將他繪於一丘一壑之間。張可禮於《東晉文藝綜合研究》中說：

> 有才華的藝術家不想也無法做到表現描寫物件所具有的多樣的個性特點和特點的總和，而是擇取最典型的、最能表現個性的東西。顧愷之也是這樣。他畫名士謝鯤，並沒有從多方面去描繪謝鯤的個性特點，而是有意把他置於岩石裡，這就把謝鯤不求功名、愛好自然山水的玄虛情懷鮮明地表現出來了。〔註156〕

這說明，顧愷之已注意到環境描寫對於人物個性的重要作用。他的「傳神寫照」的命題，也包含了這方面的意思。這一階段的著名畫家還對漢末以來的名士表現出濃厚的興趣。據《歷代名畫記》所載：這方面的作品，戴逵有《孫綽高士像》、《嵇阮像》、《嵇阮十九首詩圖》；顧愷之有《中朝名士圖》、《謝安像》《阮修像》和《阮咸像》〔註157〕，戴逵和顧愷之之所以繪畫這些名士，主

〔註154〕〔唐〕房玄齡等：《晉書》卷四十九謝鯤列傳。文津閣四庫全書 史部正史類 V.550，頁351。（北京：商務印書館，2006年）

〔註155〕同上註。

〔註156〕張可禮著：《東晉文藝綜合研究》，山東：山東大學出版社，2001年1月初版，頁98。

〔註157〕有關描繪嵇康、阮籍和阮咸等「竹林七賢」的繪畫，從60年代到現在，先後在江蘇出土了墓磚壁畫四幅。《文物》1960年第8、9期合刊載：1960年4月，江蘇文物工作隊南京分隊在南京西善橋宮山北麓發掘了六朝時期的一座磚室墓。在墓室的南北兩壁上拼砌有「竹林七賢」與榮啟期的大型磚印壁畫。南壁自外而內爲嵇康、阮籍、山濤、王戎；北壁自外而內爲向秀、劉靈（伶）、阮咸和榮啟期四人。《文物》1974年第2期載：1965年11月南京博物院在丹陽胡橋鶴仙坳山岡南麓發掘了南朝的一座大墓。墓室東西兩壁砌有多種磚刻壁畫，其中有殘缺的「竹林七賢」圖。《文物》1980年第2期載：1968年8月和10月，南京博物院在胡橋吳家村和建山金家村又發掘了兩座南朝大墓。兩座墓內都有「竹林七賢」和榮啟期磚印壁畫。壁畫殘缺，有的人物姓名和人物畫像不符。關於上述「竹林七賢」和榮啟期壁畫的作者，學術界主要有四種看法：1.顧愷之 2.戴逵 3.陸探微 4.當時的工匠。〈南京博物院：《試談「竹

要是這些名士多好老莊，宅心玄遠。他們一般都是遺世超俗、習性簡任、追求通脫。顧愷之為了突出自己所畫的名士的特點，不再像以前的許多繪畫那樣注重描繪人物的故事，通過故事表現其意義和價值，而是在形神兼顧的前提下，特別強調傳神。

四、傳世不朽──女史箴

　　現今傳世的顧愷之作品摹本有歌頌曹植與甄氏愛情的〈洛神賦圖〉，和勸誡婦女德行的〈女史箴圖〉、〈列女仁智圖〉。《洛神賦圖》，借原賦所描繪的人神之戀，一吐畫家欲衝破現實束縛，追求精神自由與追求愛情的心聲。全卷從曹植與洛神相遇，到分離為止，交織著歡樂、哀怨、悵惘的感情，傳達出詩一般虛幻縹緲的氣氛。曹植的悵然若失，洛神的似來又去，人物塑造達到悟通神化的地步。整幅畫富於詩情與浪漫情調，將一個文人畫家天賦的畫筆、超凡的才情發揮到極致。甚至在面對《列女仁智圖》、《女史箴圖》這些原本標榜仁智賢良的女性題材時，顧愷之也不是以道學的嘴臉、說教的姿態為原文進行圖解，而是以純然美學之形式，直接展示了女子美善的形象，以女性鮮活的生命和內在的美質去感染、打動人。畫中呈現著靜穆和空靈之美，是畫家以一顆誠摯的心對生活的闡釋。

　　據《歷代名畫記》、《貞觀公私畫史》、《宣和畫譜》、《名畫神品目》，史上有記錄的顧愷之畫作約有六十幅：

　　《欽定四庫全書·館閣續錄》卷三儲藏

　　「周文矩摹顧愷之三天美人一」「人物百三十九軸顧愷之青牛道士圖一」

　　《欽定四庫全書·經義考》卷九十三

林七賢及榮啓期」磚印壁畫問題》，《文物》1980 年第 2 期）筆者同意第四種說法，認為「竹林七賢及榮啓期」壁畫出自顧、戴、陸之手的可能性不大。顧、戴、陸為六朝時期的卓越畫家，其重要畫目，《歷代名畫記》等著作均有著錄。如為他們所畫，應見史載。另外，據考古發掘報告，上述壁畫畫像和題刻的姓名多有差異。由這一點推測，似也不當為顧、戴、陸所畫」顧愷之《魏晉勝流畫贊》云：「七賢惟嵇生一像欲佳：其餘雖不妙合，以比前竹林之畫，莫能及者。」據此可知，魏晉時期，除戴逵和顧愷之畫過有關「竹林七賢」的繪畫外，在顧愷之之前，就有這方面的繪畫。南朝墓室「竹林七賢」壁畫的發現，表明屬於社會上層的墓主對「竹林七賢」的仰慕。這與受時代和顧愷之、戴逵繪畫的影響有關。

顧氏（愷之）夏禹治水圖

「一卷　佚　宣和畫譜　顧愷之，字長康，小字虎頭，無錫人，義熙中爲散騎常侍，今御府所藏有夏禹治水圖。」

《欽定四庫全書・江西通志》卷一百五十九　雜記

「顧愷之，字虎頭，有雪霽望五老峰圖。（圖畫見聞志）」

《補晉書藝文志》〔註158〕女史箴圖一卷　顧愷之

出處過多，下不贅述，僅列出六十幅圖名稱：

〈司馬宣王像〉一素一紙、〈淨名居士像〉、〈三天女美人圖〉、〈夏禹治水圖〉、〈春龍出蟄圖〉、〈八國分舍利圖〉、〈烈女仙〉白麻紙、〈虎豹雜鷙圖〉、〈梟鴈水鳥圖〉、〈水閣圍棋圖〉、〈桂陽王美人圖〉、〈陳思王詩思圖〉、〈洛神賦圖〉、〈列女傳〉、〈古賢圖〉、〈斲琴圖〉、〈三獅子〉、〈牧羊圖〉、〈阮咸像〉、〈阮脩像〉、〈廬山圖〉、〈行龍圖〉、〈虎嘯圖〉、〈射雉圖〉、〈司馬宣王並魏二太子像〉、〈皇初平牧羊圖〉、〈異獸古人圖〉、〈蘇門先生像〉、〈阿谷處女〉扇畫、〈中朝名士圖〉、〈晉帝相列像〉、〈十一頭獅子〉白麻紙、〈招隱鵝鵠圖〉、〈吳王斫鱠圖〉、〈桓溫像〉、〈桓玄像〉、〈謝安像〉、〈荀圖〉、〈七賢圖〉、〈蕩舟圖〉、〈水鳥〉屏風、〈衛索像〉、〈初平叱起石羊圖〉、〈劉牢之像〉、〈唐僧會像〉、〈沇相像〉、〈木雁圖〉、〈王安期像〉、〈水府圖〉、〈樗蒲會圖〉、〈三龍圖〉絹六幅、〈說經圖〉、〈榮啓期父子〉、〈雲霽望五老峰圖〉、〈維摩詰像〉、〈天女飛仙〉、〈維摩詰〉浙西甘露寺大殿外壁畫、〈維摩詰〉金陵瓦官寺壁畫、〈青夜遊西園圖〉、〈青牛道士圖〉。

　　顧愷之遺留到現在的畫作，可說全數都是摹本，並沒有眞跡流傳至今，但因爲他在畫論上重要的突破，直到如今人們對他依然推崇。宋人《宣和畫譜・人物敍論》說得好：「若夫殷仲堪之眸子，裴楷之頰毛，精神有取于阿堵中，高逸可置之丘壑間，又非議論之所能及，此畫者有以造不言之妙也。」〔註159〕除了提出繪製人物畫的傳神寫照、遷想妙得技巧之外，他將書法中的鐵線描筆法融入繪畫，運筆緊勁連綿，也是一項重要突破，這對魏晉山水畫的影響非常深遠，值得注意的是，這一階段的文人在描繪自然山水時，重視的常

〔註158〕〔清〕丁國鈞撰：《補晉書藝文志》（北京：中華出版社，1985年）卷四，頁166。

〔註159〕〔宋〕宣和年間官修；楊家駱主編：《宣和畫譜》（臺北：世界書局出版，1967年12月）卷一道釋緒論，頁44。

常是整體的、曠遠遼闊的山水，而缺少具體的、細微的山水。這是符合歷史進程的，因此，顧愷之在中國繪畫史上佔有相當重要的地位，也難怪他得到「畫絕」之稱。

小結

身為中國繪畫史上最早的、卓越的理論家；也是中國繪畫史上最早遺留有畫蹟的大畫家，顧愷之在繪畫上的成就，不僅是六朝時代的傑出者，而且在中國繪畫發展史上實如永夜中一顆晶光無比的明星，到現在還散發出燦爛的光彩，照耀著中國的畫壇。當時的人稱愷之有三絕，才絕、癡絕、畫絕，然而筆者認為，不該只是關注其在美學史上的成就，而忽略了他的文學成就。在文學上，他不僅聰穎而且才氣縱橫，博覽群書，尤工詩賦，多才多藝；另外，他的個性率真通脫，好矜誇、工諧謔，並帶有癡黠的意趣。

顧愷之沉醉於藝術文學，淡泊於名利地位，以癡黠各半的方式以明哲保身，世人評論顧愷之的癡，實非真癡；評他的黠，倒是真黠。而他之所以癡之所以黠的目的，也就是為他終身沉醉於最高文藝上的成就。這三者互為表裡，缺一不可，若沒有顧愷之的博學才氣與玄理思維，就無以成就矜誇的過人自信並立足於朝廷；沒有幽默豁達的人生哲學，就無以朝隱於東晉的偏安政局並醉心於文藝；沒有過人的畫藝與理論，就無以超越歷代的繪畫成就並流傳於後世。如同一顆鑽石，正因為有多個面向的切割，故更可折射出耀眼奪目的光彩，顧愷之的三絕也是如此。藝術是反映一個人生活的神髓，一個活得愁雲慘霧的人不可能創作出神采煥發的作品，顧愷之的時代背景、家族傳承、宗教信仰或許造就了他之所以為顧愷之的先決條件，然而，當代同是顧家子弟的人卻並不見得擁有像他這樣的成就，變因為何？顧愷之除了擁有天生的才氣以外，他對藝術的愛好，當代無人能出其右，沉醉於繪畫的心神才成就其繪畫的不朽境界，在政治上他可以安於平淡，然而在藝術上，他不願甘於平凡，那種雖千萬人吾往矣的義無反顧，這是他的癡，在自己鍾愛的山水中縱情遨遊，再將其化為傳世不朽的文章與繪畫，這一切不為了成名，只是為了表達他心中對美好事物的感受，所以他的文學作品多為詠物賦，刻劃極工、形容極肖，卻又能不凝滯於景物，不著意於論斷，遺形取神，超相入理。縱然我們在繪畫上已經看不到他的真跡，歷代眾多討論他的文章卻仍繼續的探討其畫作的細節與真偽，筆者認為還不如多多著眼在他的生平事蹟

與流傳於世的文學作品，從中拼湊出的顧愷之樣貌還更能傳達其神貌，他的「癡絕」，自古以來探討的人多半只是略提，然而其中蘊含很深的哲學意味。

在魏晉士人「緣情」而為文及處世的文化意涵之中，隱於其不得不為而為的舉止背後，那些無以言喻的苦衷與其應變的智慧，是讓我們在閱讀表面文字之餘，所需要去關切的。也只有在這樣的時代中，才孕育出像顧愷之這樣獨特的處世智慧，他以生命感知，呈現出如詩般精彩的人生，如隱喻的語言，讓觀看者能以自我想像自發創造，脫離知性的執著，進入豐富意義的領域。他的生命不就是活生生的藝術作品？顧愷之在偏安的政局與侷限的生活環境中，積極的表現自我生命的情感，追尋自由，這就是文學與藝術上不可或缺的求新求變的精神。錢鍾書《管錐編》舉以証之：

> 宋米芾《侯鯖錄》記蘇軾嘗宴客，芾亦在座，酒半忽起立曰：「世人皆以芾為顛，願質之子瞻。」軾笑答曰：「吾從眾！」枯立治述人曰：「吾斷言世人為狂，而世人皆以我為狂，彼眾我寡，則吾受狂名而已」。即所謂「苟舉世皆誤，則舉世不誤」。〔註160〕

錢鍾書的評論頗有其道理，我們對於世上任何事物的標準，不論是癡點、智愚、狂狷等，總取決於眾人，眾人怎能了解不凡的藝術？於是乎，天才總是孤獨的，因為他們並不被他人所了解。「舉世皆誤，則舉世不誤。」追求卓越的人，必須忍受被世人所誤會的窘況，然而，歷史會還他們清白，真正的智慧隱藏於看似愚昧的行為之中，偏偏只有同樣深具智慧的人，才能看出其中端倪。如同「隱秀」一體兩面而不為人所知，故深具智慧的人並不需要眾人的肯定，正是因為眾人無法理解更顯露出他們的不凡，正是所謂「合道而反俗」也，然而待人處世卻也不會執意以己之意為是，以異己之意為非，有智慧的人懂得應變順和、融通異己，會通有無、更超越有無，以「外不殊俗、內不失正」為人生哲學，和光同塵卻不迷失自我，會眾異以達整體之和諧，這樣的處世態度才是真正的超越。

〔註160〕錢鍾書著，《管錐編》二，(台北，書林出版有限公司，1990 年 8 月出版)，頁 500。

第四章　顧愷之的美學思想與歷代評價

　　歷代對顧愷之的崇高評價都來自於他的畫論在美學史上的成就，因此在三絕以外，於此特就顧愷之美學思想及歷代對顧愷之之評價予以貞定，以呈顯其在中國畫史上之地位及影響。

第一節　顧愷之的畫論

　　我國古代的繪畫思想就總體而言，和整個藝術思想的發展趨勢是密切相關的。這是因為在我國的古代，文飾和聲樂有著同樣的光輝歷程，它們都受到一定時代、一定思想的制約。在漢朝以前，藝術的審美認識偏重於外部規律和審美藝術的功能，在繪畫思想上體現為重在鑒戒。重在鑒戒，則要求以繪畫手段將現實中的正反形象再現於畫面，以達到明確是非善惡，使人們有所愛憎、有所遵循。到了晉代，繪畫思想上發生了由鑒戒功能的重視向重在內心、個性的遷移。與此相應，在繪畫實踐的主體上則發生了由匠者到士大夫的轉化，而顧愷之就是這個轉變時期的畫家和畫論家的主要代表。他的論點體現在「重神輕形」的主張，而這個主張則與兩漢以來哲學上有關形神的認識和魏晉玄學的輕形重神思想的深刻影響直接有關，也和人物品藻的由重道德才性到重神韻風度的變化密切相連。

　　為了對顧愷之有最深入的了解，我們必須了解他所主張的繪畫理論，因為根據陳傳席先生的看法：

　　　　六朝繪畫創作四大家：戴逵、陸探微、張僧繇、曹仲達。

　　　　六朝繪畫理論四大家：顧愷之、宗炳、王微、謝赫。

> 顧是第一位繪畫批評家；宗、王是山水畫論之祖；謝赫是第一位批
> 評理論家。〔註1〕

依照他對六朝的畫家所做的整理顯示，顧愷之的主要貢獻不在創作，而在畫論：

> 顧愷之是中國繪畫理論的奠基人，在顧之前還未有一篇完整的、正
> 式的畫論。顧不但第一個開創了這個學科，而且提出了一系列正確
> 的主張，其「傳神論」成為中國繪畫不可動搖的傳統。他發現了繪
> 畫的藝術價值在「傳神」，而不在「寫形」，具有劃時代的意義，標
> 誌著中國繪畫的徹底覺悟。顧的畫論之建立，乃是中國繪畫藝術大
> 發展的起點，從此，中國繪畫日新月異，以超乎往昔的驚人速度登
> 上高峰。〔註2〕

這是因為顧愷之曾提出「傳神寫照」之重要命題。《世說新語·巧藝》記載：

> 顧長康畫人，或數年不點目睛。人問其故，顧曰：「四體妍蚩，本無
> 關於妙處，傳神寫照正在阿堵中。」〔註3〕

傳神處應在眼睛，而不在「四體妍蚩」。這裡「傳神寫照」中的「神」，指的就是人的精神，包括人物本身的神明、神情、風神等，在魏晉這個重視本體勝過形質的時代，從《世說新語·賞譽》中諸多篇章之品評中也可以看見，在魏晉玄學與魏晉風度的影響下，人們有一種略形而重神的傾向。以下筆者將列舉顧愷之的三篇關於繪畫的文章，並分別進行論述。

一、〈論畫〉

《論畫》一文，講的是繪畫「模寫要法」。文中對模畫所用的材斜、用筆方法，如何保持原作不變樣，注意人物與佈置等具體問題，都作了明確而切要的論述。顧愷之曾在《魏晉勝流畫贊》一文中，對戴逵的《七賢》、《嵇輕車詩》、《陳太丘二方》、《嵇興》和《臨深履薄》等五幅畫進行了評論。認為：

> 《七賢》，「以比前竹林之畫，莫能及者」；《嵇輕車詩》，「處置意事

〔註1〕 陳傳席：《六朝畫論研究》，臺北：台灣學生書局，1991 年 5 月，頁 25。
〔註2〕 同上註。
〔註3〕 〔劉宋〕劉義慶撰；〔梁〕劉孝標注；〔清〕沈巖撰校語：《世說新語·巧藝》（臺北：臺灣商務印書館，張元濟、王雲五創編：《大本原式精印四部叢刊正編》。景上海涵芬樓藏明嘉趣堂刊本本書三卷坿校語一卷，2011 年 12 月），第 24 冊，卷下之上，頁 116。

既佳，又林木雍容調暢，亦有天趣」；《陳太丘二方》，「太邱夷素似古賢，二方爲爾耳」；《嵇興》，「如其人」；《深臨履薄》，「兢戰之形異佳有裁」。〔註4〕

顧愷之是當時的名士，又是很有影響的畫家，可以設想，他對戴逵繪畫作品肯定性的評論，會推進戴逵的繪畫作品的傳播，從一個方面使他的繪畫爲百工所範。晉顧愷之《論畫》〔註5〕言：

凡畫人最難，次山水，次狗馬臺榭。一定器耳，難成而易好，不待遷想妙得也，此以巧歷不能差其品也。

〈小列女〉　面如恨，刻削爲容儀，不盡生氣，又插置丈夫支體，不似自然，然服章與眾物既甚奇作，女子尤麗衣髻，俯仰中一點一畫皆相與，成其艷姿，且尊卑貴賤之形，覺然易了，難可遠過之也。

〈周本記〉　重疊彌綸，有骨法，然人形不如小列女也。

〈伏羲神農〉　雖不似今世人，有奇骨而兼美好，神屬冥芒，居然有得一之想。

〈漢本記〉　李王首也，有天骨而少細美，至於龍顏一像，超豁高雄，覽之若面也。

〈孫武〉　大荀首也，骨趣甚奇，二婕以憐美之，體有驚據之，則著以臨見妙絕，尋其置陳布勢，是達畫之變也。

〈醉容〉　作人形，骨成而制，衣服幔之，亦以助，神醉耳多有骨俱然，䦨生變趣，佳作者矣。

〈穰苴〉　類孫武，而不如。

〈壯士〉　有奔騰大勢，恨不盡激揚之態。

〈列士〉　有骨俱然，䦨生恨意，列不似英賢之。繫以求古人，未之見也，然秦王之對荊卿，及覆大蘭，凡此類，雖美而不盡善也。

〈三馬〉　雋骨天奇，其騰罩，如躡虛空，於馬勢，盡善也。

〔註4〕　〔唐〕張彥遠著：《歷代名畫記》，卷五，頁8。（百部叢書集成之四十六學津討原第十六函歷代名畫記卷五）（臺北：藝文印書館，民76年12月，線裝書）

〔註5〕　〔唐〕張彥遠著：《歷代名畫記》，卷五，頁7～8。（百部叢書集成之四十六學津討原第十六函歷代名畫記卷五）（臺北：藝文印書館，民76年12月，線裝書）

〈東王公〉 如小吳神靈，居然爲神靈之器，不似世中生人也。

〈七佛及夏殷與大列女〉 二皆衛協手傳，而有情勢。

〈北風詩〉 亦衛手，恐密於精思名作，然未離南中。南中像興即形，布施之象，轉不可同年而語矣。美麗之形，尺寸之制，陰陽之數，纖妙之迹，世所並貴。神儀在心，面手稱其目者，玄賞則不待喻，不然眞絕。夫人心之達，不可惑以眾論，執偏見以擬過者，亦必貴。觀於明識，末學詳此，思過半矣。

〈清遊池〉 不見京鎬作山形勢者，見龍虎雜獸，雖不極體，以爲舉勢，變動多方。(《歷代名畫記》) 〔註6〕

上段畫線部分的意思是：「臺榭建築物等器物，要一絲不苟地依照嚴格規矩結構去畫，雖然難於完備但易於見好，因爲它不需要「遷想妙得」。畫建築物是依靠精密的計算卻毋須傳神，所以不能分別畫的等級。」在此，顧愷之將繪畫對象分爲動、靜兩類，靜者如臺榭，是「一定器」，所以畫來不必想像，「不待遷想妙得」，人與狗馬皆爲動者，山水雖靜，卻又有雲飛水流，具生生之氣，所以顧愷之以自己的體會，定下了「人最難，次山水，次狗馬」的難易次序，畫人就需要用到遷想妙得的方法，林朝成教授在《魏晉玄學的自然觀與自然美學研究》中說：

「遷想妙得」的意思就是「畫家要從主體的感情感知，從各個方面反覆觀察對象，不停地思索，聯想，以指示出對象具備的本質風範，以得其『傳神』之妙。」這麼一來，「遷想」就不爲可見的形象所拘束，又不離形相的直觀感受，「遷想」是方法，「妙得」則是目的，因此「遷想妙得」可視爲愷之繪畫上的創作方法論。〔註7〕

「遷想妙得」既是對有生命者而言，故其實質爲傳神之論。這四個字包含兩層意思：「遷想」是指畫家通過觀察對象物，再深入一步探求和推測其思想感情（指人）和精神氣概（包括人、山水、狗馬），「妙得」是指畫家在逐步掌握了對象物的思想、精神、氣勢之後，經過提煉而獲得的藝術構思，將這樣的聯想透過形象更生動傳神的表達出來。

〔註6〕〔唐〕張彥遠著：《歷代名畫記》，卷五，頁7。(百部叢書集成之四十六學津討原第十六函歷代名畫記卷五)(臺北：藝文印書館，民76年12月，線裝書)

〔註7〕林朝成：《魏晉玄學的自然觀與自然美學研究》，(臺北：花木蘭出版社，2009年5月)，頁83。

二、〈魏晉勝流畫贊〉

「畫贊」這種文學體裁不是對畫的讚揚，也不是評論畫，而是有畫有文同時贊人……在六朝頗爲盛行。

> 衍儁秀，有令望，希心玄遠，未嘗語利。王敦過江常稱之曰：「夷甫處眾中如珠玉在瓦石間」；顧愷之作畫贊亦稱衍：「嚴嚴清峙壁立千仞，其爲人所尚如此。」〔註8〕

> 山巨源無所標明，淳深淵默，人莫見其際，而其器亦入道，故見者莫能稱謂而服其偉。〔註9〕

原作我們見不到了，《世說新語》、《晉書》等書引用其中部分內容，大體可以了解其內容性質，因贊詞與畫無關，所以張彥遠未錄及，他反將原屬於模寫要法的內容冠上了〈魏晉勝流畫贊〉之名。

三、〈模寫要法〉

摹拓是東晉繪畫傳播的一種重要渠道，不像現在擁有影印掃描的技術，過去想要保有書畫或是練習總是需要摹拓。《歷代名畫記》卷二〔註10〕說，顧愷之在繪畫方面有「摩塌妙法」〔註11〕。又說：古時好塌畫，十得七八，不失神采筆縱。」東晉造紙和紡織等手工業的發展以及「摩塌妙法」的運用，都爲複製提供了有利條件。然而，摹塌方式的精進，卻也帶來了許多僞作，助長贗品的傳播，張懷瑾《二王等書錄》〔註12〕云：

〔註 8〕〔唐〕房玄齡等：《晉書》卷四十三王衍列傳。文津閣四庫全書 史部正史類 V.550，頁 463。（北京：商務印書館，2006 年）〔劉宋〕劉義慶撰；〔梁〕劉孝標注；〔清〕沈嚴撰校語：《世說新語・賞譽》（臺北：臺灣商務印書館，張元濟、王雲五創編：《大本原式精印四部叢刊正編》。景上海涵芬樓藏明嘉趣堂刊本本書三卷坿校語一卷，2011 年 12 月），第 24 冊，卷中下，頁 74。

〔註 9〕〔劉宋〕劉義慶撰；〔梁〕劉孝標注；〔清〕沈嚴撰校語：《世說新語・賞譽》（臺北：臺灣商務印書館，張元濟、王雲五創編：《大本原式精印四部叢刊正編》。景上海涵芬樓藏明嘉趣堂刊本本書三卷坿校語一卷，2011 年 12 月），第 24 冊，卷中下，頁 70。《世說新語・賞譽》「王戎目山巨源如璞玉渾金」劉孝標注引晉顧愷之《畫贊》：「濤無所標明，淳深淵默，人莫見其際，而其器亦入道，故見者莫能稱謂，而服其偉量。」

〔註 10〕〔唐〕張彥遠著：《歷代名畫記》（臺北：藝文印書館，民 76 年 12 月，線裝書）卷五，頁 7。（百部叢書集成之四十六學津討原第十六函歷代名畫記卷五）

〔註 11〕按：摩塌，同「摹拓」。

〔註 12〕〔唐〕張彥遠著：《法書要錄》（臺北：藝文印書館，民 76 年 12 月，線裝書）卷四，頁 7。（百部叢書集成之四十五學津討原第十四函法書要錄卷四）

張翼及僧惠式效右軍，時人不能辨。近有釋智永臨寫草帖，幾欲亂
真。至於宋朝多學大令，其康昕、王僧虔、薄紹之、羊欣等，亦欲
混其臭味，是以二王書中，多有僞跡，好事所蓄，尤宜精審。儻所
寶同乎燕石，翻爲有識所嗤也。

姑且不論後世如何運用摹塌的方法，顧愷之這篇〈模寫要法〉可說是史上最
早詳細寫到繪畫摹寫技巧的一篇文章，顧愷之不僅畫藝精湛，也不藏私，這
樣的精神是非常難得的。根據張彥遠《歷代名畫記》記載，顧愷之《魏晉勝
流畫贊》〔註13〕曰：

凡將摹者，皆當先尋此要，而後次以即事。凡吾所造諸畫，素幅皆
廣二尺三寸，其素絲邪者，不可用久而還，正則儀容，失以素摹，
素當正掩，二素任其自正，而下鎭，使莫動其正。筆在前運，而眼
向前視者，則新畫近我矣，可常使眼臨筆，止隔紙素一重，則所摹
之本遠我耳，則一摹蹉積蹉彌小矣，可令新迹掩本迹，而防其近內，
防內若輕物宜利其筆，重宜陳其迹，各以全其想，譬如畫山，迹利
則想動，傷其所以嶷。用筆或好婉，則於折楞不儁，或多曲取，則
於婉者增折。不兼之累，難以言悉，輪扁而已矣，寫自頸已上，寧
遲而不儁，不使遠而有失。其於諸像，則像各異迹，皆令新迹彌舊，
本若長短、剛軟、深淺、廣狹，與點睛之節、上下、大小、醲薄，
有一毫小失，則神氣與之俱變矣，竹木土可令墨彩色輕，而松竹葉
醲也，凡膠清及彩色不可進，素之上下也，若良畫黃滿素者，寧當
開際耳，猶於幅之兩邊，各不至三分，人有長短，今既定遠近以矚
其對，則不可改易濶促，錯置高下也。<u>凡生人亡有手揖眼視而前亡
所對者，以形寫神而空其實對，荃生之用乖，傳神之趨失矣，空其
實對則大失，對而不正則小失，不可不察也。一像之明昧，不若悟
對之通神也。</u>

畫人物，手揖眼視，前面要有對應物，不這樣就會失去傳神的趨向。上文最
後畫線部分之意爲：凡臨摹畫作的人，不能只有手中專一地摹寫、眼看著新
畫而前無所對，也就是不看原作。只想以勾摹出的形寫具有原作水平的神，
而沒有實際對著面前的原作，則原作的依據便乖戾了，傳神旨趣也失掉了。

〔註13〕 〔唐〕張彥遠著：《歷代名畫記》（臺北：藝文印書館，民76年12月，線裝
書）卷五，頁8。（百部叢書集成之四十六學津討原第十六函歷代名畫記卷五）

空其實對則大失，不完全對則小失。一像之得失，不若領悟到「對」的神妙啊！這篇文章原是顧愷之對於摹寫畫作的技巧要法叮嚀，文中的以形寫神近年來被大書特書成爲了顧愷之的繪畫理論之一，一般學者理解爲「以寫形爲手段，而達寫神之目的。」〔註14〕或者說，精神是抽象的東西，要通過形體和實對這些具體的東西來表現。事實上，葉朗先生在《中國美學史大綱》說：「就中國繪畫史的事實來推論。從顧愷之以後，一直到清代，畫家和畫論家在引述、發揮顧氏美學思想時，從不提『以形寫神』。可見這不是他的主張，『以形寫神』的命題加到顧氏身上，是近幾年才有的。」〔註15〕在這裡我們可以釐清這部分的誤解。後人的解釋，雖有違顧愷之原意，但與其宗旨相合而另生詮釋的意義脈絡，則可併入其它兩個命題來討論，沒有必要橫加一命題。所以，我們討論顧氏美學思想，該以「傳神寫照」、「遷想妙得」爲焦點。

第二節　顧愷之的美學思想

　　由於顧愷之之最大的學術成就在於其美學思想，故筆者特將其美學思想標出論述，並且因爲本論文的重點在於文學史上顧愷之三絕的研討，而不在於鑽研美學史上的思想，於是本節會簡潔扼要的介紹顧愷之最爲人樂道的美學思想，即「傳神寫照」與「遷想妙得」。

一、「傳神寫照」

　　「傳神寫照，正在阿堵中。」又並不是皆能臻神妙之境的。「寫照」一詞，源於佛學，如佛肇《般若無知論》就有「神無慮，故能獨王於世表；智無知，故能玄照於事外」〔註16〕之說。從反面而言，慧遠《明報應論》則云：「無明掩其照，故情想凝滯於外物」〔註17〕，所以「照」是主體的神妙感知能力，「寫照」就應表現出人的心靈、智慧。大概是嵇康〈贈秀才人軍〉詩中「俯仰自

〔註14〕見劉綱紀：《中國美學史》第二卷（臺北：谷風出版社，1987）。此外，林同華：《中國美學史論集》（臺北：丹青圖書公司，1988），頁81；敏澤：《中國美學思和史》（濟南：齊魯書社，1989年）都抱持類似的看法。

〔註15〕葉朗：《中國美學史》（臺北：文津出版社，1996年1月），頁128。

〔註16〕見：〈念佛三昧詩集序〉，《全晉文》卷164，收錄於嚴可均校輯：《全上古三代秦漢三國六朝文》（京都：中文出版社，1972），頁2412。

〔註17〕〔梁〕釋僧佑、〔唐〕釋道宣撰：《弘明集 廣弘明集》（上海：上海古籍出版社，1991年8月），頁34。

得，游心太玄」〔註18〕的心靈能玄照事物，游於大道，詩人的「目送歸鴻」
是一種意味深遠的「悟對通神」，在畫家，對此作「以形寫神」就顯得力拙，
所以顧愷之爲之感慨：「畫『手揮五弦』易，『目送歸鴻』難。」〔註19〕

「神」的觀念在藝術理論中的確定，意味著心靈、精神已明確地成爲藝
術的表現對象。形神論的興起也爲顧愷之提出「傳神」理論奠定了基礎。東
晉以來，由於佛學的興盛，「形盡神不滅」的觀點得到了廣泛傳播。慧遠著《沙
門不敬王者論》五篇，其中就專門有一篇爲《形盡神不滅》。慧遠說：「神也
者，圓應無生，妙盡無名，感物而動，假數而行。感物而非物，故物化而不
滅，假數而非數，故數盡而不窮。」〔註20〕在慧遠看來，「傳神」是在佛教生
死輪回的意義上說的。「神」是一種純粹、奇妙、永恆的，不隨外物的死亡而
消失，也不隨規律的變化而走到盡頭。因此，只有擺脫物質的現實世界，而
追隨於精神的活動才能得到解放。「神不滅論」提出精神可以超越現實，精神
可以超越個體有限的生命。神可以不受形的限制，縱心於天上地下，古往今
來，它把精神活動與身體行爲區別開，揭示出精神活動能超越形體的特殊規
律。

顧愷之在重「神」的同時，並不是不重「形」，以至在繪畫時可以忽略形
的存在，而是明確區分了「形」和「神」，指出「形」的描畫是爲了「寫神」。
「形」相對「神」處在從屬地位。「形」的描畫不能脫離「寫神」，脫離了「寫
神」的「形」不具有藝術的意義與價值。受玄學的「得意忘象」的影響，顧
愷之提出「以形寫神，空其實對，則荃生之用乖，傳神之趨失矣」。〔註21〕這
顯然把「形」看作是用以傳「神」。荃通筌，指捕魚的器皿。道家和玄學都經
常用「得魚忘筌」來喻「得意忘言」或「得意忘象」。如果形的描繪不能產生
捕捉人物之「神」的作用，那就是「荃生之用乖，傳神之趨失矣」。繪畫不應

〔註18〕 逯欽立：《先秦漢魏晉南北朝詩》（臺北：木鐸出版社，1988 年 7 月。）魏詩
卷九嵇康詩，頁 482。

〔註19〕 〔劉宋〕劉義慶撰；〔梁〕劉孝標注；〔清〕沈巖撰校語：《世說新語‧巧藝》
（臺北：臺灣商務印書館，張元濟、王雲五創編：《大本原式精印四部叢刊正
編》。景上海涵芬樓藏明嘉趣堂刊本本書三卷坿校語一卷，2011 年 12 月），第
24 冊，卷下之上，頁 116，第十四條。

〔註20〕 〔梁〕釋僧佑、〔唐〕釋道宣：《弘明集 廣弘明集》卷五（上海：上海古籍出
版社，1991 年 8 月），頁 81。

〔註21〕 〔唐〕張彥遠著：《歷代名畫記》（臺北：藝文印書館，民 76 年 12 月，線裝
書）卷五，頁 9。（百部叢書集成之四十六學津討原第十六函歷代名畫記卷五）

拘泥於外在的形似，形象根本的目的在於「寫神」、「傳神」雖然顧愷之強調「以形寫神」，並沒有對「形」加以揚棄，在論到《北風詩》一畫時，顧愷之專門論述了繪畫的「形」之美。他說：「美麗之形，寸尺之別，陰陽之數，纖妙之跡，世所並貴」。〔註22〕這是對於繪畫的「形」之美的充分肯定，同時也包含了對繪畫的「形」之美的深刻感受與理解。關於形的問題，此後的畫論裡有許多關於此的描述，在繪畫技法上，造型準確也是繪畫的基本要求之一。齊白石曾說過，繪畫「妙就妙在似與不似之間，太似則媚俗，不似則欺世」，恰當處理了形在繪畫中的位置。

二、「遷想妙得」

　　為了把握物件的典型特徵和人物的內在精神，顧愷之提出了「遷想妙得」。要求畫家不應為描繪物件的表面印象所拘束，而必須充分發揮自己的藝術想像，通過廣泛的聯想和想像，捕捉那些足以體現人物精神性格的典型環境和典型特徵，並通過巧妙的手法生動地表現出來。畫裴楷的頰上三毛和畫謝幼輿在岩石裡，就是顧愷之遷其想而得其妙的具體實例。

　　「遷想妙得」與「以形寫神」相輔相成。前者是總的要求，後者是具體的手段和實現的過程。如果單純追求形貌之似，就不必遷其想；如果表現神韻，就只有遷其想才能得之於妙。遷其想，則不拘於對象的細節之真，不單純追求形似，而是以豐富的想像、活躍無拘的聯想，得妙於神。這也是一般工匠所難以勝任的。

　　「遷想妙得」的創作思想與魏晉以來「文的自覺」有關，尤其是藝術想像論的漸趨成熟，使之從文學而影響到繪畫。陸機《文賦》有「精騖八極，心游萬仞」，「浮天淵以安流，濯下泉而潛浸」，「觀古今於須臾，撫四海於一瞬」諸語，以說明藝術想像的窮高極遠，突破時空之限而經「或因枝以振葉，或沿波而討源。或本隱以之顯，或求易而得難」的選擇、概括之後，才能「函綿邈於尺素，吐滂沛乎寸心」，「籠天地於形內，挫萬物於筆端」，完成藝術形象的創造。其實，前引《文賦》的前六句就是「遷想」，後四句就是「妙得」。顧愷之雖未作此鋪展，但「悟對通神」，「神儀在心，而手稱其目」，「貴觀於明識」等，亦是畫論中見《文賦》精神，含「遷想」

〔註22〕〔唐〕張彥遠著：《歷代名畫記》（臺北：藝文印書館，民76年12月，線裝書）卷五，頁7。

之意而尤見「妙得」。顧愷之的繪畫思想體現了人們對繪畫創作規律的認識開始深入。儘管他對繪畫的思惟規律不曾像《文賦》那樣，做出具體細致的描繪，但在總趨向上卻是一致的，明顯地表現出從藝術功能的認識到藝術內部規律認識的進一步變化，反映了士大夫內心情感的抒發提到了整個藝術實踐的發展日程。

「遷想妙得」又與魏晉以來玄、佛思想有關。被看作魏晉玄學先驅的劉劭《人物志‧九徵》，就有「凡有血氣者，莫不含元一以爲質，稟陰陽以立性，體五行而著形。苟有形質，猶可即而求之」〔註23〕一說，且在著名的「徵神見貌，則情發於目」之前，又有「色見於貌，所謂徵神」一語，劉昺注云：「貌色徐疾，爲神之徵驗。」這樣，對「貌色徐疾」的「神之徵驗」作「即而求之」，就要體現爲一個過程，對於捕捉物件的「神」的畫家來說，必然通向於「遷想妙得」。佛學家如慧遠，在《沙門不敬王者論》〔註24〕中，不僅認爲「神者，極精而爲靈者也」〔註25〕，而且神「物化而不滅」，能「潛相傳寫」而如火之傳薪。這一「潛相傳寫」已帶出了「遷」的概念，稍後於顧愷之的僧肇更有《物不遷論》，對魏晉玄學中的動靜問題進行了繼續討論。顧愷之的「遷想妙得」兼具玄、佛色彩，是對「神之徵驗」作「即而求之」，但又不拘於形象，且超越、遷想於形象之外，妙得「潛相傳寫」之「神」。《世說新語‧賞譽》有「王戎目山巨源『如璞玉渾金，人皆欽其寶，莫知名其器』」〔註26〕一則，注引顧愷之《魏晉勝流畫贊》云：「濤無所標明，淳深淵默，人莫見其際」等語。〔註27〕要表現山濤「淳深淵默」之神，就要「遷想妙得」，其實，對裴楷、謝鯤等肖像的處理，也都體現了「遷想妙得」的精神。

當然，最能體現顧愷之「遷想妙得」繪畫思想的，當屬他的人物畫設計

〔註23〕〔三國魏〕劉劭：《人物志‧九徵》，（臺北：金楓出版社，1986年），頁9。

〔註24〕〔梁〕釋僧佑、〔唐〕釋道宣：《弘明集 廣弘明集》卷五（上海：上海古籍出版社，1991年8月），頁81。

〔註25〕同上註。

〔註26〕〔劉宋〕劉義慶撰；〔梁〕劉孝標注；〔清〕沈巖撰校語：《世說新語‧賞譽》（臺北：臺灣商務印書館，張元濟、王雲五創編：《大本原式精印四部叢刊正編》。景上海涵芬樓藏明嘉趣堂刊本本書三卷坿校語一卷，2011年12月），第24冊，卷中下，頁70。《世說新語‧賞譽》「王戎目山巨源如璞玉渾金」劉孝標注引晉顧愷之《畫贊》：「濤無所標明，淳深淵默，人莫見其際，而其器亦入道，故見者莫能稱謂，而服其偉量。」

〔註27〕同上註。

稿《畫雲臺山記》。《畫雲臺山記》一文，闡明的主要是有關山水畫的畫法。
從中可以看到顧愷之畫山水時，在設色、畫天空、畫倒影、插置人物、點綴
鳥獸和整個佈局等方面的一些方法和技巧。對畫中的人物，他作了這樣的設
計：

> 畫天師瘦形而神氣遠，據硐指桃，迴面謂弟子。弟子中有二人，臨
> 下到身，大怖，流汗失色。作王良（按，應爲王長）穆然答問。而
> 超（按，應爲趙）升神爽精詣，俯盼桃樹。又別作王、趙趨，一人
> 隱西壁傾巌，餘見衣裾，一人全見室（按，應爲空）中，使輕妙泠
> 然。〔註28〕

據研究，所畫是葛洪《神仙傳》中張道陵七試趙升的故事。魏晉士大夫多服
藥，《世說新語‧容止》第十六則：

> 王丞相見衛洗馬曰：「居然有羸形，雖復終日調暢，若不堪羅綺。」
> （世說‧容止）〔註29〕

衛玠有「璧人」之稱，但這頭號美男子卻極瘦，可見當時以瘦爲美。神仙中
人，餐霞飲露，辟穀食氣，能身輕飛升。所以顧愷之設計的張天師「瘦形而
神氣遠」，確兼有身份與時尚特點，且傳其神，而趙升與他人的對照，也足見
其間不同。對於環境之「遷想」亦極妙，山「抱峰直頓而上」，「畫絕險之勢」，
對於張道陵考驗弟子極宜，且文字很美。〈畫雲臺山記〉原文曰：

> 山有面，則背向有影，可令慶雲西而吐於東方。清天中，凡天及水
> 色，盡用空青，竟素上下以映日西，去山別詳，其遠近發跡，東基
> 轉上，未半作紫。石如堅雲者，五六枚夾岡乘其間，而上使勢蜿蟺
> 如龍，因抱峯直頓，而上下作積岡，使望之蓬蓬然，凝而上。次復
> 一峯，是石東鄰向者，峙峭峯西，連西向之，丹崖下據絕硐，畫丹
> 崖臨澗上，當使赫巇隆崇，畫險絕之勢，畫天師瘦形而神氣遠，據
> 硐指桃，迴面謂弟子，弟子中有二人，臨下到身，大怖，流汗失色。

〔註28〕〔唐〕張彥遠著：《歷代名畫記》（臺北：藝文印書館，民76年12月，線裝
　　　　書。）卷五，頁7。（百部叢書集成之四十六學津討原第十六函歷代名畫記卷
　　　　五）
〔註29〕〔劉宋〕劉義慶撰；〔梁〕劉孝標注；〔清〕沈巖撰校語：《世說新語‧容止》
　　　　（臺北：臺灣商務印書館，張元濟、王雲五創編：《大本原式精印四部叢刊正
　　　　編》。景上海涵芬樓藏明嘉趣堂刊本本書三卷坿校語一卷，2011年12月），第
　　　　24冊，卷下上，頁101。

作王良穆然坐答問，而超昇，神爽精詣，俯盼桃樹，又別作王、趙趨，一人隱西壁傾巉，餘見衣裾；一人全見室中，使輕妙泠然。凡畫人坐時可七分，衣服彩色殊鮮，微此正蓋山高而人遠耳，中段東面丹砂絕崿，及廢當使嶄□，高驪孤松植其上，對天師所壁以成碉，碉可甚相近，相近者欲令雙壁之，內悽愴澄清，神明之居必有與立焉，可於次峯頭作一紫石亭，立以象左闕之夾高驪絕崿，西通雲臺以表路，路左闕峯，似巖為根，根下空絕，並諸石重，勢巖相承，以合臨東碉，其西石泉又見，乃因絕際作通岡，伏流潛降，小復東出，下碉為石瀨，淪沒于淵，所以一西一東而下者，欲使自然為圖，雲臺西北二面，可一圖岡繞之上，為雙碉石象，左右闕石，上作狐遊生鳳，當婆娑體儀，羽秀而詳，軒尾翼以眺絕碉，後一段赤圻，當使釋弁如裂電對雲臺，西鳳所臨，壁以成碉，碉下有清流，其側壁外面作一白虎，匍石飲水，後為降勢，而絕凡三段，山畫之雖長當使畫甚促，不爾不稱鳥獸，中時有用之者，可定其儀而用之下為碉，物景皆倒，作清氣帶山下三分倨一以上，使耿然成二重。〔註30〕

致力於研究《畫雲臺山記》的傅抱石先生，在1939年在上海出版的《學術雜誌》第一期中讀到趙景深《論世名言的來源和影響》中的〈張道陵七試趙昇〉一回，將文中原是「超昇」確定為「趙昇」。〔註31〕今日，我們能從葛洪《神仙傳》中找到關於張道陵的故事。傅抱石的發現與研究已相當詳細，之後的學者多半依此而論之，因此，在此不再詳述。目前，大多學者皆同意《畫雲臺山記》是顧愷之描繪道教祖師張天師授徒時的情景，主要敘述張天師第七次試驗趙昇的故事，資料來源為葛洪所寫的《神仙傳》。顧愷之本身即為道教信徒，應熟悉道教的神仙傳奇，且族人與葛洪相識。假若葛洪卒於晉哀帝興寧元年（363），那麼顧愷之約莫為十六七歲的青少年人，兩人或許有機會相見。身為道教徒的顧愷之，應相當熟悉葛洪關於道教的經典著作：《抱朴子》、《神仙傳》等，並參考作為入畫的題材。

〔註30〕 〔唐〕張彥遠著：《歷代名畫記》（臺北：藝文印書館，民76年12月，線裝書）卷五，頁7。（百部叢書集成之四十六學津討原第十六函歷代名畫記卷五）文中人物應為王長與趙昇，歷代名畫記中之原文為王良、超昇，應為傳鈔上的錯誤。

〔註31〕 傅抱石：《中國古代山水畫史研究》（臺北市：學海，1982年），頁29～30。

顧愷之所設計的紫石、丹崖、絕磵、赤岷、丹砂絕㟌、孤鳳白虎等，與慶雲、清天等大背景，共同營造出神仙境界的特有氣氛，「遷想」之中，亦可見受道教思想影響的顧愷之對道家「神明之居」的嚮往。「對天師所（臨）壁以成磵，磵可甚相近。相近者欲令雙壁之內，悽愴澄清」，由於有山澗低谷與高山互成對比，如此一來，使得山勢更形高聳，令人難以靠近。「作清氣帶山下三分倨一以上，使耿然成二重」，山中有雲氣的繚繞，更可增加朦朧的感覺，而且山有雲煙則能突顯其高聳。加上「可令慶雲西而吐於東方」，有祥瑞之雲氣以增添山的神聖。「石上作狐（孤）遊生鳳，當婆娑體儀，羽秀而詳，軒尾翼以眺絕磵」，以及「其側壁外面作一白虎，匐石飲水」，因雲臺山為「神明之居」，是正神之山，所以會吸引各種祥瑞之獸來此活動。

我們可以認為，這是一篇記載著道教傳說的文章，其背景可能是仙境神域的風水安置，顧愷之據此以突顯出宗教故事的神奇之處，進一步宣揚道教的神妙玄奇之說。

前面我們主要還是在重在闡發「遷想」，下面繼而對「妙得」作些分析。「遷想妙得」四字雖然過簡，但顧氏所說的「神儀在心，而手稱其目者，玄賞則不待喻」，亦可用於解釋前者。

「遷想」而能做到「神儀在心」，就可以進入創作階段了，而「妙得」尚有待「手稱其目」的技藝修養。他在《模寫要法》中說：

> 若輕物宜利其筆，重宜陳其跡，各以全其想。譬如畫山，跡利則想
> 動，傷其所以疑。用筆或好婉，則於折楞不雋，或多曲取，則於婉
> 者增折。不兼之累，難以言悉，輪扁而已矣。〔註32〕

這裡所講的是用筆，舉輪扁之例，是說明「不徐不疾，得之於手而應於心」的重要。從《論畫》的各則評論中，我們又可擇出要點，連貫起顧愷之關於「手稱其目」的思想：畫家除了善於觀察、把握物件本身的美（美麗之形）以外，還要把握正確的比例（尺寸之制），作正確的構圖（臨見妙裁，置陳佈勢），處理好陰陽向背、虛實關係（陰陽之數），以纖勁美妙的筆墨（纖妙之跡）作畫，這樣，終能「達畫之變」而「妙得」。待到完成了「神儀在心，面手稱其目」，「遷想妙得」的藝術創造，鑒畫者就可以在欣賞中獲得超越語言的領悟、感受，至「玄賞則不待喻」之境。

〔註32〕〔唐〕張彥遠著：《歷代名畫記》（臺北：藝文印書館，民76年12月，線裝書）卷五，頁8。《《百部叢書集成》之四十六學津討原第十六函歷代名畫記卷五）此處張彥遠將其命名為魏晉勝流畫贊。

顧愷之的「以形寫神」、「遷想妙得」的繪畫思想，爲我國古典畫論奠定了基礎，對後世的影響甚大。觀後人所評，顧愷之的「妙得」並非欺人之談。若謂張彥遠《歷代名畫記‧論顧陸張吳用筆》評其「緊勁聯綿，迴圈超忽，調格逸易，風趨電疾」〔註33〕還覺抽象，那麼米芾《畫史》所說顧愷之《女史篇》橫卷「筆彩生動，髭髮秀潤」〔註34〕，湯垕《畫鑒》所說的「顧愷之畫如春蠶吐絲」〔註35〕，「有不可以語言文字形容者」，「其筆意如春雲浮空，流水行地，皆出自然。傅染人物容貌以濃色，微加點綴，不求藻飾」。就可證「美麗之形」、「尺寸之制」、「纖妙之跡」等說乃名不虛傳了。

第三節　對顧愷之畫作之歷代評價

顧愷之的畫開啓了中國古典繪畫的新時代，後來的學者在他的繪畫技能上的研究已經積聚了很多成果，但多是從美術技巧上著手，特別是針對他的筆法有許多描述，如張彥遠《歷代名畫記》言：

> 或問余以顧陸張吳用筆如何？對曰：「顧愷之之迹，緊勁聯綿，循環超忽，調格逸易，風趨電疾，意存筆先，畫盡意在，所以全神氣也。」
> 〔註36〕

顧愷之所作人物畫，善於用緊勁而連綿不斷的筆法，如風趨電疾，灑脫飄逸；並以人物面部的複雜表情，來隱現其內心的豐富情感；衣服線條流暢而飄舉，優美生動。他還善繪風景，所作樹木、山巒，佈置有致；或水不容泛，人大於山，充滿藝術魅力。晚年筆法如春蠶吐絲，似拙勝巧，傅以濃色，微加點綴，不作暈飾，而神氣飄然，饒有浪漫主義的色彩。南朝陸探微、唐代吳道子等皆臨摹過他的畫跡。清‧王毓賢《繪事論考》論述顧愷之：

> 博學有才氣，畫入神品，筆法如春蠶吐絲，初見甚平易，細視之六

〔註33〕同上註，卷二，頁 4。

〔註34〕〔北宋〕米芾：《畫史》，收入盧輔聖主編，《中國書畫全書》，（上海：上海書畫出版社，1993 年），冊 1，頁 978～989。

〔註35〕〔元〕湯垕：《畫鑒》一卷，輯入《百部叢書集成》之二十四學海類編（臺北：藝文印書館，民 76 年 12 月，線裝書），頁 1。

〔註36〕〔唐〕張彥遠著：《歷代名畫記》，卷二，頁 4。（百部叢書集成之四十六學津討原第十六函歷代名畫記卷二）（臺北：藝文印書館，民 76 年 12 月，線裝書）

法兼備。傳染以濃色，微加點綴，不求暈飾，當時謂之三絕：畫絕、

才絕、癡絕也。〔註37〕

藝評家在評點顧愷之繪畫時，說他的「筆法如春蠶吐絲，初見甚平易，且
虧形似，細視之六法兼備」。所謂「六法兼備」是援引謝赫所提出的繪畫六
法：氣韻生動、骨法用筆、應物象形、隨類賦彩、經營位置、傳移摹寫。
顧愷之筆下的人物線條圓轉，後人稱之為「春蠶吐絲」，因為線條描法像是
游絲般細緻，所以這種筆法也被稱做「高古游絲描」，技法上受篆書影響。
顧愷之的繪畫氣味古樸，其用筆的功力，線條的質量，都是後人很難達到
的。在理論與畫藝上的重要成就有二：〔註38〕一是站在漢代傳統基礎上吸
收西方傳來的新知識新技術，又在現實的新形勢下，發展了中國現實主義
的繪畫，使他既沒有停留在過去的階段，也沒有被西域的佛教藝術作風所
奪走。二是在人物、史實和宗教畫上，顧愷之更能體現現實藝術的最高要
求，突出地表現人物的真實感情，能捉取典型、創造典型並側重刻畫精神
的一面。

在此，筆者想要重新省視顧愷之的藝術成就，將畫藝的成就與畫論的影
響，更深入的分析探究。據傅抱石先生對顧愷之的評價言：

顧愷之在中國畫學演進史是開山祖，在中國的山水畫史上也是一位
獨闢弘途的功臣，他不但代表了第四世紀初葉前後的畫壇，今日看
起來，也許足以稱為第七世紀以前的唯一大家。〔註39〕

但陳傳席先生認為：

其實顧愷之的主要貢獻在畫論。因無可靠的畫迹存世，對他的畫難
做結論。但把他的畫稱為六朝最傑出的，卻是沒有根據的。〔註40〕

謝赫《古畫品錄》則將顧愷之的畫列為第三品，陳傳席言：「謝赫是親眼看見
他們的畫之後才評論的。謝赫對顧愷之評價低到如此程度，應當引起我們高
度的重視。〔註41〕」他認為，只要沒有可靠的畫跡傳世，就不足以稱為好的
作家，更認為顧愷之之所以被譽為畫絕是因為名望太高的緣故，而於其畫論

〔註37〕〔清〕王毓賢著：《繪事備考》（臺北：台灣商務印書館，1986年）卷二，頁9。

〔註38〕李浴：《中國美術史綱》（臺北：華正書局，2006年9月），頁88～91。

〔註39〕傅抱石：《中國山水畫史的研究》，（臺北：學海出版社，1982年），頁43。

〔註40〕陳傳席：《六朝畫論研究》，臺北：台灣學生書局，1991年5月，頁1。

〔註41〕同上註，頁3。

對後世的影響，陳氏則十分認同，唯獨對顧愷之的畫是否真的同傳聞一般，
他卻舉謝赫的評語以質疑之：

> 謝赫的品評之所以未成定鑒，因為顧愷之的名望太高。顧本是當時
> 社會的名流，他被譽為：「才絕、癡絕、畫絕」。〔註42〕

換句話說，便是認為，倘若顧愷之沒有那麼高的名望，事實上他的畫作不足
以與名相稱。

> 「在繪畫方面，最早推崇他的人是謝安……謝安說顧的畫『蒼生以
> 來，未之有也』」但謝赫卻提出不同的看法，首先奮起反對的人就是
> 姚最：「姚最《續畫品》：『顧公之美，獨擅往策，荀、衛、曹、張、
> 方之蔑然，如負日月，似得神明，慨抱玉之徒勤，悲曲高而絕唱，
> 分庭抗禮，未見其人，謝云「聲過其實」，可為於邑』」從名望來論
> 述和分解，缺乏實事求是的態度，不可輕信。〔註43〕

甚至抨擊姚最在《續畫品》裡為顧愷之辯解的話，說他缺乏實事求事的態度：

> 謝赫云：「深體精微，筆亡妄下，但跡不迨意，聲過其實，在第三品
> 姚曇度下，毛惠遠上。」「深體精微」是說顧對於繪畫中所應要表現
> 的內容體驗的深刻，很精確，很微妙。這主要是指他的畫論而言的。
> 「筆亡妄下」是說他不隨便下筆，下筆便非常認真慎重。「跡不迨意」
> 是說他的畫不能表達自己的意圖，不能達到他所要追求的意境。
> 〔註44〕

因此，我們首先回到時代背景來探討。從漢朝到魏晉，審美觀點也與學術思
想的變遷密切相關。爭戰不斷的魏晉南北朝可以分為三個時期，最初的西晉
時期儒、道家相安共存，第二個時期由東晉至宋齊，此時期，儒家不再受到
知識份子的推崇，加以佛學逐漸受到重視，是道（玄）、佛共存的時期，第三
個時期為梁，由於皇帝的推崇，佛教成為一支獨秀的思想體系。

著有《畫品》的謝赫生長在第一個時期（儒、道溝通）與第二個時期（道、
佛興盛）之間，因此，他對畫的評鑑除了用玄學思想外、其實也攙雜著儒家
的美學思想。儒家強調「入世」，因此倫理、名教很被強調，把這種精神放在
畫作上，便如文以載道一般，強調畫作要有褒貶人物的功能；相反的，玄學

〔註42〕陳傳席：《六朝畫論研究》，臺北：台灣學生書局，1991 年 5 月，頁 3。
〔註43〕同上註，頁 5。
〔註44〕同上註，頁 6。

思想來自道家，是一種「出世」的學問，名士們朝隱並寄情山水，越名教以任自然。

　　人與自然的和諧表現在藝術，此時期山水畫因而大興，「美」的地位因此提高了。這種玄學精神表現在畫作上，是一種追求個人情感奔放的風格，畫家筆法清麗秀美，筆下人物秀骨清像、放蕩不羈，此時期出名的畫家曹不興、衛協、顧愷之等人都以這種細緻的密體畫而出名，這種畫法也深受謝赫的推崇。

　　六法是甚麼？謝赫《古畫品錄》云：「一曰，氣韻，生動是也，二曰，骨法，用筆是也，三曰，應物，象形是也，四曰，隨類，賦彩是也，五曰，精營，位置是也，六曰，傳移，模寫是也。」〔註45〕六法之中，「氣韻生動」是作品的最高境界，其他五法都只是達到「氣韻生動」的手段，而「氣」本身又指畫的生氣、將人物融於畫中的化氣、與帶有畫作精神的神氣，氣一字指存在於生活中有形的、可見的力量，故也帶有「陽」的概念，而韻字也等於「運」，意指運動中、不可見的事物。

　　六法之二，「骨法用筆」，此法特指用筆的筆力與筆勢，骨字可指具有畫作獨特風格的骨風、與代表畫作筆法的骨相。

　　六法之三，「經營位置」，此法特指畫家對畫面的布局與安排。

　　六法之四，「隨類賦彩」，以積極的角度看來，「賦」字可視為賦予之意，即以主體性賦予畫作不同的色彩，然而，若以消極的角度，「賦」字也可以當「敷」字解，即對象應是什麼顏色，就上什麼顏色。

　　六法之五，「應物象形」，積極的來看，「應」可視為應該，即原本不存在，而照客體應有的樣子加以描繪，消極的來看，「應」可視為對應，即照客體原本的樣子作畫。

　　六法之末，「傳移模寫」，即臨摹物體原本的樣子。

　　由最初談到的氣韻生動到傳移模寫，分別是謝赫品評畫作的優劣順序，不過由最末到氣韻生動，卻是畫者學習的過程，謝赫六法可說是中國現存最早的美術史專論著，其地位不可小覷。在謝赫眼中，畫家各有所長，六法是各自獨立的，不過只有衛協、陸探微兩人六法都精通，而這兩人都是密體畫家，因此確定了謝赫喜愛密體畫的事實。

〔註45〕〔唐〕張彥遠著：《歷代名畫記》（臺北：藝文印書館，民76年12月，線裝書。）卷一，頁15。（百部叢書集成之四十六學津討原第十六函歷代名畫記卷一）

　　至於身爲衛協之徒、陸探微之師，被夾在這兩者之間的顧愷之卻只得到第三品的評價，原因是謝赫認爲他的畫作雖然表達了很高的精神，筆法卻不足與他崇高的理念相提並論，跡不迨意。然而，繼謝赫之後的魏晉品畫家，著有《續畫品》的姚最，卻認爲謝赫低估了顧愷之，並爲此打抱不平。

　　由於姚最處於魏晉南北朝第三期，當時佛教盛行，因此品畫時十分注重佛學中「空」的思想，換句話說，畫的內容、筆法不再那麼重要，重要的是畫所傳達的「神」，顧愷之傳神的畫法因而在此時期開始大受推崇，甚至到後代對他的評價都是很高的，其言曰：

> 至如長康之美，擅高往策，矯然獨步，終始無雙。有若神明，非庸識之所能效，如負日月，豈末學之所能窺？荀、衛、曹、張，方之蔑矣，分庭抗禮，未見其人。謝、陸聲過於實，良可於邑，列于下品，尤未所安。〔註46〕

而唐・李嗣眞則言：

> 顧生天才傑出，獨立無偶，何區區苟、衛而可濫居篇首？不興又處顧上，謝評甚不當也。顧生思侔造化，得妙物於神會，足使陸生失步，苟侯絕倒。以顧生之才流，豈合甄於品匯？列于下品，尤所爲安。今顧陸請同居上品。〔註47〕

另，張懷瓘亦有絕高的評價：

> 顧公運思精微，襟靈莫測，雖寄迹翰墨，其神氣飄然在煙霄之上，不可以圖畫間求。象人之美，張得其肉，陸得其骨，顧得其神。神妙亡方，以顧爲最。喻之書則顧陸比之鍾張，僧繇比之逸少，俱爲古今之獨絕。豈可以品第拘？謝氏黜顧，未爲定鑒。〔註48〕

從顧愷之所處時代來說，東晉士人追求超脫的精神境界，強調個性的張揚，注重品藻，在當時人們心目中士族從形體到精神集中了一切美好。顧愷之肖像畫的中心內容正是畫出這些士人的「風流」之態，這就要在形似的基礎上更能傳達出士流的精神風貌，畫出超然脫俗之神，所以才有「清羸示病之容，隱几忘言之狀」的傳神之作。

〔註46〕〔唐〕張彥遠著：《歷代名畫記》（臺北：藝文印書館，民76年12月，線裝書。）卷五，頁6。（百部叢書集成之四十六學津討原第十六函歷代名畫記卷五）

〔註47〕同上註。

〔註48〕同上註。

　　謝赫雖標舉「六法」之準則，並把「氣韻生動」列於首位，可對真正做到「氣韻生動」的顧愷之卻列於後位，說明謝赫在審美中並不是把神韻放在評價作品的首位。一個畫家有怎樣的審美標準勢必影響到他自己的創作實踐中去，我們來看一下謝赫的繪畫作品，謝赫被張彥遠列為中品下，引姚最的評語如下：

> 貌寫人物，不俟對看，所須一覽，便工操筆。點刷研精，意在切似。
> 目想毫髮，皆無遺失。麗服靚妝，隨時變改，直眉曲鬢，與世事新。
> 別體細微，多自赫始。遂使委巷逐末，皆類效顰。至於氣韻精靈，
> 未窮生動之致，筆路纖弱，不副壯雅之懷。然中興以後，象人莫及。
> 〔註49〕

這段文字對瞭解謝赫的繪畫作品和形神觀念有重大作用，「意在切似」、「皆無遺失」都說明謝赫繪畫作品最大的特點是寫實，追求高度的形似，幾乎能做到毫髮無失的地步。這樣精確的寫實在顧愷之的畫中是沒有的，所以謝赫才批評顧愷之「深體精微，筆亡妄下，但迹不逮意，聲過其實」，在他把顧愷之列入第三品姚曇度下，毛惠遠上，認為他的筆觸達不到所要求的意境的同時，自己卻也被張彥遠列入中品下。以顧愷之畫裴楷像為例，在顧愷之作畫之時，按照他們所處年代來看，他是沒有見過裴楷的，本來就是憑空造像，為傳達神韻，顧愷之又在裴楷臉上多加「三毛」；在畫「眇一目」的殷仲堪時，也沒有如實畫出殷的病目來，而是「飛白拂上」，巧妙地進行處理，這在追求「神似」的人物畫的歷史中歷來被傳為美談。可這在追求「意在切似」的謝赫看來是不能接受的，因為顧愷之沒有按照物件的實際面貌去畫，以高度「形似」的標準來衡量顧愷之的作品，顧愷之的畫當然會被歸於下品。

　　「別體細微，多自赫始」說明謝赫的用筆精微謹細，開一代畫風，為了高度寫實的效果只能是儘量追求細節的表現，用筆謹細是追求高度「形似」的必然結果。從當時的社會背景來看，謝赫「重形輕神」是必然的。謝赫生活於齊梁年間，兩晉以來統治階級的腐朽沒落在這個時期達到鼎盛。統治者奢侈糜爛，享樂縱情觀念充斥整個社會。文學上大力提倡繁縟綺靡的文風，帝王、貴族大寫豔情詩，專在辭采上下功夫。從這一時期蕭綱、蕭繹、徐幹、

〔註49〕〔唐〕張彥遠著：《歷代名畫記》（臺北：藝文印書館，民76年12月，線裝書。）卷七，頁2。（百部叢書集成之四十六學津討原第十六函歷代名畫記卷七）

庾吾肩等人的詩詞作品中。可以看出當時文學上的專事辭藻、繁縟雕琢的風氣。文學上的這種豔浮之風勢必影響到其他藝術領域，而這種風氣蔓延的結果就是過分追求形式主義。從姚最《續畫品錄》也能窺見齊梁年間繪畫領域的一些情況，文中記載多位元畫家是善畫美人。這和文學上詠吟的物件一致，反映出當時的社會生活。繪畫作品的賦色豔麗，筆路纖細寫實，迎合了當時的審美愛好，故而對謝赫有「筆路纖弱」的批評。所以張懷瓘說張僧繇像人「得其肉」，在特定的社會風氣下，只能是「得其肉」，這是那個時代肖像畫家普遍存在的問題，可說是一個時代的審美風尚：只在乎豔麗繁縟的寫實，不會顧及到更高的一個精神境界——傳神，謝赫身處其中，必然「重形輕神」。

綜上所述，由於社會及謝赫自身審美的原因，在謝赫實際的繪畫品評中並沒有按照「六法」的標準，在品評中體現了他「重形輕神」。因此，就像迦達默爾（H.Gadamer）詮釋學所提及的構成物概念，當一個作品受到觀賞者的欣賞，便形成了一種轉化，成為一種構成物，只有在每次的被展現過程中才達成了他的完全存在。謝赫與姚最的論點其實不存在誰對誰錯，因為他們在觀賞顧愷之的作品時分別以自己所處的時代背景與觀感，與作品進行交流，並形成了各自的構成物。

即使他們所見到的顧愷之的作品是同一件，也因著擁有不同的標準而對作品有不同的評斷；即便到現在顧愷之的作品已經沒有流傳下來，我們仍然以著他作品的摹本或是過去對他畫作及畫論的評論不斷的在作比較，想找尋到一個真相。

事實上真相從來不曾存在，所謂的歷史事實不過是少數人對歷史的描述與詮釋，就像尼采說的：「一切不過都是解釋。」我也可以大膽的跳出來說謝赫不對，因為他沒有到達顧愷之的傳神的境界，因此對他而言，顧愷之的作品只能說是「跡不逮意，聲過其實」〔註50〕，但我知道這樣的說法也是沒有根據的，因為我們早已不在同一個時代空間。但不可諱言的，顧愷之對後世的影響相當的廣泛，如常德強說：

> 與顧愷之同為「六朝三傑」的陸探微、張僧繇即師其法，此後的孫
> 尚子、田僧亮、楊子華、楊契丹、鄭法士、董伯仁、展子虔、閻立

〔註50〕〔唐〕張彥遠著：《歷代名畫記》（臺北：藝文印書館，民76年12月，線裝書。）卷五，頁6。（百部叢書集成之四十六學津討原第十六函歷代名畫記卷五）

本、吳道子、周防等眾多巨匠無不摹寫顧愷之的畫跡，受到他的影響。〔註51〕

除了在畫跡上無所不在的影響之外，他所開創的傳神理論，更成為了中國繪畫獨特風格的源頭，牛豔青在《六朝畫論中的傳神論研究》說：

> 正是顧愷之開創的傳神論，比較全面地接觸到了中國繪畫的藝術規律，才推動了歷代繪畫藝術的健康發展，才促使了具有中國繪畫獨特民族風格的形成與發展。中國繪畫傳神論經歷了由傳神到寫意的演化，繪畫實踐歷史證明，六朝產生的傳神論作為理論源頭，無疑具有強大的生命力。〔註52〕

從顧愷之到謝赫、宗炳、王微，從人物畫論到山水畫論，從側重於對象之神的傳達到越來越重視主體精神意趣的融入，我們可以清楚地看到六朝畫論中傳神論的發展演化。聶瑞辰在〈文人畫祖之我見〉中提出：

> 畫論中，南朝宗炳的「暢神而已」、唐張彥遠的「失于自然而後神」、宋代沈括的「書畫之妙，當以神會」、元代倪攢作畫「以寫胸次之磊落」等提法繼顧愷之之後反復申明以形服務於神、意的思想，直到明清時期達到高潮。〔註53〕

相對於繪畫上的讚譽，歷年來較少見有關於顧愷之才絕與癡絕的研究，在繼〈文人畫祖之我見〉後，聶瑞辰又寫下了〈顧愷之的「癡絕」與「才絕」〉，其中強調了「癡絕」與「才絕」的重要性：

> 以往學術界對顧愷之的研究，總是側重於其繪畫方面的傑出成就，而對其在書法、藝術理論及文學創作諸多方面的成就未加以深入研究。
> 顧愷之能成為中國古代最偉大的畫家之一，擁有「畫絕」這一美譽，就是由其「癡絕」和「才絕」的高深畫外之功所決定的。〔註54〕

歷代對於顧愷之的評論多半在繪畫史上，很少有人從社會文學思想的角度對顧愷之進行研究。但是，毋庸置疑的是顧愷之的畫和社會有密不可分的關係，

〔註51〕常德強：〈《洛神賦圖》情感表達中的三重蘊涵〉《揚州職業大學學報》2008年12月。第十二卷，第四期，頁4。

〔註52〕牛豔青：《六朝畫論中的傳神論研究》河北大學碩士學位論文，2008年6月，頁1。

〔註53〕聶瑞辰：〈文人畫祖之我見〉《天津大學學報》2006年5月，第八卷，第三期，頁2。

〔註54〕聶瑞辰：〈顧愷之的「癡絕」與「才絕」〉《天津大學國際教育學院》，2008年3月，第10卷第2期，頁1。

繪畫只不過是一種表現生命的形式，隱藏在畫面背後的卻是作者對魏晉社會的獨特感受。如果我們可以從魏晉社會的各種角度切入，去了解顧愷之所身處的環境，必定能對於他為什麼會有這樣的見解，有更深入而深刻的了解，這也是為什麼筆者在本論文中希望能夠從他畫絕以外的社會角度，包括政治、家族、交游三個部份去查考顧愷之背景的原因，如此一來，更能了解時代風氣與現實環境對一個人的全面影響，進而從他的才絕與癡絕兩個面向切入析論，如此才能全面的審視顧愷之，更詳實的了解顧愷之身為一個處於魏晉時代的文人的面貌。

小結

透過這麼多歷代畫評家對顧愷之的評價，可以看見其身為中國美學史鼻祖的獨特地位，根據宋・梁谿《書畫徵・顧愷之傳》〔註55〕曰：

> 長康本為千古繪事之鼻祖。

顧愷之在歷代評論家眼中，可歸納為下列評價：

1. 在顧愷之繪畫的成就上，能夠緊抓住其描繪對象的神采韻味，如「負有日月的光輝」〔註56〕，這與他所提倡的的繪畫理論「傳神寫照」是相輔相成的。

2. 在顧愷之的天才來說，為「蒼生以來所未有」〔註57〕。兼具才、癡、畫三絕的顧愷之，可謂獨一無二的傑出者。

3. 在顧愷之的繪畫運思上，是「思侔造化」〔註58〕、「襟靈莫測〔註59〕」、

〔註55〕〔宋〕梁谿：嵇承咸撰：《書畫徵》，引自〔明〕王紱《書畫傳習錄》附刊，頁 677（清・嵇氏層雲閣出版，1813 年），頁 3。

〔註56〕〔唐〕張彥遠著：《歷代名畫記》（臺北：藝文印書館，民 76 年 12 月，線裝書）卷五，頁 6。（百部叢書集成之四十六學津討原第十六函歷代名畫記卷五），姚最《續畫品》之語。

〔註57〕〔唐〕張彥遠著：《歷代名畫記》（臺北：藝文印書館，民 76 年 12 月，線裝書）卷五，頁 6。（百部叢書集成之四十六學津討原第十六函歷代名畫記卷五），引謝安語。

〔註58〕〔唐〕張彥遠著：《歷代名畫記》（臺北：藝文印書館，民 76 年 12 月，線裝書）卷五，頁 6。（百部叢書集成之四十六學津討原第十六函歷代名畫記卷五）

〔註59〕〔唐〕張彥遠著：《歷代名畫記》（臺北：藝文印書館，民 76 年 12 月，線裝書）卷五，頁 6。（百部叢書集成之四十六學津討原第十六函歷代名畫記卷五），引自《畫斷》。

「凝神遐想，妙悟自然〔註60〕」。這與他所提倡的的繪畫理論「遷想妙得」互為印證，並且達到了「離形去智，物我兩忘」〔註61〕的境界。

4. 顧愷之畫作的表達上，是「天然絕倫，神氣飄然在煙霄之上」〔註62〕，不可於圖畫間去追求之。「荀、衛、曹、張」〔註63〕無以與他相比。

　　然而，筆者認為顧愷之不只是在他的繪畫上有傑出的成就，在他的人生觀、價值觀上，其實具有更深刻而美好的信念是值得我們去探討的，他的豁達、似癡而實點的個人風格，留給後人許多能夠去品味的事蹟，其背後的價值是很重大的，他帶領我們去了解魏晉文人的其中一種生動面向，活生生的就是一個才氣縱橫卻充滿孩子氣，能自娛娛人的文藝家，他沉溺於他所鍾愛的藝術，不是為了任何目的，純粹只是因為一種對美的單純喜愛，與人探討書畫的時候或是沉醉於創作吟詠詩歌中的他，甚至可以通宵達旦，在所不惜，他也嚮往古代的名畫，細心的一一評點，對於他所喜愛的事物，他是可以投入全心全意，樂在其中的，但他所執著的並不是擁有物質上的藝術品，而是全心投入在藝術創作中的過程，就是他最大的享受了，也因如此，他儘管投入繪畫，卻並不因著畫卷被偷而生氣，而只是笑著說妙畫通靈，那是一種多麼豁達的胸懷！物質本就是生不帶來、死不帶去的，而顧愷之就是能夠看透這些物質上的存在是次要的，而準確地抓住主要的精神上的意義，享受他在繪畫與文學創作上的美好過程，這樣的人生觀必然也是他之所以能畫出傳神畫作並且創發出不朽畫論的主要原因。

　　所以，除了美學史上對他的探討以外，身為一個顧愷之的研究者，需要去全面的了解顧愷之，他的生命歷程本身就是一幅極美極生動的畫作，若我們省略了顧愷之的才絕與癡絕去看顧愷之的話，簡直就像是管窺蠡測一般，

〔註60〕〔唐〕張彥遠著：《歷代名畫記》（臺北：藝文印書館，民76年12月，線裝書）卷五，頁6。（百部叢書集成之四十六學津討原第十六函歷代名畫記卷五），引自《論畫體工用搨寫》。

〔註61〕同上註。

〔註62〕〔唐〕張彥遠著：《歷代名畫記》（臺北：藝文印書館，民76年12月，線裝書）卷五，頁6。（百部叢書集成之四十六學津討原第十六函歷代名畫記卷五），引自《畫斷》。

〔註63〕〔唐〕張彥遠著：《歷代名畫記》（臺北：藝文印書館，民76年12月，線裝書）卷五，頁6。（百部叢書集成之四十六學津討原第十六函歷代名畫記卷五），引自《宣和畫譜》。

無法看見全面的顧愷之，即使真的發現了顧愷之的原作，從頭到尾的比較其中所有的顏色、線條、畫風，若是沒有抓住顧愷之最重要的精神，那也就像是顧愷之自己在模寫要法裡說的，是「以形寫神而空其實對，荃生之用乖，傳神之趨失矣」，信然！

結　論

　　藝術不是生活的印記與翻版，它是生活中極致的、能動的反映，是生活的濃縮與提煉。藝術創作是朝著既源於生活又不拘泥於生活的新奇的方向去發展與飛躍的。當我們崇尚顧愷之畫的同時，更必須了解其創作是他生活的反映，找尋其生命中藝術靈感的根源是相當重要的，因此，本文一反過去對顧愷之的論述，從歷史角度切入談顧愷之當代的時代背景、家族考證與宗教信仰，力求找尋顧愷之生命源頭與人格特質的由來。

　　身為士族門閥子弟，讓他不須憂心衣食祿位，而有更多條件從事自己最愛的文藝創作，祖先的成就推動了他的立志上進，這是家族所帶給他的影響；而東晉處於佛道匯流衝擊下的時代，這造就了他創新不流俗的思維，也為其「才絕」與「畫絕」提供了充分的養料；而政治上，身處軍閥幕僚的他不得不發輝其「癡絕」的政治智慧。種種因素彙集，共同形成了我們所看見的顧愷之，他之所以能夠創發出新一代的畫論並擁有「才、癡、畫三絕」的稱號，確實跟他身處在東晉中期偏安之政局，有強烈的關係性。

　　正如隱與秀的相反相成，藝術的和諧往往是與不和諧互為條件的。兩種對立的因素共同構成了一個整體，如動與靜、悲與喜、剛與柔、拙與巧、虛與實、形與神。每一對矛盾著的兩個側面互相排斥卻也互相依存，形成了鮮明的對照。戲劇中的中場、國畫的飛白、旋律的休止符，都是這種原理，在顧愷之的身上，我們看見了才、癡、畫三個元素的共榮共存，當我們用不同的角度去探究顧愷之，就能夠在關於這部分的領域更深入的挖掘、突破與創新。

　　三絕恰如鼎立，癡是他的內在思維；而才與畫是他的外在表現，若沒有顧愷之的博學才氣與玄理思維，就無以成就矜誇的過人自信並立足於朝廷；

沒有幽默豁達的人生哲學，就無以朝隱於東晉的偏安政局並醉心於文藝；沒有過人的畫藝與理論，就無以超越歷代的繪畫成就並流傳於後世。如同一顆鑽石，正因為有多個面向的切割，故更可折射出耀眼奪目的光彩，顧愷之的三絕也是如此，顧愷之不僅聰穎而且懂得隱藏自我的銳氣，只是盡情的揮灑其縱橫的才氣，與豐富的書畫巧藝，他的個性率真通脫，好矜誇、工諧謔，並帶有癡黠的意趣，這樣的個性不只是使其交遊廣泛，既能同上層權貴密切相處，又能與一般人相互稱譽、彼此取笑，也間接有助於他的藝術投入。因為不同流俗的「癡絕」，所以顧愷之能夠心無旁騖地沉醉於藝術文學，且淡泊於名利地位的他，能以癡黠各半的方式以明哲保身，世人評論顧愷之的癡，實非真癡；評他的黠，倒是真黠。而他之所以癡之所以黠的目的，也就是為他終身沉醉於最高文藝上的成就。這三者互為表裡，缺一不可。如清·笪重光在《畫筌》中說：

山本靜，水流則動，石本頑，有柳則靈。〔註1〕

這是從繪畫理論上闡述了不同性質的事物同處於一場所所帶來相互影響與調和的藝術效果，同樣的，在顧愷之的身上，我們可以看見鮮明的人格，存在於才癡畫三絕的交互融合之中。有時表面冷漠的人，卻有著滿腔的熱忱；胸懷火樣熱情的人，卻給人以冷靜的感覺；外表粗魯的人，卻往往心細如髮；而笑聲不斷的人有時卻有滿腹說不出的悲愁。在錯綜複雜的矛盾衝突下，進行多種關係的對比描寫，以顯示人物性格的特徵，這是小說中常用的筆法，可以讓人物形象塑造得更為立體而具有圓雕感。

同一個人，在不同的人面前會表現不同的態度；同一個人，在不同的年紀時會有不一樣的舉止；在人物的外型與內心之間、現象與本質之間，往往存在著矛盾，但卻是可以互相調和融通，也可以溯其根源的，就像靜態的山因著流水的動而連帶有了生命；頑固的石因著細柳的柔而有了靈氣，生命會找到自己的出口，在顧愷之的身上，才、癡、畫形成了巧妙的平衡，他的一生，如同一幅絕世無雙的畫，靜待我們更深入的去玩味。而本文以「才、癡、畫三絕，顧愷之的多元解讀」為題，從顧愷之「涉筆不失其趣」的才絕，「酌奇不失其真」的癡絕，到「傳神不失其形」的畫絕，層層推入的研討顧愷之的人格特質：

〔註1〕 〔清〕笪重光著：《畫筌》，引自《百部叢書集成》之二十九第十二函之五《知不足齋叢書》，（臺北：藝文印書館，民76年12月，線裝書），頁3。

涉筆不失其趣——才絕

　　情趣是構成文學作品的重要特質之一，是產生獨特魅力的重要因素，顧愷之的作品是理與趣的統一。理是思想；趣是藝術。有理無趣，則索然無味；有趣無理，則猶如無生命的紙花，虛有其表。顧愷之的才氣表現在其文學作品，他鍾靈山水、歌詠自然、興味無窮，不只是擁有高度的描寫技巧，更蘊藏豐富的哲思意趣，這與他自矜誇、好諧謔的個性息息相關，高超的鑑賞眼光更進一步影響了他在畫作上的成就，使其能夠善於掌握筆下的山水與人物。

酌奇不失其真——癡絕

　　奇則驚世駭俗，奇則異俗追新，奇則聳人聽聞、驚世駭俗，令人神往，非奇不傳，出奇才能制勝，才能憾人心魄，然而，卻要酌奇而不失其真，顧愷之擁有獨特的「癡黠各半」性格，常語出奇巧而不同流俗，然而它並非刻意行離奇之舉、唯離奇是從，他的奇來自於性格的率真與對世俗價值的反對，幽默的舉動常隱含看透世相的豁達，反映了其樂觀而充滿自信的人生哲學。

傳神不失其形——畫絕

　　繪畫作品能否動人心魄，扣人心弦，取決於他所蘊含的意蘊與靈魂，是否能形象的、生動的達到傳神的目的，此決定其價值。藝術是生活的鏡子，小溪、綠葉是生活；而海洋、風暴也是生活，作品中的意蘊與靈魂需要藝術家對生活有著基本的把握與獨具慧眼的發現，思想是作品的靈魂，有思想、有新意、有深度，作品甚至會折射時代的精神，揭示生活某些本質與規律。顧愷之強調傳神寫照，卻並不是忽略形體，而是悟對通神、遷想妙得，在他的筆下，能抓到人物最細微而具有代表性的風采，連山水也彷彿有了生命，他的才絕與畫絕事實上是同質異構的。

　　因此，才癡畫三者在顧愷之的身上是互相支援的，也就是說：癡是處世得宜、應世無累之才；畫則是書畫藝術之才。癡顯現出藝術的執著，不計毀譽，對藝術的一往深情，遂乃表現出超乎當代的藝術表現之才。而其畫也因為其有天生之才及鍥而不捨地流連於山川景物，及歷覽古今人物的形神，遷想其內在人格精神底蘊，遂能彰顯其獨創的風格。因為對物質的超脫而能夠專注於藝術創作之工、涵養山水靈氣，恰可與其畫論與美學思想以互為印證，才癡畫合為一體，乃得其全貌，庶幾得其隱微。

參考文獻

一、古籍

（一）經

1. 〔漢〕孔安國傳；〔唐〕孔穎達疏、陸德明音義：《尚書·商書》卷第八 湯誓第一 文淵閣四庫全書（臺北：臺灣商務印書館，2006 年）。
2. 〔東漢〕許慎著；〔清〕段玉裁注：《說文解字》（臺北：萬卷樓圖書股份有限公司，2002 年 8 月）。
3. 〔清〕阮元校勘：《十三經注疏》（臺北：宏業書局，1971 年 9 月）。
4. 〔清〕秦蕙田輯：《五禮通考》文津閣四庫全書 經部四禮類（北京：商務印書館，2006 年）。

（二）史

1. 〔西漢〕司馬遷撰；（日）·瀧川龜太郎著：《史記會注考證》（臺北：洪氏出版社，民 64 年 2 月）。
2. 〔晉〕陳壽撰；〔南朝宋〕裴松之注：《三國志》（臺北：中華書局，1959 年 12 月）。
3. 〔晉〕陳壽撰；盧弼集解：《三國志集解》（臺北：藝文印書館，1958 年）。
4. 〔南朝宋〕范曄撰；〔唐〕李賢等注：《新校後漢書》（臺北：世界書局，1972 年 9 月）。
5. 〔唐〕劉知幾；〔清〕浦起龍釋：《史通通釋》（臺北：文海出版社，1974 年 11 月）。
6. 〔唐〕房玄齡等：《晉書》，文津閣四庫全書（北京：商務印書館，2006 年）。

7. 〔唐〕房玄齡等:《晉書》(北京:中華書局,1997 年)。

8. 〔唐〕房玄齡撰;楊家駱主編:《新校本晉書並附編六種》(臺北:鼎文書局,1976 年 10 月)。

9. 〔唐〕許嵩:《建康實錄》。四庫全書珍本六集(臺北:台灣商務印書館,1990 年)。

10. 〔宋〕樂史撰:《太平寰宇記》。文津閣四庫全書(北京:商務印書館,2006 年)。

11. 〔宋〕鄭樵:《通志》(臺北:臺灣商務印書館,2006 年)。

12. 〔宋〕司馬光編纂:《資治通鑑》(上海:上海古籍出版社,2006 年 3 月)。

13. 〔宋〕米芾:《畫史》,收入盧輔聖主編,《中國書畫全書》(上海:上海書畫出版社,1993 年出版)。

14. 〔元〕馬端臨:《文獻通考》(臺北:新興書局,1963 年 10 月)。

15. 〔清〕汪兆鏞撰:《晉會要》(北京:書目文獻出版社,1953 年 10 月)。

16. 〔清〕趙翼撰;楊家駱主編:《廿二史箚記》(臺北:鼎文書局,1975 年 3 月)。

17. 〔清〕文廷式:《補晉書藝文志》《二十五史補編》本。

18. 〔清〕丁國鈞撰:《補晉書藝文志》(北京:中華出版社,1985 年)。

19. 〔清〕趙宏恩等修:《江南通志》(北京:商務印書館,2006 年)。

20. 〔清〕王毓賢著:《繪事備考》(臺北:台灣商務印書館,1986 年)。

21. 〔清〕顧炎武:《顧氏譜系考》(臺北:臺灣商務印書館,2006 年)。

(三)子

1. 〔春秋〕老聃撰;〔魏〕王弼著;(日)石田羊一郎刊誤:《老子王弼注》(臺北:河洛圖書出版社,1974 年)。

2. 〔戰國〕莊周撰;郭慶藩輯:《莊子集釋》(臺北:河洛圖書印行,1974 年 3 月)。

3. 〔西漢〕董仲舒撰;〔清〕凌曙注:《春秋繁露》(北京:中華書局,1991 年)。

4. 〔漢〕班固:《漢武故事》,文津閣四庫全書(北京:商務印書館,2006 年)。

5. 〔漢〕宋衷著;〔清〕秦嘉謨輯補:《世本八種》卷七中氏姓篇中(北京:中華書局,2008 年)。

6. 〔三國〕劉邵撰;〔南北朝〕劉昞注:《人物志》三卷,(臺北:台灣商務,1969 年)。

7. 〔三國‧魏〕邯鄲淳著；〔清〕馬國翰輯：《藝經》《玉函山房輯佚書‧子部藝術編》（揚州：廣陵古籍刊印社，1990 年）。

8. 〔晉〕葛洪：《抱朴子》，見《四部叢刊初編子部》第 124 集（臺北：臺灣商務印書館，1967 年）。

9. 〔晉〕葛洪：《神仙傳》，（臺北：廣文書局，1989 年 12 月）。

10. 〔南朝宋〕劉義慶撰；〔梁〕劉孝標注，〔清〕余嘉錫箋疏：《世說新語箋疏》（臺北：華正書局，2003 年 11 月）。

11. 〔南朝宋〕劉義慶撰；〔南朝梁〕劉孝標注；劉強會評輯校：《世說新語會評》（南京：鳳凰出版社，2007 年 12 月）。

12. 〔南朝梁〕釋慧皎撰；湯用彤校注：《高僧傳》（北京：中華書局，1992 年 10 月）。

13. 〔梁〕元帝撰；〔唐〕陸善經續；〔元〕葉森補：《古今同姓名錄》卷下。文津閣四庫全書 子部雜家類（北京：商務印書館，2006 年）。

14. 〔北齊〕顏之推撰；王利器注：《顏氏家訓集解》（臺北：漢京文化事業有限公司，1983 年）。

15. 〔北齊〕顏之推著：《顏氏家訓》（《四部叢刊初編》中第 430 冊。景江安傅氏雙鑑樓藏明刊本）。

16. 〔後秦〕鳩摩羅什譯：《維摩詰所說經‧入不二法門品第九》大正藏（臺北：新文豐出版社，1983 影印）。

17. 〔唐〕張彥遠：《歷代名畫記》（臺北：藝文印書館，1987 年 12 月，線裝書）。（《百部叢書集成》之四十六學津討原第十六函歷代名畫記。

18. 〔唐〕張懷瓘撰：《書斷列傳》（臺北：藝文印書館，民 76 年 12 月）。

19. 〔宋〕李昉等：《太平御覽》卷三百二十八兵部第五十九（臺北：台灣商務印書館，1997 年 7 月）。

20. 〔宋〕章定：《名賢氏族言行類稿》（臺北：臺灣商務印書館，2006 年）。

21. 〔宋〕《宣和畫譜》宣和年間官修；楊家駱主編：（臺北：世界書局出版，1967 年 12 月）。

22. 〔宋〕吳曾撰：《能改齋漫錄》（臺北廣文書局，1970 年出版）。

23. 〔宋〕梁谿；嵇承咸撰：《書畫徵》，引自〔明〕王紱《書畫傳習錄》附刊，頁 677（清‧嵇氏層雲閣出版，1813 年）。

24. 〔元〕湯垕：《畫鑒》一卷，輯入《百部叢書集成》之二十四學海類編（臺北：藝文印書館，民 76 年 12 月）。

25. 〔明〕何良俊：《四友齋畫論》（北京：中華書局，1959 年）。

26. 〔清〕王毓賢著：《繪事備考》（臺北：台灣商務印書館，1986 年）。

27.〔清〕笪重光著:《畫筌》,引自《百部叢書集成》之二十九第十二函之五《知不足齋叢書》(臺北:藝文印書館,民76年12月)。

(四)集

1.〔西漢〕劉向編集;〔東漢〕王逸章句:《楚辭》(北京:中華書局,1985年)。

2.〔魏〕劉邵撰;蔡崇名校注:《新編人物志》(臺北:臺灣古籍出版有限公司,2000年11月)。

3.〔晉〕陸機著;張少康集釋:《文賦集釋》(北京:人民文學出版社,2002年)。

4.〔南朝宋〕劉義慶撰;〔梁〕劉孝標注;楊勇校箋:《世說新語校箋》(臺北:文光圖書公司,1974年8月)。

5.〔南朝宋〕劉義慶撰;徐震堮校箋:《世說新語校箋》(臺北:文史哲出版社,1989年9月)。

6.〔南朝梁〕劉勰著;范文瀾註:《文心雕龍》(臺北:學海出版社,1988年)。

7.〔南朝梁〕劉勰著;楊明照校注:《文心雕龍校注》(臺北:河洛圖書出版社,1976年3月)。

8.〔南朝梁〕劉勰著;黃錦鋐教授主編:《文心雕龍‧論說》(博元出版社,1989年版)。

9.〔南朝梁〕劉勰著;詹瑛義證:《文心雕龍義證》(上海:上海古籍出版社,1994年9月)。

10.〔南朝梁〕鍾嶸:《詩品》(臺北:台灣中華書局據學津討原本,1965年)。

11.〔宋〕葛立方撰:《韻語陽秋》(上海:上海古籍出版社,1979年)。

12.〔宋〕李昉等編:《文苑英華》(臺北:中華書局,1966年)。

13.〔明〕張溥:《漢魏六朝百三家集題辭注》(臺北:木鐸出版社,1982年)。

14.〔清〕逯欽立:《先秦漢魏晉南北朝詩》(北京:中華書局,1983年)。

15.〔清〕嚴可均輯:《全三國文》(北京:商務印書館,2006年2月)。

16.〔清〕嚴可均輯:《全晉文》(北京:商務印書館,2006年2月)。

17.〔清〕嚴可均輯:《全上古三代秦漢三國六朝文七百四十一卷／全晉文》(上海:古籍出版社,2002年)。

18.〔清〕吳瞻泰撰:《陶詩彙註四卷》江蘇周厚堉家藏本。景印文淵閣四庫全書(臺北:台灣商務印書館,1985年)。

二、專書

1. 洪謙：《古希臘羅馬哲學》（上海：三聯書店，1957 年）。

2. 毛漢光：《兩晉南北朝士族政治之研究》（臺北：中國學術著作獎助委員會，1966 年 7 月）。

3. 孫以繡：《王謝世家之興衰：我國門閥政治之一「個案」研究》（臺北：作者自印出版，1967 年 10 月）。

4. 王伊同：《五朝門第》（臺北：中文大學出版社，1978 年）。

5. 陳寅恪：〈崔浩與寇謙之〉，《陳寅恪先生全集（上）》（臺北：九思出版社，1977 年）。

6. 周紹賢：《道家與神仙》（臺北：臺灣中華書局，1797 年 3 月）。

7. 俞劍華、羅尗子、溫肇桐編著：《顧愷之研究資料》（南通圖書公司印行，1961 年 6 月）。

8. 何啓民：《中古門第論集》（臺北：台灣學生書局，民國 67 年元月）。

9. 李世傑：《漢魏兩晉南北朝佛教思想史》（臺北：新文豐出版社，1980 年 5 月）。

10. 宗白華：《美學散步》（上海，人民出版社，1981 年）。

11. 陳寅恪：《金明館叢稿初編》（臺北：里仁書局，1981 年 3 月）。

12. 傅抱石：《中國山水畫史的研究》（臺北：學海出版社，1982 年）。

13. 樓宇烈校釋：《老子周易王弼注校釋》（臺北：華正書局，1983 年 9 月）。

14. 馮友蘭：《中國哲學簡史》（北京：北京大學出版社，1985 年 2 月）。

15. 周一良：《魏晉南北朝史札記》（臺北：中華書局出版，1985 年 3 月）。

16. 溫肇桐：《顧愷之新論》（四川：新華書店，1985 年）。

17. 朱謙之撰：《老子校釋》（臺北：華正出版社，1986 年）。

18. 蘇紹興：《兩晉南朝的士族》（臺北：聯經出版事業公司 1987 年 3 月）。

19. 余英時：《士與中國文化》（上海：上海人民出版社，1987 年 12 月）。

20. 逯欽立輯校：《先秦漢魏晉南北朝詩》（臺北：木鐸出版社，1988 年 7 月）。

21. 王曉毅：《放達不羈的士族》（臺北：文津出版社，1989 年 12 月）。

22. 魯迅：《魯迅全集》（臺北：谷風出版社，1989 年 12 月）。

23. 陶建國：《兩漢魏晉之道家思想》（臺北：文津出版社，1990 年 3 月）。

24. 何啓民：《魏晉思想與談風》（臺北：台灣學生書局，1990 年 6 月）。

25. 錢鍾書：《管錐編》二（臺北，書林出版有限公司，1990 年 8 月）。

26. 方北辰：《魏晉南朝江東世家大族述論》（臺北：文津出版社，1991 年 1 月）。

27. 陳傳席:《六朝畫論研究》(台灣學生書局,1991 年 5 月)。

28. 湯用彤:《漢魏兩晉南北朝佛教史》(臺北:臺灣商務印書館,1991 年 9 月)。

29. 許抗生:《三國兩晉玄佛道簡論》(濟南:齊魯書社,1991 年 12 月)。

30. 劉邵著;郭泰解讀:識人學《人物志》白話版(臺北:遠流出版社,1992 年)。

31. 馬清福:《魏晉奇道》(瀋陽:遼寧大學出版社,1992 年 5 月)。

32. 李建中:《漢魏六朝文藝心理學》(太原:北岳文藝出版社,1992 年 5 月)。

33. 劉澤華:《士人與社會》(天津:天津人民出版吐,1992 年 8 月)。

34. 甯稼雨:《魏晉風度──中古人文生活行為的文化意蘊》(北京:東方出版社,1992 年 9 月)。

35. 蕭艾:《世說探幽》(長沙:湖南出版社,1992 年 11 月)。

36. 羅宗強:《玄學與魏晉士人心態》(臺北:文史哲出版社,1992 年 11 月)。

37. 郭明:《中國佛教史》(臺北:文津出版社,1993 年)。

38. 劉精誠:《中國道教史》(臺北:文津出版社,1993 年)。

39. 陳明:《中古士族現象研究》(臺北:文津出版社,1994 年 3 月)。

40. 張叔寧:《世說新語整體研究》(南京:南京出版社,1994 年)。

41. 魯迅:《魯迅小說史論文集》(臺北:里仁出版社,1994 年 11 月)。

42. 李澤厚、劉綱紀著:《中國美學史》(魏晉南北朝編上),(安徽文藝出版社,1995 年 5 月)。

43. 萬繩楠:《魏晉南北朝文化史》(臺北:雲龍出版社,1995 年 6 月)。

44. 賀昌群、劉大杰、袁行霈著:《魏晉思想(甲編)》(臺北:里仁書局,1995 年 8 月)。

45. 葉朗:《中國美學史》(臺北:文津出版社,1996 年 1 月)。

46. 李澤厚:《美的歷程》(臺北:三民書局,1996 年 9 月)。

47. 黃宇明:《幽默心理》(北京:中國人口出版社,1997 年 7 月)。

48. 高華平著;王先霈主編:《玄學趣味》(武漢:湖北教育出版社,1997 年 5 月)。

49. 魯迅:《古小說鈎沉》(濟南:齊魯書社,1997 年 11 月)。

50. 徐復觀:《中國藝術精神》(臺北:學生書局,1998 年 5 月)。

51. 尤雅姿:《魏晉士人之思想與文化研究》(臺北:文史哲出版社,1998 年 9 月)。

52. 潘光旦著;潘乃穆、潘乃和編:《潘光旦文集》(北京:北京大學出版社,2000 年 12 月)。

53. 田餘慶：《東晉門閥政治》（北京：北京大學出版社，2000 年 4 月）。

54. 湯一介：《郭象與魏晉玄學》（北京：北京大學出版社，2000 年 7 月）。

55. 張可禮：《東晉文藝綜合研究》（山東大學出版社，2001 年 1 月）。

56. 王青：《魏晉南北朝時期的佛教信仰與神話》（北京：中國社會科學出版社，2001 年 8 月）。

57. 許輝等：《六朝文化》，（江蘇古籍出版社，2001 年 10 月）。

58. 戴璉璋：《玄智、玄理與文化發展》（臺北：中研院文哲所，2002 年 3 月）。

59. 劉志偉：《魏晉文化與文學論考》（甘肅人民出版社，2002 年 5 月）。

60. 施惟達：《中古風度》（北京：中國社會科學出版社，2002 年 9 月）。

61. 曾春海：《兩漢魏晉哲學史》（臺北：五南圖書出版股份有限公司，2002 年 12 月）。

62. 王永平：《六朝江東世族之家風家學研究》（南京：江蘇古籍出版社，2003 年 1 月）。

63. 吳正嵐：《六朝江東士族的家學門風》（南京：南京大學出版社，2003 年 11 月）。

64. 陸建華、沈順福、程宇宏、夏當英：《道家與中國哲學（魏晉南北朝卷）》（北京：人民出版社，2004 年）。

65. 梅家玲：《世說新語的語言與敘事》（臺北：里仁書局，2004 年 7 月）。

66. 張學鋒、傅江：《東晉文化》（南京：南京出版社，2005 年 9 月）。

67. 曾春海、葉海煙、尤煌傑合著：《中國哲學概論》（臺北：五南圖書公司，2005 年 9 月）。

68. 蘇啟明：《魏晉南北朝文化與藝術》（臺北：史博館，2006 年）。

69. 羅宗強：《魏晉南北朝文學思想史》（北京：中華書局，2006 年 6 月）。

70. 李浴：《中國美術史綱》（臺北：華正書局，2006 年 9 月）。

71. 朱光潛：《詩論》（臺北：五南圖書出版股份有限公司，2006 年 11 月）。

72. 何善蒙：《魏晉情論》（北京：光明日報出版社，2007 年 1 月）。

73. 鄭天挺著，譚其驤主編：《中國歷史大辭典》（上海：上海辭書出版社，2007 年 4 月）。

74. 甯稼雨：《魏晉名士風流》（北京：中華書局，2007 年 11 月）。

75. 王仲犖：《魏晉南北朝史》（北京：中華書局，2007 年 11 月）。

76. 李健：《魏晉南北朝的感物美學》（北京：中國社會科學出版社，2007 年 12 月）。

77. 王樹：《魏晉玄學與玄言詩研究》（北京：中國社會科學出版社，2007 年 12 月）。

78. 劉師培：《中國中古文學史講義》（南京：江蘇文藝出版社，2008 年 4 月）。

79. 張朝富：《漢末魏晉文人群落與文學變遷》（成都：巴蜀書社，2008 年 5 月）。

80. 王瑤：《中古文學史論》（北京：北京大學出版社，2008 年 5 月）。

81. 江建俊：《竹林名士的智慧與詩情》（臺北：里仁書局，2008 年 7 月）。

82. 萬繩楠：《陳寅恪魏晉南北朝史講演錄》（貴陽：貴州人民出版社，2008 年 9 月）。

83. 張廷銀：《魏晉玄言詩研究》（北京：商務印書館，2008 年 10 月）。

84. 馮友蘭、李澤厚等：《偉大傳統：魏晉風度二十講》（北京：華夏出版社，2009 年 1 月）。

85. 方碧玉著：《東晉南北朝世族家庭教育研究》出自《古代歷史文化研究輯刊》V.8（臺北：花木蘭出版社，2009 年 3 月）。

86. 陳慧玲：《由《世說新語》探討晉清談與儁語之關係》（臺北：花木蘭文化出版社，2009 年 3 月）。

87. 江建俊：《于有非有，于無非無——魏晉思想文化綜論》（臺北：新文豐出版社，2009 年 8 月）。

88. 劉君業：《笑遍天下：如何成爲幽默高手》（臺北：桂冠圖書股份有限公司，2009 年 9 月）。

89. 李春青：《魏晉清玄》（北京：北京師範大學出版社，2009 年 9 月）。

90. 韓國良：《道體‧心體‧審美——魏晉玄佛及其對魏晉審美風尚的影響》（北京：中華書局，2009 年 12 月）。

91. 王岫林著：《由適性安命到達生肆情——西、東晉士人應世思想之轉折》；出自林慶彰編：《中國學術思想研究輯刊》V.17（臺北：花木蘭出版社，2010 年 9 月）。

92. 張克鋒：《魏晉南北朝文學與書畫的會通》（北京：中國社會科學出版社，2010 年 12 月）。

93. 鄒清泉：《顧愷之研究文選》（上海三聯書店，2011 年 5 月）。

94. 范子燁：《中古文學的文化闡釋》（臺北，文成出版社，2011 年 7 月）。

三、外國譯本

1. 黑格爾著；朱光潛譯：《美學》（北京：商務印書館，1981 年）。

2. 伽達默爾著；洪漢鼎翻譯：《眞理與方法》（上海：上海譯文出版社，1992 年）。

3. 洪漢鼎：《理解的眞理——解讀伽達默爾眞理與方法》（山東：人民出版社，2001 年）。

四、碩博士論文

1. 廖國棟：《魏晉詠物賦研究》（臺北：政治大學中文所博士論文，1985 年 6 月）。

2. 林千琪：《以形寫神，遷想妙得：顧愷之繪畫與理論的對照研究》彰師大藝術教育所碩士論文，2004 年。

3. 趙飛：〈何良俊《四友齋畫論》研究〉，南京師範大學碩士論文，2005 年 4 月。

4. 汪瀾：《從顧愷之的形神觀談中國人物畫創作》東北師範大學碩士論文，2008 年 5 月。

5. 林佳燕：《世變、迂迴、荒唐之言──六朝諧隱研究》成功大學中國文學系博士論文，2009 年 7 月。

6. 劉怡君：《魏晉笑謔現象之多元探義》成功大學中國文學系碩士論文，2011 年 1 月。

五、期刊論文

1. 田曼詩：〈中國畫論之形成〉《文藝復興月刊》，第 109 期，1980 年 1 月，頁 33～41。

2. 何啟民：〈魏晉思想與士族心態〉《國立政治大學學報》，第 1 期，1983 年 3 月，頁 19～43。

3. 陳蘇民：〈「以形寫神」──顧愷之的美學思想〉《南京理工大學學報》，2003 年，第 16 卷第 3 期。

4. 張翹楚：〈顧愷之張彥遠形神說之比較〉《南京藝術學院學報》，2005 年 1 月。

5. 蔡英余：〈論顧愷之人物畫論中形神關係的美學內涵〉《寧波大學學報》，2006 年，第 19 卷第 4 期。

6. 矗瑞辰：〈文人畫祖之我見)《天津大學學報》，2006 年 5 月，第八卷，第三期。

7. 矗瑞辰：〈顧愷之的「癡絕」與「才絕」〉《天津大學國際教育學院》，2008 年 3 月，第 10 卷第 2 期。

8. 牛豔青：《六朝畫論中的傳神論研究》河北大學碩士學位論文，2008 年 6 月。

9. 常德強：〈《洛神賦圖》情感表達中的三重蘊涵〉《揚州職業大學學報》，2008 年 12 月，第十二卷，第四期。

10. 袁濟喜、黎臻：〈論東晉顧愷之的「癡絕」〉《寶雞文理學院學報》，2010 年 4 月，第 30 卷第 2 期。

11. 王妙純，從〈《世說新語》看魏晉世人的生命意識〉，《東吳中文學報》，第二十三期（2012 年 5 月）。

附錄：顧愷之年表

時代	年號	年	干支	公元	年齡	事　　略
東　　晉	康帝建元	二	甲辰	344		王獻之生。九月，帝崩年二十二，太子聃即位，太后臨朝稱制。
	穆帝永和	元	乙巳	345		桓溫都督荊梁等州軍事。
		二	丙午	346		三月，顧和爲尚書令，殷浩爲揚州刺史。 顧眾卒，年七十二。
		三	丁未	347		三月，桓溫討降李漢，漢亡。
		四	戊申	348	1	生於晉陵吳錫。 八月，加桓溫征西大將軍。
		五	己酉	349	2	
		六	庚戌	350	3	殷浩爲中軍將軍，督揚豫等州。
		七	辛亥	351	4	七月，顧和卒，年六十四。
		八	壬子	352	5	王羲之遺殷浩會稽王書，諫北伐。 以征西大將軍桓溫爲太尉。
		九	癸丑	353	6	蘭亭修褉。
		十	甲寅	354	7	殷浩以罪免爲庶人徙長安。
		十一	乙卯	355	8	
		十二	丙辰	356	9	殷浩卒。桓溫與姚襄戰，收復洛陽，修諸陵

時代	年號	年	干支	公元	年齡	事　　略
東 晉	升 平	元	丁巳	357	10	
		二	戊午	358	11	王羲之謂謝安爲方鎮，逞才易務。又與萬書戒之。
		三	己未	359	12	
		四	庚申	360	13	秋桓溫以謝安爲征西將軍。羊欣生。
		五	辛酉	361	14	五月，帝崩。年十九，瑯琊王丕即位。
	哀帝 隆和	元	壬戌	362	15	殷浩卒於東陽之信安。
	興 寧	元	癸亥	363	16	二月改元興寧。五月加桓溫大司馬都督中外諸軍。錄尚書事，七月復徵入朝，八月至赭圻遂城而居之。詔移陶官於淮水北遂，以南岸窯處之地賜僧慧力，造瓦官寺。
		二	甲子	364	17	瓦官寺成，先生於寺中閉戶畫維摩詰一軀於壁，往來月餘而工畢，及開戶，光照一寺，施者填咽，俄而得百萬錢。
		三	乙丑	365	18	二月，帝崩，年二十五，瑯琊王奕即位。
	廢帝 太 和	元	丙寅	366	19	桓溫引顧愷之爲大司馬參軍。敦煌始鑿莫高窟佛像。
		二	丁卯	367	20	王述卒。
		三	戊辰	368	21	
		四	乙巳	369	22	桓溫鎮江陵。先生於江津目江陵城，得溫賞二婢。桓玄生。
		五	庚午	370	23	桓大司馬每請先生與羊欣論書畫。
	簡文 帝 咸 安	元	辛未	371	24	十一月，桓大司馬入朝，廢帝爲東海王，迎會稽王昱入即位，改元咸安。
		二	壬申	372	25	七月帝崩，年五十三，太子曜即位。殷浩將改葬，先生父悅之上奏，詔復浩本官。

時代	年號	年	干支	公元	年齡	事　　　略
東 晉	孝武帝寧康	元	癸酉	373	26	愷之爲〈箏賦〉，見重桓溫。 七月，桓大司馬卒，年六十二。
		二	甲戌	374	27	
		三	乙亥	375	28	謝安領揚州刺史。宗炳生。
	太 元	元	丙子	376	29	正月，謝安爲中書監，錄尙書事。
		二	丁丑	377	30	七月，謝安都督揚豫等州軍事。
		三	戊寅	378	31	
		四	乙卯	379	32	王逸少卒，年五十九。
		五	庚辰	380	33	謝安爲衛將軍。
		六	辛巳	381	34	僧慧遠入廬山。
		七	壬午	382	35	
		八	癸未	383	36	
		九	甲申	384	37	三月，謝安爲太保。
		十	乙酉	385	38	八月，謝安卒，年六十六。
		十一	丙戌	386	39	
		十二	丁亥	387	40	五月徵處士戴逵不至。謝瞻生。
		十三	戊子	388	41	王子敬卒，年四十五。
		十四	己丑	389	42	
		十五	庚寅	390	43	
		十六	辛卯	391	44	
		十七	壬辰	392	45	十一月殷仲堪都督荊益寧州軍事。 顧偉仁顗之生。
		十八	癸巳	393	46	
		十九	甲午	394	47	
		二十	乙未	395	48	先生爲殷仲堪參軍，與桓玄等作了語、危語。
		二十一	丙申	396	49	七月瓦官寺焚。九月貴人張氏弒帝於清暑殿，帝年三十五，太子德宗即位。戴逵卒。

時代	年號	年	干支	公元	年齡	事　　　略
東 晉	安 帝 龍 安	元	丁酉	397	50	
		二	戊戌	398	51	殷仲堪以絹書內箭遺王恭。桓玄爲江州刺史。
		三	己亥	399	52	殷仲堪遇難卒。（十二月被桓玄所殺）
		四	庚子	400	53	詔桓玄都督荊江八州軍事，荊江州刺史。
		五	辛丑	401	54	
	元 興	元	壬寅	402	55	桓玄反叛，殺會稽王道子。
		二	癸卯	403	56	春，桓玄自爲大將軍，九月自爲相國，封楚王，加九錫。十一月楚王玄稱黃帝，廢帝爲平固王，遷於尋陽。桓玄以輕舸載書畫。玄請歸藩，詐爲符瑞，使皇甫希之爲高士，數更制服，假藩博取人書畫田宅。劉義慶生。
		三	甲辰	404	57	五月，劉毅等及玄戰於崢嶸州，大破之，玄復挾帝入江陵，寧州督護馮遷擊玄誅之。玄年三十六。 愷之作賦六首、〈神情詩〉一首。
	義 熙	元	乙巳	405	58	先生爲晉通直散騎常侍，與謝瞻連省，夜於月下長詠。
		二	丙午	406	59	
		三	丁未	407	60	
		四	戊申	408	61	
		五	己酉	409	62	劉裕表伐南燕，顧愷之爲其寫祭牙文。 先生卒於官，著有《畫評》、《魏晉勝流畫贊》、《畫雲臺山記》、《啓蒙記》三卷，文集七卷傳世。戴勃爲散騎常侍，徵不起，尋卒。

　　上表乃參考《中國文學史大事年表》（吳文治著）、《顧愷之》（溫肇桐著）加上筆者推論而成。